U0477252

有一种力量，叫文学；

有一种美好，叫回忆；

有一种感动，叫青春；

有一种生命，在鲁院！

江西高校出版社
JIANGXI UNIVERSITIES AND COLLEGES PRESS

KAO JIN

作者对故事情节的把握，
人物性格的刻画，
从容不迫，急徐有秩，
尤其是化沉重为轻逸的处理方式，
是很高艺术素养的表现。

图书在版编目（CIP）数据

靠近 / 刘浪著. — 南昌：江西高校出版社，2017. 4
（鲁迅文学院“百草园”书系）
ISBN 978-7-5493-5176-3

Ⅰ. ①靠…　Ⅱ. ①刘…　Ⅲ. ①短篇小说－小说集－中国－当代　Ⅳ. ①I247.7

中国版本图书馆CIP数据核字（2017）第052272号

出版发行	江西高校出版社
社　　址	江西省南昌市洪都北大道 96 号
总编室电话	（0791）88504319
销售电话	（0791）88505573
网　　址	www.juacp.com
印　　刷	北京一鑫印务有限责任公司
经　　销	全国新华书店
开　　本	700mm × 1000mm　1/16
印　　张	16.5
字　　数	160 千字
版　　次	2017 年 4 月第 1 版 2020 年 7 月第 2 次印刷
书　　号	ISBN 978-7-5493-5176-3
定　　价	45.00元

赣版权登字-07-2017-222

版权所有　侵权必究

图书若有印装问题，请随时向本社印制部（0791-88513257）退换

目录 Contents

弹簧刀

1

后来，杨小白告诉我，他当时的第一反应，就是把右手伸进了衣兜，握住了那把刀子的刀柄。紧紧地握。

他说他当时的感觉，就是有个类似一块大石头的什么东西，突然压住了他的心脏。足足有两分钟啊，他的心脏是静止的，之后猛然咚咚咚擂鼓一般上蹿下跳，震得他两个耳朵根子又痒又胀。

需要说明的是，这把刀子本来是陈斯情的，被杨小白偷来了。这倒不是说杨小白看不惯陈斯情在课间用这把刀子削苹果皮，相反，陈斯情这个丫崽子削苹果时，右手的小指高高地翘着，那样子还真就挺带劲的。

杨小白是恨陈斯情办事不公平。杨小白想，李小乐长得比我难看一百倍都拐弯，还总用袖子擦鼻涕；于真呢，也就是篮球打得好一点，却把 Goodmorning 翻译成好早上；曾庆宁和郑亮就更不用提了，一对小痞子，谁跟他俩在一个班级都觉得丢人。可是，这四个人脚前脚后都混进团组织了，陈斯情怎么还不通知我写入团志愿书呢？杨小白真不明白，陈斯情这个团书记是怎么当的。他就把陈斯情的刀偷来了。

居然是一把弹簧刀呢。刀柄的前端有个小钮，一按，啪一下，刀尖蹿出来了，两边都有刃，阳光一打，晃了杨小白的眼。

杨小白本来想把这刀子扔进垃圾箱，但刀子挺漂亮，也挺精致的，他就没舍得。他给自己开出的理由是，好男人不跟小女子一般见识。杨小白就想，放暑假之前，再找个适当的机会，偷偷把这把刀子还给陈斯情吧。但没能还成。

这也许怨不得杨小白。谁让陈斯情不给杨小白抄几何试卷上面最后那几道证明题的答案呢？这可是期末试啊，考不及格，再开学时就得补考的。一想到补考，这暑假谁还能玩得开心呢？

背着书包，杨小白气呼呼地走出考场，他就真的打算把刀子扔进垃圾箱了。垃圾箱离校门口很远，大约有二十米的距离。当杨小白走到垃圾箱近前时，就听到了二胡声。拉的是《二泉映月》。

这曲子，杨小白实在太熟悉了。要不是他爸爸死了，他就能跟他爸爸学会拉这个曲子了呢。

杨小白就顺着二胡声传来的方向张望，看到了前方二十几米远处，有一群人，围成了一个圈。杨小白就忘了扔刀子的事，向那群人跑去。

到了近前，杨小白使劲扒拉人群，使劲往里挤。当他挤到了里边，看到拉二胡的人时，他的第一反应就是把右手伸进了衣兜，握住了那把刀子的刀柄。紧紧地握。

刀柄很快就滑腻腻的了，这是因为杨小白的手出了很多汗。

在此之前，杨小白曾经用这把刀子砍过街边的扫帚梅，轻轻一挥，扫帚梅就只剩下边一根光秃秃的杆了。杨小白曾经用这把刀子划过公交车的座套，轻轻一划，座椅布面下的木板就见了天日。杨小白还曾经把一个作业本放在这把刀子的前端，他一按小钮，刀尖蹿出，作业本就被刺了个透心凉。

杨小白相信，只要他蹲在拉二胡这人的身后，把刀子抵在这人的后背，一按刀柄上的小钮，啪，一切就都解决了，就这么简单。

杨小白就开始行动了。可是，就在他一抬脚时，拉二胡的人抬起了头。

杨小白就愣住了。

杨小白看出来了，拉二胡这人已经双目失明了。

2

后来，杨小白告诉我，如果张二顺不是双目失明了，让他猛地惊讶了一下，那他也许就真的杀死张二顺了。

我说，哦。

杨小白十三岁那年，他爸爸死了，这我早就知道了。杨小白的爸爸死在一个叫张二顺的人手里，我却是后来才知道的。

我就问杨小白，张二顺是怎么害死你爸爸的呢？因为什么呀？

杨小白的眉头就皱了起来，说，你就别问了。

我又问他，那，那张二顺的眼睛又是怎么瞎了呢？

杨小白摇了摇头，说，不知道。

我就不问他了。

可我还是能够想象得出，在杨小白十五岁那年的这个夏日的午后，当他在街头与张二顺相遇的瞬间，他是何等的震惊！他真的太想用陈斯情的这把刀，一下就捅死张二顺，但他却没有这样做。

因为杨小白猛然发现，如果他这个时候杀死张二顺，那他的麻烦就大了。围观张二顺拉二胡的人，少说也有二三十个，杀死张二顺，他不可能逃出这些人的围追。

杨小白又站在了原地。这时候，张二顺也拉完了那曲《二泉映月》，低着头，一动不动地坐在地上，跟个泥塑似的。

张二顺的面前，放了一顶帽子。围观的人群中有人走上前来，一哈腰，把一二个硬币或一二张纸币，扔进了这顶帽子里。

张二顺开始拉《光明行》时，又有人加入了围观的行列，杨小白却退了出来。

杨小白来到《涧河晨报》社门前的台阶上，坐下来，远远地看着那些围观的人群。他要等这些人散去，只剩下张二顺一个人时，他才好杀死张二顺。

《光明行》这曲子飘到杨小白近前时，仍还真切。杨小白就在心里比较了一下，他不得不承认，张二顺要比他爸爸拉得好。

杨小白还记得，在他十一二岁的时候，或者更早以前，张二顺是他家的常客。当然，那个时候的张二顺还不是瞎子。有好几次，张二顺都要教杨小白拉二胡，却被杨小白的爸爸给搅了。老张，咱哥俩先喝点。杨小白的爸爸边说边把张二顺拉到饭桌前。杨小白知道爸爸酒量很大的，可是，每次先醉倒的，都是他爸爸。

杨小白正回想这些旧事时，突然有人从背后拍了下他的肩膀。杨小白激灵一下，一回头，就看到了陈斯情。

杨小白就白了陈斯情一眼，又转回头，看着围观张二顺的人群。

陈斯情绕到了杨小白的身前，她说，我知道你在生我气。

杨小白低下头来，没理陈斯情。

陈斯情说，你生我气，我也不能给你抄卷子。

杨小白用鼻子哼了一声。

陈斯情说，要不这样吧，放假了，你给你补补几何。

杨小白说，不用。

陈斯情说，几何也没什么可怕的，要是真学进去了，可有意思了。

杨小白猛地站了起来，指着陈斯情的鼻子说，烦不烦啊？你烦不烦啊？你少教训我，我见到你就烦！

陈斯情的脸就红了，她说，杨小白，你，你。

之后，陈斯情就跑进了《涧河晨报》社。杨小白知道，陈斯情的爸爸在报社工作，好像是副总编辑。

杨小白急促地呼吸了几口，就又想起了张二顺。可他一转头，却发现那群人已散去了。

张二顺也不见了。

3

后来，杨小白告诉我，当他发现张二顺不见了时，他后悔得真想抽自己的耳光。当然，他更想抽陈斯情的耳光。

在杨小白十四岁那年，他知道爸爸原来是死在张二顺手里的时候，他曾去过张二顺的家。杨小白本来是要进屋就杀张二顺的，可给他开门的却是一对陌生的夫妇。他们告诉杨小白，张二顺一年前就把房子卖给他们了，至于张二顺去了哪里，他们也不知道。之后，杨小白打听了很多熟人，但没人知道张二顺的下落。

杨小白就骂了一句，他妈的，还不如刚才捅了他呢。

杨小白就跑到刚才张二顺拉二胡的地方，四处张望。他飞快地梳理着自己的思路。这是一条南北向的次主干道，路上行人并不很多，张二顺应该是往北走了。因为张二顺要是往南走的话，杨小白应该看得到他，毕竟杨小白和陈斯情争吵的时间也不过就三两分钟，而在这三两分钟里，张二顺要是往南走的话，就会与杨小白迎面相遇。

杨小白就向北追去。在跑回到校门口时，他的书包带断了，书包掉到了地上，书本和文具盒撒了一地。杨小白急忙蹲下身子，把书本和文具盒胡乱塞进书包，然后将书包抱在胸前，继续往北跑。没跑几步，文具盒又从书包里蹿了出来，掉在了地上，哗啦一声。杨小白的脚步停了一下，但没捡文具盒，就又跑了起来。

快到北岸医院的时候，杨小白看到了张二顺了！张二顺左手拿着那把二胡，右手拄着一根柱子，正试试探探地过马路。而先前那顶摆在地上用来装钱的帽子，此刻正戴在张二顺的头上。

杨小白终于长出了一口气，他抬起胳膊，把脸往袖子蹭了蹭，可汗水还是一个劲地往下淌。

杨小白就想，这路上往来穿梭的车辆，要是把张二顺撞死，那该多好，他不仅给爸爸报了仇，他本人也不用负法律责任。就算不把张二顺撞死，撞伤也行。这里就是北岸医院的门口，张二顺肯定会被送进北岸医院抢救。这样的话，张二顺一定会死得更惨。因为杨小白的妈妈正是北岸医院抢救室的医生，杨小白肯定会打消妈妈救死扶伤这个念头的。

可是，没有一辆车去撞张二顺。更让杨小白生气的是，一辆黑色帕萨特，在距离张二顺差不多五米的地方停了下来。杨小白刚刚看到车窗里面立了块小牌牌，写着“新闻采访”四个字，紧接着他就看到副驾驶那侧的车窗摇了下来，陈斯情把小脑瓜伸了出来，远远地向杨小白做了鬼脸。

杨小白就小声骂了一句，臭美啥呀？要不是因为你添乱，我能累成这样吗？

载着陈斯情的这辆帕萨特重又启动时，张二顺就已经走到了马路对面，杨小白也紧跟着来到了马路对面。杨小白在心里打定了主意，你走一步，我跟一步，看你能走到哪？走到没人的地方，我就杀了你。

来到北岸医院门口，张二顺停了下来。紧接着，张二顺坐在了地上。杨小白想，他这是又要拉二胡了。

但张二顺没有拉，而是从怀里拿出了一个馒头。那馒头几乎已成了灰色的了，张二顺一咬，细碎的渣渣就洒了一地。张二顺往下咽的时候，总是要扬一下头，然后哈哈喘上几口气。杨小白就觉得自己的嗓子，也噎得难受。

张二顺吃完馒头，也没有拉二胡，而是继续坐在地上，跟个泥塑似的。进进出出医院的人络绎不绝，杨小白没有下手的机会。

杨小白又急又热又渴，他就进了医院门口旁边的一家食杂店，从书包里找出一元钱，买了瓶冰镇的纯净水。杨小白一边喝水一边往食杂店外走，他刚走到门口，北岸医院的一个医生进来了。

这个医生认识杨小白，她说，小白，来找你妈来了？哎哟！看你这孩子，怎么热成这样？

杨小白说，刚考完试，烤煳巴了。

医生就笑了，说，小心回家你妈打你屁股，哎哎，先别喝，你热成这样，不能马上喝水。

医生接下来就给杨小白讲述不能马上喝水的医学依据。杨小白没心思听，他怕门外的张二顺又溜掉。

杨小白就往门外看了一眼，天呀！张二顺已上了十七路公交车！而且，公交车已经起动了！

杨小白将书包和纯净水一把塞进医生的怀里，说了句把它给我妈，就冲了出去。

4

还好，公交车后门的售票员，看见杨小白在追赶，她就让司机把车停了下来。

杨小白上了车，发现车上乘客不多，但已没了座位。

杨小白刚刚站稳，就看见了张二顺。张二顺坐在最后一排，对售票员说，同志，到新鹤小区那站，你告诉我一声。售票员说，放心吧，到那我喊你。

杨小白的心里就咯噔了一下。新鹤小区？我家就在新鹤小区呀！他去那干什么？

售票员打断了杨小白的思路。售票员看着杨小白说，没买票的同志，把零钱准备好，请把零钱准备好。

杨小白就把手伸进了衣兜，在摸到那把弹簧刀时，他的脑子里就不禁轰地一下。坏了坏了，钱在书包里呢。

杨小白急忙又翻了裤兜，先是左侧的，接着是右侧的，希望能够找到五角钱。但是，没有。他就低着头对售票员说，阿姨，我钱放书包里了，书包放在我妈单位了。

售票员冷笑了一声，说，是吗？你这样的初中生我见多了。你接着往下编，编圆了，我就不让你买票。

杨小白的脸就更红了。他大声说，我没编，我钱本来就在书包里。

售票员说，你喊啥呀？你喊啥呀？你不买票你还有理呀？我让你把钱放书包里了？

杨小白说，我，我。

就在其他乘客小声议论、指指点点的时候，张二顺把手伸向了售票员。张二顺的掌心托了一个五角硬币。他说，都不要吵了，我给这学生买张票。

交公车里一下子静了下来。

售票员迟疑了一下，还是把钱接了过去。其他乘客，就又议论和指指点点起来。

杨小白不知道该不该对张二顺说声谢谢，他就看着张二顺。张二顺呢，张着两只空洞洞的盲眼，坐在座位上，没有表情，跟个泥塑似的。

突然间，杨小白的冷汗流了下来。杨小白觉得，张二顺一定是认出他来了！

杨小白看过很多武侠小说。那些小说中，几乎所有双目失明的侠客，耳朵都特别特别好使，甚至能听落叶于惊雷。杨小白想，刚才他在食杂店跟那个医生的谈话，张二顺一定是听到了，那个医生可是叫了小白名字的。

杨小白又想，张二顺不是想用一张车票，来抵消杀父之仇吧？他想得可真美。

很快，公交车行驶到新鹤小区那站了，杨小白在张二顺后下了车。杨小白想好了，他得离张二顺稍微远一点，省得张二顺有所提防。

张二顺进了新鹤小区，来到了杨小白家单元门前。杨小白远远地盯着张二顺，他不知道张二顺要耍什么花样。

张二顺只是在单元门前站了三两分钟，就出了新鹤小区，杨小白仍跟在他身后。杨小白认定了，你张二顺走到哪，我就跟到哪，我就不信跟不到个没人的地方！

张二顺走到刚才下车的公交车站时，杨小白的心又提了上来。杨小白又想起自己身上没带钱了。要是张二顺再坐车的话，杨小白就不知自己怎么办了，还不买票？丢不丢人啊？

杨小白就焦急地打量往来的行人，想找个熟人借一点钱。

可是，一个熟人也没有找到。

5

让杨小白有些兴奋的是，张二顺没有乘车，而是借着手中的棍子，试探着步行。走出了大约三十几米，张二顺被一块砖头绊倒了。张二顺趴在地上，把右手攥着的棍子换到左手，再用右手在地上划拉。

杨小白突然觉得张二顺很可怜。他很想上前扶起张二顺，帮张二顺捡起那把二胡。

这时候，一个路过的行人，用脚把二胡踢到了张二顺的近前。张二顺把二胡抓在了手里，脸上露出了一丝笑。

张二顺站起身来，用左手拿着二胡和棍子，用右手拍了拍衣服上的灰尘，就又往前走。五分钟后，张二顺和杨小白就相继来到了北岸邮政局前。张二顺进了邮政局，杨小白也想进，但又没进。

因为杨小白看到《涧河晨报》社的那辆帕萨特，正停在邮政局门前。

后来，杨小白告诉我，第一直觉让他认定了总给他添乱的陈斯情，一定也在邮政局内。事实也证明了，杨小白的直觉蛮准的。

就在杨小白苦等了大约十分钟之后，张二顺出来了。张二顺不是自己出来了，一个看上去三十岁左右的男人，左手拿着二胡，右手扶着张二顺。张二顺的右边，正是陈斯情。

这到底是怎么一回事啊？就在杨小白发傻的时候，陈斯情、张二顺和那个男人已来到了帕萨特车前。

陈斯情对那个男人说，王叔，我自己回家就行了，你把这位伯伯送到地方吧。

那个男人说，好吧。接着，他就跟张二顺上了车。

杨小白就把刀子掏了出来，可他冲上前时，帕萨特已经起动，飞快地驶远了。杨小白一口气追出了足有一百米，实在跑不动了，就上气不接下气地蹲在了地上。

杨小白气刚刚勉强喘匀了，缓缓站起身时，陈斯情跑了过来。

陈斯情气喘吁吁地说，杨小白，你，你跑这么快，干，干什么呀？我，我正要，找，找你呢。

杨小白哇的一声哭了。他说，你找我干什么？干什么？他边喊边把手中的刀子摔在地上。刀子的小钮磕在了地上，啪，刀尖弹了出来，阳光一打，挺晃眼的。

陈斯情被杨小白哭愣了。可看到这把刀子时，她又笑了，说，我就知道是被你偷走的。

杨小白一脚把刀子踢出去老远，他哭着说，还给你！还给你！你把那个瞎子放走了，那个瞎子杀死了我爸爸你知不知道！

陈斯情的脸就白了，她说，什么？那个人，他，他杀死了你爸爸？

杨小白又蹲在了地上，抱头大哭。

陈斯情两手捂着胸口，愣在了那里。

路过的行人都侧头看他们俩。其中一对四十岁左右的男女路过时，女的说，这俩孩子干什么呢？男的说，一看就是处对象的，现在这些孩子呀。

杨小白止住哭泣时，陈斯情说，好像不对。

杨小白说，什么不对。

陈斯情说，你妈妈是不是叫杨美溪？

杨小白说，是。

陈斯情说，她是不是在北岸医院工作？

杨小白说，对呀，怎么了？

在陈斯情接下来的话语中，杨小白知道了，陈斯情和那个司机来邮局，是给《涧河晨报》的作者邮寄样报和稿酬。陈斯情帮着填写完最后一张汇款单时，张二顺来了，也是汇钱。陈斯情见张二顺是盲人，手里的钱又多是硬币和角币，她就帮张二顺数了钱，又帮张二顺填写了汇款单。汇款金额是四百元，收款人是北岸医院杨美溪。陈斯情听说杨小白的妈妈叫杨美溪，在北岸医院工作，可她没有记准，也就没有在意。她就问张二顺，伯伯，您的姓名和地址呢？张二顺说，不写行不？邮政局工作人员说，不行。张二顺说，那就写吧，吴明，口天吴，明天的明。地址是润河市新鹤小区三号楼四单元六一六户。这正是杨小白家的地址。

杨小白也搞不清楚这是怎么一回事了。他就问陈斯情，我们还能追上张二顺不？

陈斯情说，张二顺是谁？

杨小白说，就是那个瞎子，他跟你说他叫吴明。

陈斯情赶忙看了下表，说，坏了坏了，追不上了。

追不上也得追呀。杨小白和陈斯情赶到火车站时，张二顺乘坐的那列驶往哈尔滨方向的火车，早已开走。

6

后来，杨小白的妈妈每个月都会收到一个叫吴明的人寄来的四百元钱。寄款人地址总是在变，有时是哈尔滨，有时是鹤岗，有时是杭州，有时是我根本就没听说过的小县城。杨小白的妈妈一分也没有花，存到了一个存折上。

再后来，我就问杨小白，张二顺为什么要杀死你爸爸呀？杨小白说，你就别问了。我就去问杨小白的妈妈，得到的回答是，你去问小白吧。

我就不问了。

这个世间，大概每个人都有秘密吧？就像那把丢失在邮政局附近的弹簧刀，如果没有人去碰它前端的那个小钮，它的锋刃就不会伤到什么。果真是这样的吗？带着这个不解的秘密，现在，我成了杨小白的妻子。

哦？我居然忘了说了，我的名字叫陈斯情。

瓷器一种

1

我要说的这个瓷器，它造型糟糕。而且，最起初的时候，这个瓷器并不知道自己是个瓷器。这有什么值得大惊小怪的吗？我觉得没有。想一想吧，人在婴儿时期，也不一定知道自己是人。

我所生活的这座边陲城市，你们可以称它为涧河。在涧河的城南，靠近城市外环路，有一家工艺品店，店名叫国风，牌匾是我的一个朋友题写的。不过，在这个故事里，我想，我不会给这个朋友出场的机会。

我刚刚说过，最起初的时候，这个瓷器不知道自己是个瓷器，言外之意自然是它后来知道了。在知道这一点之前，这个瓷器就一直睡在国风工艺品店里，具体说来，就是睡在右边那节柜台的左上角的角落中，一睡就是三年，一个梦也没有做。它睡得真的很沉，它盖的被子是灰尘和蛛网，它枕的枕头呢，是它自己的一小捏影子。

国风工艺品店的店面很小，货色也不多。两节不甚透明的玻璃柜台里，稀稀落落地摆了些陶碗、瓷瓶、香炉和古钱币、怀表，还有小人书、全国粮票，以及俄罗斯打火机一类的东西。墙上还挂了几幅字画，狂草啊、水墨啊、水粉啊什么的。这样一来，这家工艺品店看起来似乎就有点像个古玩店了。不过，我是不大敢相信会在这里买到真迹和真品的。

说说国风工艺品店的老板吧。我听说他姓朱，四十多岁了，身材消瘦，肤色很白，戴着一副金丝眼镜，脸上总是稍有一点倦怠的神情，让他看上去至少读过一百本中外文学名著。朱老板的烟瘾可真不小，时常捧着一个银质的水烟袋，咕噜噜地吸。朱老板的面前，通常还会泡一壶铁观音。烟雾和茶香淡淡地洇晕开来，加深了这个瓷器的睡眠。

当然，这个瓷器的睡眠质量，也并非总是最上乘的。想一想吧，人不也有睡腻、睡烦的时候吗？在一些半睡半醒的时候，这个瓷器就听见过朱老板和老板娘之间的对话。

天呀！它怎么还在这儿呀？老板娘的表情，像个孩子似的一惊一乍。

扔了算了。老板娘接着说。

这个瓷器知道，老板娘说的“它”，就是它自己。它就睁眼看了看老板娘，是个二十二三岁的女子，长发染成了金黄色，瀑布似的流泻在她的背后。

朱老板说，扔它干啥？放那也不占地方，说不定哪天就能碰见个冤大头，跟我一样的冤大头。

老板娘说，你又小气了不是？又小气了不是？我就看不惯你这点。这破玩意儿反正也是进货时人家给搭的，扔了扔了，看着它我就闹心。

朱老板把水烟袋中的烟灰，轻轻磕到烟灰缸里。他说，闹心的应该是我。我本来寻思自己娶了个媳妇，又年轻又漂亮，赚了，结果被人家搭了一摞绿帽子。我这脑袋真大呀，过北京天安门都刮耳朵。

知足吧，你就知足吧。老板娘翻了个白眼，之后就扭着腰肢往外走了。

朱老板接下来又说自言自语了一些什么，这个瓷器没有听清。它很是有些认真地在想，我怎么会是个破玩意儿呢？它想不明白，就重又睡了过去。

2

现在回想起来，这个瓷器知道自己是个瓷器的那天，我们涧河正在下着那一年的第一场雪。

一般说来，第一场雪都是不成规模的，散兵游勇，落在地上也就融化了，徒增一些泥泞而已。但那一年的第一场雪偏不，它们明显都是急性子，也就十几分钟的工夫，我们涧河市就白茫茫的一片了。风也很大，搅着雪花，天地之间混混沌沌的，让人的心里不由得有了些许恐慌。

一整个上午，没有一个顾客光临国风工艺品店，朱老板就不禁有点着急。吃过午饭了，雪还是没有停下来歇歇脚的意思。朱老板就叹了口气，心想，今天是不会有人来了。

就是这个时候，一个戴了条红丝巾的女子，推开了国风工艺品店的店门。

女子带进来的冷气，一瞬间就惊醒了这个瓷器。

这个瓷器本来以为是老板娘出门回来了呢，但仔细一看，不是。不过，这个女子跟老板娘长得挺像的。至于她们二人什么地方长得像，这个瓷器说不清楚，毕竟气质和神韵这类词语，对它来说是遥远而陌生的。

女子来到左边那节柜台近前，指了指一个香炉，语气冰冷地说，把它拿过来给我看看。

朱老板就把这个香炉递给女子。他说，这个香炉是嘉庆年间的，有些年月了，您……

女子没接香炉，她打断了朱老板的话。她说，我知道你不是哑巴，我让你说的时候你再说行不？

朱老板的脸就红了，还忍不住使劲攥了攥左拳。他说，行，当然行。

女子就来到右边的那节柜台前，指着这个瓷器，说，你把这个瓷器给我看看。

是的，是这个时候，就是这个时候，这个瓷器才知道自己是瓷器。尽管它不知道瓷器是什么意思，但它还是很高兴。它就在心里小声念叨，瓷器，我是瓷器。

朱老板随手把香炉放在柜台上，接着就把这个瓷器拿过来，用一块毛巾将它上面的灰尘和蛛网擦净，递给女子。

女子接过这个瓷器。女子的体温，通过她的双手，传递给了瓷器。这个瓷器就想笑一笑，却听到女子在问朱老板，这个瓷器多少钱？

朱老板举起左手，说，五百块。

多少？女子的声音陡然挑高，类似火苗瞬间失控。她说，五百？

朱老板说，你要是嫌贵，我可以给你打八折。

女子把这个瓷器放回到柜台上，她说，你信不信你这店明天就关门？

朱老板笑了，他说，我知道你这是在跟我开玩笑。你要是真喜欢这个瓷器，我可以把它送给你，这可是正宗景德镇的。

女子重又把这个瓷器拿到手里，她说，我没时间跟你讨价还价。你说吧，最低价多少？

朱老板伸出两个手指，说，两百，不能再低了。

二十。女子说。

朱老板就长叹了口气，说，二十？你也体谅体谅我们吧，有本钱有税跟着呢！

就二十。女子说，不卖你就给个痛快话。

朱老板使劲搓着双手，说，二十真不行，合不上，你怎么也得再添点。

女子放下这个瓷器，转身往外走。

等等，你等等。女子走到门口时，朱老板喊住了她。他说，好！二十就二十，我今天也豁出去了，权当交你这个朋友。

女子就从她那个带子长及膝盖的牛仔包中拿出钱包，打开，拿出二十元钱，递给朱老板。后者接过钱，苦笑了一下，就把这个瓷器递给女子。

我这个店开了十年了，我第一次碰见你这么厉害的。朱老板说。

女子没接朱老板的话茬，她把这个瓷器捧在手里，歪着头，仔细端详。这是什么造型？她问朱老板，鹿吗？要么是羚羊？

朱老板说，你说它是鹿它就是鹿，你说它是羚羊它就是羚羊。好的艺术品，好就好在像与不像之间，你可真是好眼力啊。

你也不用忽悠我。女子边说边将这个瓷器放到她的牛仔包里，她说，它爱是啥造型就是啥造型，我喜欢我就买。

被装进包里的这个瓷器，没有听清女子和朱老板接下来又说了些什么。一片黑暗当中，它又睡着了。

3

这个瓷器再次醒来时，女子正好打开她牛仔包的拉链。女子将它拿出来，它就看到自己来到了一间楼房当中。

除了一张床和一张书桌之外，这间楼房当中差不多全是书籍了，平装的、精装的，三十二开本的、十六开本的，打开的、合着的。这个瓷器不知道这是什么地方，它很想知道。这时候，女子把瓷器交到了一个男人的手中。男人的掌心太热了，让这个瓷器有点不大适应。它就看女子，女子呢，低着头，看她自己的鞋尖。

女子说，去年夏天，我去莫斯科的时候，在红场附近的一个古玩店，我买了这个瓷器。早就想把它送给你了，就怕你不喜欢。

男人说，喜欢，我喜欢，我怎么会不喜欢呢？它，嗯，它很贵吧？

女子抬起头来，看着男人的眼睛。她说，不贵，九百八十美元。

男人说，还不贵？是你好几个月工资呢！

女子说，这没什么，只要你喜欢。我买它，是因为我觉得它的造型，怎么说呢，我觉得它的造型很别致。我觉得它又像是鹿，又像是羚羊。如果说它是鹿，鹿，跟你的姓同音；如果说它是羚羊，羊，是你的属相。

男人深吸了口气，又缓缓呼出。他说，你呀，总是这么细心。

女子就上前一步，握住男人的手。男人就放下这个瓷器，反握女子的手。女子将头轻轻靠在男人的胸前，说，你永远不会知道我多么在乎你。

男人说，我知道。

女子松开男人的手，后退了几步，说，可是我毕竟已经结婚了，我配不上你。

男人说，我们不要再提这个话题了。他边说边上前一步，想握女子的手，女子却躲闪开来，还后退了一步。

女子说，我希望你以后看到这个瓷器的时候，偶尔能想起我，这就足够了。

男人说，好了，好了好了，我不知道你说的是什么意思。我并没有要求过你什么，我从来没要求你离婚，没要求你嫁给我。

女子说，但我知道你心里其实一直在这样想。

男人倒抽了一口气，说不出话来。

女子接着说，陆凯，其实你这种不说出口的要求，压得我简直喘不过气来。

男人说，柳玫，我，我，你说我到底怎么样你才能信任我，你说呀柳玫。

女子说，你错了陆凯，我从来就没有不信任过你。问题的关键是，我，真的，我也爱你。

男人说，我知道，我知道。

女子说，我爱你，所以我不能以这种不爱你的方式跟你在一起。

女子边说边往门口走，男人在后面紧跟。在门口处，女子停住脚步。她没有回头，说，你站住。

男人就站住了。

女子说，你如果不想让我死在你面前，你就不要留我。从今以后，我，我们再也不要联系了。

女子说完就哗啦一声打开房门，噔噔噔，脚步急促地下楼了。男人向前抢了一步，又停下来，接着就软软地瘫坐在了地上，两只手在狠力地撕扯着自己的头发。

女子和男人的对话，瓷器一直在一旁观看着。它不知道这两个人说的是什么意思，也不知道他们究竟想要做什么。它只是知道了这两个人的名字，男人叫陆凯，女子叫柳玫。它觉得他们两个的名字，都不如它的名字好听。

瓷器，瓷器，瓷器。它在心里一遍又一遍地叫着自己。

在接下来差不多两年的时间里，我们涧河发生了很多事情。而这个瓷器呢，一直在饱受着失眠的折磨。

我们知道，这个瓷器在国风工艺品店的那三年，它始终是被灰尘和蛛网包裹着的，它也一直以为那就是它的衣服或被子。来到陆凯家之后，陆凯每天都用手掌、脸颊和嘴唇抚摸它。它先是很不习惯，后来就厌烦透顶。它更无法接受的是，陆凯还时常用水冲洗它。那水是从陆凯的眼中流出来的，很热，也很咸。陆凯就是睡觉的时候，也把它放在枕边。已经不知多少次了，这个瓷器刚要睡着，陆凯就喊着柳玫的名字，从梦中惊醒过来。醒来的陆凯就又用手掌、脸颊和嘴唇抚摸它，用水冲它。

疯了，我要疯了！这个瓷器这样想。

直到一个叫王倩的女孩子出现时，这个瓷器的处境才稍稍得以改善。

王倩，二十二岁，骨感的身材，浅麦色的皮肤，爱笑，但笑起来有点吓人。当有什么事情让她觉得好笑时，她就仰起头，哈哈，哈哈哈哈。笑着笑着，没声了，她的身子就倒仰着倒在了她身后随便一个什么人的身上。被扶起，透过一口气，她接着笑。

王倩第一次来陆凯家时，她的这种笑法，简直让这个瓷器丧失了活下去的勇气。一个陆凯就够这个瓷器受得了，现在再加上这么个女孩子，它觉得自己只有死的份了。瓷器正在为自己的将来担忧，王倩就来到了它近前，伸过手来。这个瓷器想，完了，完了，这回我是彻底完蛋了。王倩却又缩回了手，没碰这个瓷器。

这是什么呀？王倩问陆凯。

陆凯的脸有点红，他说，艺术品，啊，朋友送的一个艺术品。

这个瓷器很纳闷呀，我是瓷器，怎么成了艺术品了？艺术品又是什么？

王倩打断了这个瓷器的思路，她又对陆凯说，我问的是造型。这叫啥呀？有点像鹿，有点像马，还有点像狗和猪，整个一个四不像。

陆凯说，它，其实。

王倩说，再说它的颜色，黑不溜秋，灰了吧唧，还有点浅棕和土黄，哈哈哈，哈哈哈，它真是个四不像，哈哈哈哈。

陆凯说，你要是不喜欢，我就把它扔了。

王倩说，扔它干吗？不是朋友送的吗？别放床上，找个不碍事的地方搁起来。

陆凯就捞过一把椅子，登上去，把这个瓷器放在了书柜的最上一格。凭借这个高度，这个瓷器可以清晰地看到，陆凯回到地面，就一把搂住了王倩，接着两个人便滚到了床上。他们怎么打起来了？带着这样的疑问，这个瓷器终于睡着了，是它两年来的第一个囫囵觉。

这个瓷器一觉醒来时，已是第二天的上午，陆凯和王倩出去了。这个瓷器就想，今后我就可以好好睡了。

可它很快就发现自己错了。虽然陆凯再也不来打扰它，虽然它重又穿上了灰尘和蛛网，可睡眠却远远地离开了它。它越是睡不着就越想睡，越想睡就越睡不着。有的时候，它总算睡着了，可一眨眼的工夫，又激灵一下惊醒了，吓自己出了一身冷汗。

这个瓷器就更加怀念国风工艺品店了。很多个睡不着的白天或者黑夜，它的眼前都出现了朱老板的模样，瘦、肤色很白、戴着金丝镜。它甚至闻到了朱老板喝的铁观音的茶香，也闻到了朱老板吸的烟斗的味道，那种淡淡的有点辛辣的烟味。

应该说，这个瓷器从来就没想过它还会有与朱老板见面的机遇。但这个机遇，还真的就出现了。

陆凯和王倩结婚那天，来了好多客人。这些客人似乎都挺无聊的，除了一个劲地怂恿陆凯和王倩当众亲昵，谁也没有注意到这个瓷器。这个瓷器当然不在乎这些，一阵困意袭来，它要睡了。

可就是在这个时候，瓷器闻到了铁观音的清香，当然了，还有那种淡淡的有点辛辣的烟味。

这个瓷器就猛地睁开眼睛，它果然看到了朱老板，正站在书柜下，仰头看它。

这个瓷器就说，朱老板，带我走吧，我要睡觉，我只想睡觉。

朱老板显然没有听到它的话语，但他却对它笑了，边笑还边摇了摇头。他说，好玩，好玩啊，真有意思。

这个瓷器大喊，带我走，带我走！

朱老板仍旧没听到它的话语，他转过身去，往外走。走到王倩背后时，王倩正笑到没了声，她的身子就倒仰着倒在了朱老板的怀里。陆凯急忙跑过去，一把抓过王倩，将王倩搂在怀里。

朱老板呢，用手掸了掸衣襟，没和任何人说什么，就一个人离开了陆凯的家。

我们知道，很多时候，时间真的是过得很快的。大约半年之后吧，这个瓷器又看到了朱老板，地点自然还是陆凯家。

那天一大早上，陆凯就出门了，王倩一个人留在了家里。不一会儿，这个瓷器听到有人敲门。王倩去开门。门刚一打开，这个瓷器就又闻到了茶香和烟味。

与朱老板的这次相见，这个瓷器已没了上一次的兴奋。它知道朱老板不会带它走，它对自己越来越重的失眠症，已经基本不抱有治愈的希望了。

这个瓷器就冷冷地俯视着朱老板和王倩。这二人就像两只慌乱的兔子一样，脱光各自的衣服，然后翻滚到了床上。这个瓷器就痛苦地闭上了眼睛。能睡一觉多好哇！它想。

这个瓷器睁开眼睛时，朱老板已穿上了衣服。他又来到书柜前，抬起头，看这个瓷器。他指了指它，对王倩说，这破玩意儿还在呀。

这个瓷器就气得咬紧了牙关。它又想起国风工艺品店的老板娘了，老板娘就说过它是个破玩意儿，而它明明叫瓷器。

王倩说，什么？破玩意儿？你到底懂不懂行啊你？那是艺术品，五百多美元，不对，是九百多美元从俄罗斯带回来的！

朱老板哈哈大笑，他说，美元？九百美元？二十日元我就能给你买一火车皮，你信不？好玩，真好玩。

王倩说，你笑什么呀你？吹牛吧？

朱老板止住笑，把王倩搂在怀里，说，倩倩，明天你真能出来？没骗我？

我骗你干什么？真的。王倩边说边搂住朱老板的腰，还把前额抵在朱老板的胸口。

朱老板说，那太好了，我等你。

朱老板走的时候，这个瓷器看也没看他一眼。他恨朱老板。不是恨朱老板不带它走，而是恨朱老板说它是破玩意儿。

时间很快就来到了晚上，陆凯回来了。他对王倩说，老婆，单位明天让我出差。

王倩说，怎么这么巧？下午经理给我打电话，也让我明天出差。

这个瓷器听了这二人的话，感觉很高兴。它想，他们都走了，它自己在家，它也许真的能睡个好觉了。

可陆凯的话又让它失望了。

陆凯说，你出差，那我就往后推推。

王倩说，那好吗？不行我往后推。

陆凯说，没事，你这次去哪？

王倩说，哈尔滨，催货款，没什么意思，那破地方我真去够了。

陆凯说，几天能回来？

王倩说，怎么也得四五天吧。

陆凯说，早去早回，别让我惦记。

这个瓷器听到这儿的时候，就忍不住长长地叹了口气。

第二天一大早，王倩走了，陆凯留在了家里。陆凯打了个电话，说，她出差了。这个瓷器似乎刚刚睡醒，也或者是刚刚睡着，它没能听见电话那头的那个人说了些什么。

不一会儿，有人敲门。陆凯去开门，一个女子走了进来。

一看这个女子，这个瓷器的脑子里就嗡地一下。国风工艺品的老板娘？它仔细一看，不是。是柳玫！是把它从朱老板那里弄到了这里的那个女子。这个瓷器真的很想痛骂柳玫一顿，如果不是因为她，它又怎么会天天忍受失眠的折磨？可是，也正是她，让它知道了自己是瓷器。这个瓷器觉得自己真是左右为难啊，它就紧盯着柳玫。

柳玫和陆凯就拥抱在了一起，然后倒了床上。这个瓷器知道，它又将看到跟昨天雷同的一幕了。

但是没有。

躺在床上的柳玫推开陆凯，指了指这个瓷器，说，那是啥呀？我咋看它这么眼熟呢？

陆凯说，你可不眼熟怎么的。

柳玫说，你把它拿下来我看看。

陆凯就下床，来到书柜前，伸手去够这个瓷器。陆凯的指尖已经触到这个瓷器了，但没拿稳。瓷器就跌倒了，从书柜上掉了下来。

在跌落的过程中，这个瓷器看到陆凯家的门突然开了，国风工艺品店的老板娘，铁青着脸走了进来。这个瓷器忍不住想，她怎么来了？它当然没能想出答案，因为它听到了一声啪，很是干脆。

在粉身碎骨的一瞬间里，这个瓷器知道，自己将永远失眠，或者永远不失眠了。

儿女情长

1

晚饭的时候，我做了两个菜。我把土豆丝端上来时，先做好的那盘炸茄盒，已经被小龙吃掉半盘了。这要是放在以往，十年或者十五年前，我一定会瞪着眼睛教训小龙一顿。那时我真挺擅长引经据典的，唾沫横飞地说他不懂礼貌、不知孝道。看着小龙低眉顺眼的样子，老实说我这心里就挺有成就感的。但现在我不会这么做了。事实上，很早以前，十年或者十五年前，我就不这么做了。我一定要这么做的话，小龙就会对我瞪着眼睛。而且我很快就会发现，唾沫横飞地引经据典这行当，小龙干得比我还溜。什么叫青出于蓝胜于蓝呀？我想，看着我低眉顺眼的样子，小龙的心里也会挺有成就感的。

我知道小龙从小就爱吃炸茄盒，所以我下面说的这句话，就有没事找事的意思了。我说，怎么样？味道还行吧？我说这话时，也不知怎么搞的，笑容就大老远跑我脸上来了。

好吃。小龙说完这两个字，就低下头来看他脚上的那双耐克运动鞋。之后又说，爸，我想搬出去住一段日子。

我解围裙的动作就停下来了。我愣呵呵的目光就像两根硬邦邦的木棍，戳在小龙的脸上。小龙就抬起头来，看了我一眼，又将头扭向了窗外。我就叹了口气，坐了下来，饿劲已经过去了不说，心口还堵得慌。

除了小龙，我还有个女儿，叫小凤，比小龙大两岁，十七毛岁那年她考上了北京大学。这事要是放在别的地方，可能也没什么了不起的。可是在我们涧河，那影响就跟一场地震似的，把我这当爹的都震蒙了。当我回过神儿时，我们涧河当地媒体，对这事的报道已经是连篇累牍了，省电视台的记者也赶来了。我这才相信，自打有了考大学这一说，涧河第一个考上北京大学的，真是我们家小凤。那时我老伴还活着，面对摄像机和话筒，她只会一个劲地傻笑。记者让我说，我就说了，呜里哇啦地说，指手画脚地说，也不知道都说了些什么，反正特别过瘾。我在这提到小凤，是想说她如今已经大学毕业五年了，可在这五年里，她只回来看过我三次。老伴去世了，女儿不回来看我了，你说我混得是不是不够壮丽？现在，小龙又说他要搬出去。真是越渴越吃盐啊！

我就问小龙，因为啥呀？你总得给我个理由吧？

小龙说，一个哪够啊老爸，起码我有三个理由。第一，我也二十好几了，我得学习怎么样独立生活，最起码方便面怎么煮、米饭怎么蒸，我得会。

我说，这也叫理由？学做饭在家就不能学了？

小龙说，第二，我想再学习学习。我姐是大本学历，每个月赚那么多钱。我呢，破大专，满大街都是，到哪都不好使。我想考个本科文凭，前几天我去招生办了，报了自考。

我一听，心里挺高兴，但这能成为他搬出去的理由吗？我说，在家也一样学习。

小龙的眉头就皱了一下，我知道他是有些不耐烦了。他说，就算你不影响我学习，我还怕我耽误你看电视、睡觉呢！

我刚一开口，想说我以后不看电视了，小龙接着说，第三，爸，我觉得周姨那人不错。我搬出去住，你们来往起来也方便。

停！我说，你给我停！

2

我失眠了。都后半夜了，我还跟张烙不熟的夹生饼似的，在床这个大平底锅里翻过来掉过去，掉过去翻过来。小龙搬出去已经两天了。尽管我反对，但他还是搬出去住了。

其实我也知道，小龙既然说要搬出去住，那他就一定会搬出去住。他能事先跟我打了个招呼，这已经是给足我面子了。我就在心里安慰自己：小龙的前两个理由还是站得住脚的，他能知道上进，这就是我上辈子积大德修来的福分了。至于小龙说的老周婆子真不错，就该是在贬低我的审美品位了。老周婆子的脸庞怎么样咱们姑且忽略不计，我只说说她的嗓门吧。我敢赌一百块钱，她要是在你耳边呢喃一声，一公里外的聋子都听得见。

白天还好过些。工作忙忙活活的，上午看两块版，下午再看两块版，一天就过去了。前面我忘了说了，现在说也不晚，我在涧河晨报工作，是做校对。我大致统计过，我校对过的新闻，最多能占我校对过的广告的四分之一。我校过的广告差不多就这么三种：减肥器械或药品，丰胸器械或药品，专治阳痿器械或药品。别说本报讯了，就是新华社某地某月某日电，这些广告也总能轻而易举就把它们挤掉。这些广告还有个共同特征，就是错别字连篇，错得盘根错节，别得丝丝入扣。商家说，我给你们什么样的稿件，你们就登什么样的稿件，一个字也不许给我动。总编就点头，说，那是。又点头，说，那是那是。我呢，就也点头，说，好的。又点头，说，好的好的。扯远点了。

到了晚上，我怎么也睡不着。没办法，躺在床上看电视吧。是世界杯，澳大利亚对意大利。我就知道，小龙现在一准也在看呢。我甚至怀疑，他猴急猴急地搬出去，可能就是想铆足了劲把世界杯看个实惠。一年到头，我和小龙一块看电视的次数，也就那么三五回。只要是赶上足球赛，我就发现他像被谁给扎了一针兴奋剂似的，马上来了精神，两只眼睛就跟探照灯一样，欻拉欻拉地闪光。中场休息的时候，我就问他，那个 9 号是谁？那个 10 号进球以后，平端着两只胳膊，左右摇晃，是什么意思？小龙的脑袋摇得那叫痛心疾首，他说，爸，我告诉过你一万遍了，那是罗纳尔多，外星人；那是庆祝进球，表示在哄婴儿睡觉。我就真的有些惭愧了。一来，我想不起这之前小龙是不是真的告诉过我，而且告诉了那么多遍。二来，我担心啊！那个黑黢黢的彪形大汉，两只胳膊平端着左右摇晃，别说是婴儿了，就是成年的狗熊，也得被他撇出去几十米远。还有一次，我问小龙越位是怎么回事，他告诉了我两遍，我说，哦，哦哦，我懂了。其实我懂个屁呀！我是怕我说不懂，小龙这小兔崽子就得生气。我算是知道什么是养儿了。养儿，就是这样一个奇怪的过程：儿子一天比一天像爹的同时，爹一天比一天更像儿子。

不知什么时候，我迷迷糊糊的好像刚睡着，就被解说员喊醒了。点球！点球！点球！格罗索立功了！格罗索立功了！伟大的意大利的左后卫！他继承了意大利的光荣传统。法切蒂、卡布里尼、马尔蒂尼在这一刻灵魂附体，格罗索一个人代表了意大利足球悠久的历史和传统，这一刻他不是一个人在战斗，他不是一个人！

我是事后才知道这个解说员叫黄健翔。当然，他解说的原话也是我后来在网上查到的。当时我真的很气愤。睡眠就像一只胆小的鸟，好不容易飞回我身体这架笼子里，却被黄健翔又给吓飞了。当时我也挺不明白的，干嘛这么激动呢？伟大的意大利的左后卫！马尔蒂尼今天生日快乐！意大利万岁！

我就下了床，关了电视，坐在沙发上，点了根烟。小龙现在睡着了吗？他说他要学习独立生活，看来我也得学习独立生活了。小龙已经二十四岁了，虽然还没听说他有女朋友，但一旦有了，说结婚就不会给我容空。可以肯定，小龙要是结了婚，绝对不会跟我一起生活。现在这年轻人，谁愿意跟父母在一块搅和？就算小龙大发慈悲，要跟我一起过，我是不是也得考虑一下自己会不会碍人家小两口的事？再说我还没到七老八十，想颐养天年，做梦呢吧？

可我现在真想做个梦啊！天色已经有点亮了，天亮我还有工作要做的。我就倒了杯水，吃了片地西泮片。地西泮片，可真别嘴，一听这名就不是只好鸟。其实以前我是听说过它的小名的，叫安眠片。

3

做炸茄盒说起来简单，实际做起来其实挺麻烦。就说第一步剁肉馅吧，当当当，当当当，当得我挺心烦。心烦又能怎么样？忍着。谁让小龙爱吃呢？小龙搬出去已经四天了，连个电话也没给我打，也不知道他都是吃什么过来的。我就起了个大早，想赶在他吃早饭之前，给他把炸茄盒送过去。

我刚做好炸茄盒，我的小灵通收到条短信：爸爸，祝您生日快乐！

我才想起，今天是我五十岁生日。我也就真的飞快地乐了。老实说，我从来没把生日当过一回事。但我老伴活着的时候，每年阴历五月二十二这天，她总要张张罗罗地给我做一桌子菜，还给我买一瓶好酒。我就说，以后我可不过生日。一来我不当官，过生日也没人给我行贿；二来，我还年轻。按国际最新标准，我这是刚刚步入中年。我老伴就笑了，还偷偷跟我搞了个小动作。我老伴，多好一个人哪，知冷知热，模样长得也漂亮。可去年立秋前一天，走在下班回家的路上，她卡了个跟头，送到医院就不行了。是突发脑溢血。我记得在我老伴葬礼上，老周婆子说，小龙他妈也算是有福的人，走得一点罪都没遭。我当时就翻脸了。我说，你想有福，谁拦着你怎么了？

老伴死了，这真让我打不起精神。但让我心暖的是，小龙还惦记着我的生日。爸爸，祝您生日快乐！没有署名，就八个字。够了。男人嘛，表达感情，意思到了就行，太热烈了，反倒矫情。紧接着我就脸红了。我也是做儿子的，我老爹今年快八十岁了，可我真就不知道我老爹的生日是哪天。

把炸茄盒放到保温饭盒里，拎着它，我下楼。一出单元门，我的小灵通就响了。来电显示的手机号码前有个0，是个外地手机。我一接，原来是我女儿小凤。

小凤说，爸，祝您生日快乐。

一句话，弄得我差点老泪纵横。瞧瞧，你瞧瞧我养活的孩子，儿子刚发来短信，女儿又打来电话了。

我说，快乐快乐。姑娘，最近过得怎么样？工作还那么忙不？

小凤说，爸，我这边一切都好，您不用惦记。刚才我就想打电话给您，怕耽误您睡觉，就发了条短信，您收到了吧？对了，我忘告诉您了，我这个手机号是新换的，以前那个不用了。

我就觉得心口窝那儿有点堵得慌，手里的保温饭盒也有点坠手。我本来以为短信是小龙发来的呢，原来是小凤。

我说，收到了。怪不得人们都说，女儿是爹妈的贴身小棉袄。

小凤说，爸爸，今年春节放假，我一定回去好好陪您。

我说，好哇好哇。接着，我就忍不住轻轻叹了口气。

真的，我相信小凤是真的想陪我，可我也相信小凤真的陪不成我。小凤大学毕业以后，去了北京一个英国外资公司工作，现在已经是企划部的经理了，很忙。去年她回来参加她妈的葬礼，哭得让我这个揪心啊！她说她本来是想再过几年，等我和她妈退休了，她就接我们俩去北京住。她说她再不回北京了，就在家照顾我。葬礼刚刚结束，我就把小凤撵回北京了。我真的不希望她走，起码别走得这么快。可不走不行啊！小凤的手机和我的小灵通，都要被那帮英国鬼子给打爆了，左一个策划需要小凤拍板，右一个合同等着小凤签字。接这些电话的时候，我别提多心烦，又别提多心惊。我是一句英语也不会说，可那帮英国鬼子，叫什么杰瑞，什么詹姆斯、查尔斯，说汉语说得比我还溜，连东北方言“那疙瘩”、“吭哧瘪肚”、“嗞哇瞧叫唤”都会。

小凤告诉我，她给我卡里打了两千块钱，让我想吃点什么就去买。我刚要说我有钱，小凤说，小龙现在怎么样？没惹您生气吧？

我说，他没惹我。你弟弟现在可懂事了，报了自考，要考本科。

4

从我住的地方，到公交车站点，大概也就一百米的样子。我要是坐公交车的话，用不了五分钟，过了我们涧河晨报社、涧河电视台这两站，第三站就是北岸小区三号楼了。这栋楼的四单元708室，我前年买下来了，打算给小龙以后结婚用。买这个楼，花光了我和老伴的全部积蓄，还欠了一点外债。可有什么办法呢？没楼，儿子拿什么娶媳妇？当初买这楼，我挺心疼。现在想想，多亏那时买了。现在买的话，我就买不起了。如今这物价，真没个准谱。小龙去年买个手机，一千二百多块，今年就只值四五百块了。我买的这个楼呢，前年花了十二万，今年就值十六万元。一开始，我还美呢，以为自己赚了四万。又一想，不是那么回事。我要是卖了这个楼，再买一个，那十六万就又买不来了，我还得往里搭钱。

我买完这个楼，简单装了一下，就租出去了。租户是个三十多岁的女人，离婚了，带着个小孩。两个月以前，这女人又嫁了人，就退了房子。我在我们报纸上打了出租广告，但一直没人来租。既然说到了这个女人，我就再多说几句。昨天我校对二版，在头条见到了她的照片，耷拉着脑袋，手上戴着铐子。我一看内容，原来她的二任丈夫不喜欢她孩子，她就把孩子给卖了，得的钱买了台新飞冰箱，做了自己的嫁妆。真生猛。

小龙现在就住在这个楼里。我看了下时间，差五分钟七点。我就不打算坐公交车了，走着去，二十分钟足够，不耽误我上班，也不耽误小龙上班，顺便我也当锻炼身体了。还有一点也不能不说，这就是走着去，我能省下一块钱车票钱。咱也不知道这公交车票价为什么要这么定，从涧河电视台那个站点那儿一刀切。就是说，你打南边上了车，别管坐到电视台那儿是一站地还是十站地，都是五毛钱，过了电视台站呢，别管你再坐一站地还是十站地，都是一块钱。我要是坐车去给小龙送茄盒，里外里才三站，就得买一块钱的车票。我倒不是心疼这一块钱，我生不起这气。对了，我忘了说了，小龙在涧河电视台工作，在新闻部做记者。是我去年把他安排进去的，费那牛劲别提了。这年月，找个工作容易吗？就像小龙自己说的，他是个破大专学历，到哪都不好使。我这当爹的，要钱没有，要命暂时还不能给，就只能豁出去我这张老脸，给人家当三孙子了。去工作那天，小龙说，爸，我得好好干。我没说什么，但拍了下他肩膀。说实话，我倒是也想让小龙给我争争光长长脸。但到我这年纪，也该务实了。孩子给我争光是其次，首先别给我丢脸，我就烧高香了。

5

我吭哧吭哧上到七楼，敲门，再敲门，屋里一点动静也没有。小龙这是没起床啊，还是昨晚没在这住？我就后退两步，靠着楼梯扶手，想先歇一歇。才两个月没来，我这门上就被贴满了不干胶小广告，通下水的、修排烟罩的、换锁芯的、修家电的，还有代办文凭和发票的，五颜六色，乱七八糟。

又敲了遍门，还是没人给开门。我就掏出钥匙，开锁，但怎么也打不开。小龙这是换门锁了？怎么不跟我打个招呼？我心里这火腾一下就起来了。我就打小龙的手机。您拨的电话已关机，或不在服务区内，请稍后再拨。再打，还是这句。

把手机放回兜里，我不生气了。我担心小龙是不是出什么事了？要不是生病了？跟人打架了？我心里七上八下的。小龙从小就不怎么让我省心。初三那年，他嫌数学老师总留那么多作业，有一天晚上，他就用砖头把老师家玻璃给砸了。高二那年，他班有两个学生处对象。有一天下课，往教室外走，小龙踩了那个女同学的脚，被她对象看着了。她对象说，你干啥？小龙说，对不起。这男生说，对不起就完了？小龙说，那你说怎么办？男生说，你趴地上把她鞋给我舔干净。小龙说，行，你等我一下。小龙回教室拎出来一把拖布就追这个男生，追到操场，追上了，照这男生脑袋就砸，拖布都砸散花了，他还不住手。我给了校长五百块钱，又给了那个男生家长一千块，这事才算平下来。我骂小龙，你傻呀？你要砸死他可怎么整？小龙的一句话把我气乐了，他说，爸，我手有准。可我万万没想到，这之后，那个女同学，就是被打那个男生的对象，不跟那个男生处了，三天两头往我们家跑，又给小龙买腰带，又给小龙买巧克力。她看小龙的眼神，让我们家屋里温度都上升了好几度。好在小龙对她好像不大有那层意思，半年以后，她就不来我们家了。可我还是有点怀疑，要是没有这个女同学，小龙可能不会只考了个大专。

我真的挺担心小龙如今又给我惹下什么乱子。已经七点四十了，再等下去，我上班就得迟到。我就急忙下楼。

一出单元门，我就看到了老周婆子，她正在跟收拾楼道垃圾的一个老头说着什么。见我出来，她就笑着迎过来，说，老刘老刘，我正要找你呢，我想给你介绍个对象。

我说，不行不行，我上班要晚了。我边说边快步走开，头也不回。

老周婆子说，喂喂，你等一下，把我介绍给你行不行啊？我就稀罕戴金丝镜的……

我撒腿就跑。老周婆子和那个老头的笑声，就像根鞭子似的在身后抽打我。我想好了，明天我就把我的近视镜换成宽边的。

这个老周婆子，脱生成女人真是白瞎材料了。以前我们两家是老邻居，她老伴总病病歪歪，她们家的日子就靠她一个人撑着。有一次，我到粮库去办什么事，看到她在那当装卸工。她这是趁周末工休，来这做临时工。那一麻袋黄豆，据说最少也有一百七八十斤，她扛着走跳板，竟然健步如飞，还有说有笑，真让我分不清是敬佩，是心酸，还是恐怖。三年前，她老伴去世了，她就办了提前退休，把家搬到了北岸小区。我给小龙买的这户楼，当初就是她帮着给联系的。我老伴去世以后，她就三天两头往我家跑。要不怎么叫过来人呢？老周婆子真比小龙当初那个女同学讲究策略。她不像那个女同学，光给小龙送这送那，对我连正眼都不看。老周婆子不但送给了我一件她亲手织的毛衣，还给了小龙一部手机，就是我前面说的一千二百块钱买的，转年就贬值到四五百块的那部。看看，看看，一部手机就让小龙把他爹给供出去了。年轻人哪，真禁不住糖衣炮弹。

6

到了报社，我刚要工作，总编打内部电话，让我到他办公室。我就想，可能没什么好事。

总编的脸色阴得一把攥得出水。他说，老刘，你这几天身体怎么样？

我说，还行，就是……

总编说，没什么事就好，我看你这几天好像有点没精神。

我说，我有点感冒，吃了药有点犯困。

总编说，哦。老刘，你是报社老同志了，你的认真工作态度，大家都看在眼里，心里也都有数。但光态度认真不行，这期报纸，四版通栏广告，标题怎么错了？

总编把办公桌上的报纸推了过来，我拿起一看，“女性福音”错成“妇性福音”了。

我说，总编，我……

总编说，刚才商家给我打电话，说是得赔他一期。我跟他好说好商量，我说女性和妇性是一个意思，不能算错，他好歹答应不用赔了。

我就赶忙给他戴高帽。我说，总编你真厉害。这要是换成别人，肯定想不到这点，商家也不能答应不赔，总编就是厉害。

总编的阴脸果然晴了不少。他说，今后可得注意。

我说，是的，谢谢总编。

总编说，行了，你工作去吧。

我急忙往外走，可刚到了门口，总编又叫住我。他说，你等下。这个错误既然出了，你就得委屈一下，罚款就别一百了，五十。总编说着就拿起了电话，一边拨号一边头也不抬地对我摆了摆手，说，你快工作去吧。

午休的时候，我又给小龙打了电话，他还是关机，我就匆匆去了电视台。小龙的主任说小龙下去采访了，我一直悬着的心总算落了下来。主任说，小龙手机没电了，您有事找他可以打小张的手机，他俩在一起采访。

出了电视台，我就打了小张的手机，让小龙接电话。

我说，怎么样？

小龙说，什么怎么样？

我说，这几天你过得怎么样。

小龙说，挺好。你怎么把电话打小张这来了？

我说，是你们主任告诉我。

小龙说，我们主任？爸！你是不是到我单位找我去了？你是不是到楼上没开开门，就去我单位找我了？

我听得出小龙的语气挺不耐烦，还有点气急败坏，但我承认，这小兔崽子挺聪明。我说，是啊，你听我说。

小龙没听我说。他说，我都这么大了，还照顾不了自己？你保准是没开开楼门，就寻思我出什么事了。我能出什么事？我都这么大了。你就不会想想，咱家那楼租出去过，现在收回来了，不得换个新锁？你就敢保证那个租户一定是个好人？行了行了，我挂了，哪天我把钥匙给你送去一把。

我说，晚上回家吃饭吧，今天是我……

“生日”两个字我还没说出来，小龙说，不行，晚上我有事。

我说，明天早上，我做点茄盒给你送去。

小龙说，再说吧。就挂了电话。

我长吁了口气，也不知道，就想起了我们报纸转载过的一个新闻。

是说有个老头特别有钱，只有一个儿子。儿子结婚后搬出去住了，老头总惦记。儿子就给了老头一把家门钥匙，说你想我就来我家。老头就经常去儿子家。半年以后，老头被抓起来了，被判了死刑。原因是老头强奸了儿媳，一次又一次。老头被枪毙以后，人们才发现他冤枉。真实的原因是他儿子和儿媳，太想早早得到老头的财产，就合伙陷害老头。

我一直怀疑这新闻是记者编的，但编得挺圆不是？

7

晚上六点，老周婆子来我家了。

天哪！她捧了一大盒生日蛋糕。天哪！还有一大束玫瑰花！天哪！她居然化妆了，描了眉毛、涂了口红。

巨大的恐惧让我只是愣呵呵地看着她，老半天说不出话来。老周婆子的脸就红了，支支吾吾地说，知道，我知道你今天，今天是你生日，也没谁给你过，我就来了。

我缓过神来，小心翼翼地说，谢谢。

我能听得到我的心跳，感觉它就在喉咙下面，扑通扑通。我是真的害怕。我知道，如果老周婆子执意想做点什么的话，以她的身板和体质，我一准是惨遭蹂躏的份。老周婆子把蛋糕和花放在桌子上，捎带照了下镜子。她说，人家别的女人，描个眉呀画个眼呀，都是更好看。我在家比画了一下午，整出个这副妈样，我自己看了都恶心。不行不行，我得洗把脸。她就进了厨房，打开水龙头，用手接水，呼呼噜噜地洗了几把脸。

老刘，你手巾放哪了？她说。

我说，就在你头上搭着呢。

老周婆子就抬手，刚够到毛巾，又收回了手。我想起来了，她说，你们有文化的人都干净，不用了不用了。说完，她甩了甩双手，看有点干了，她就把手当毛巾，在脸上胡乱划拉了几个来回。

我觉得我再不把话挑明，恐怕真就得有失身的危险。我说，老周，我看出来了，你对我有好感。我首先得感谢你。你是个难得的好人，谁要是娶了你，他准是上辈子积大德了。但是，我们在一起不合适。你让我害怕。其实我除了认识几个字之外，我什么都不是。你是个难得的好人，你，我，反正我们在一起不合适。我谢谢你。

老周婆子盯着我，半天没吱声。之后，我看到两行泪水从她眼中滑落。我就知道了，一个你认为从来不会哭的人哭时，是最能击毁你的意志的。我就忍不住要拿毛巾，递给老周婆子。

老周婆子用袖子抹了把眼泪，走了。我没有送她。我看到她走出我家后，低下头来，紧接着就撒腿跑了起来。

8

第二天一大早，我又给小龙做了炸茄盒。

拎着保温饭盒，我刚来到北岸小区大门口，小龙正风风火火地跑出来。

我说，儿子，你跑什么呀？我给你做了炸茄盒。

小龙停下来，他说，不行了，来不及了，香江分局抓住个杀人犯，我得马上去采访。爸，我告诉你，以后没什么大事，别上电视台找我，人家会寻思我对你不孝顺，把你怎么了似的。还有，以后出门就坐车。昨天我们主任都说我了，说你爸可真会过日子，大热的天，走着来走着回。听见没有？人家笑话你呢！老爸呀，可别给我丢脸啊。

不等我说什么，小龙就往小区外跑。跑出十几步，他又跑回来。他嘴俯在我耳边，说，爸，昨晚过得挺好的吧？

我说，没啥好不好的，就是有点睡不着。

小龙哈哈大笑，说，你当然睡不着了。昨天下午我姐给我打电话，说你过生日。我昨晚回家了，看见你和我周姨，又是蛋糕又是玫瑰，嘿嘿。小龙说完就又转身跑了，边跑边说，老爸加油啊！

我就苦笑了一下。完！在小龙眼里，我这是黄泥掉进裤裆里了。

接下来，我显然是没回过神来，就闷着头，吭哧吭哧到了七楼，才想起小龙没把新钥匙给我。

下到楼下，昨天那个老头正在从垃圾道里往外掏垃圾。老头可能是认出了我，也可能没认出，他怒气冲天地说，你看看，你看看，全是卫生纸和避孕套！这可怎么整？怎么整？

我当然不知道怎么整，只能对他笑了一下，就往报社走。快走到电视台时，我脑子里突然轰地一下。我赶忙转身往回走。我得坐车。我不能给儿子丢面子啊！

坐上公交车，我就想给小龙打个电话，告诉他还是搬回我这住吧。我知道小龙一定不会同意，所以通话键我就按得挺犹豫。

点球！点球！点球！格罗索立功了！格罗索立功了！不要给澳大利亚任何机会……

我不知道小龙是怎么把黄健翔的解说词做成彩铃的，真好玩。我忍不住就笑了。

警　句

1

橘子不是水果，橘子是一个女孩的名字。

其实，说橘子是一个女孩，在你那里大概是需要一点讨价还价的。因为橘子已经36岁了，不是虚岁，是周岁。在更多人的心目中，这个年纪当属百分之二百以上的中年。不过，橘子既然一直说自己是个女孩，那就女孩好了。光天化日之下，你总不能因为这个，就判橘子一个什么罪不是？

有关橘子的故事，是可以说上三篇五章的。我现在要讲的，是橘子和李二强的那段。

现在回想起来，橘子第一次见到李二强，是在上个月的第一个周六。那个周六的天气不阴不晴，完全不是一副实话实说的样子，而临到傍晚的时候，天空还飘起了小雨。这让橘子有些犹豫，拿不准还要不要去那家咖啡屋，就是位于桥旗路中段的那个名叫第八感觉的咖啡屋。你知道的，已经有差不多有两个半月了，每个周六的晚饭过后，橘子都要去这家咖啡屋坐坐，点上一杯雀巢或者拿铁，抿一小口，最多抿两小口，更多的时候，她只是将杯子捧在手中。

让橘子有些惊喜的是，当她吃过晚饭的时候，天空虽然仍旧阴沉着，但雨却停了。连锅碗也没有刷，橘子就急忙下楼。

从橘子家到第八感觉咖啡屋，至多也就800米的样子，犯不上叫出租车的。再说，步行是锻炼身体最好的方式。橘子出了小区大门，抬头一看，天阴得更加厉害了，雨则摆出一副债主的神情，随时都能不请自来。橘子就猛地加快了脚步，紧接着她的右脚就踢到了一个砖头或者石块一类的东西。由于惯性，橘子前冲了三四步，勉强没有趴在地上，而她的200度近视镜却掉在了地上。

还好，因为要下雨的缘故，这会儿路上行人很少，没人注意橘子现场直播的这一幕。

橘子急忙捡起眼镜，一看，右镜片摔出了一道裂纹。

橘子的心里就有了一股怒气。她想去眼镜店换镜片，可这个时候，眼镜店应该全都关门了。

橘子就把眼镜挂在胸口，接着往前走。平时戴惯了眼镜，也没觉得怎么舒坦，可这冷不丁不戴，还真是有些别扭，走起路来总觉得深一脚浅一脚的。橘子就不得不低着头，眯着眼睛，仔细看着脚下的路面。

橘子拐上桥旗路，快要来到第八感觉咖啡屋的时候，天色已经有些黑下来了。橘子又往前走了没几步，猛然看到一个男人张着双臂迎面向她走来。橘子就放慢了脚步，心想是不是碰见流氓了啊？这个男人的脚步却明显加快了，仍旧张着双臂，似乎是要上前搂抱橘子。

橘子可谓临危不乱，想起对付流氓的首选方法就是击打他的裆部。说时迟那时快，橘子抬腿就是一脚，只听喀啦啦一阵响声。

橘子愣住了，男人也愣住了。

但男人很快就回过神来了。他说，没关系，没关系，哦，没吓到你吧？

橘子这会儿也明白了，是自己眼神不好，没看到这个男人怀中抱了一块透明的玻璃，就以为这个男人是流氓，结果她把玻璃踢碎了。

橘子说，我，我。

男人就哈哈大笑起来。他说，好玩，真好玩，抱块玻璃回家，怎么就这么难呢？说完就又哈哈大笑。

橘子本来是要向男人道歉的，可男人的笑让她猛然觉得有气。她就说，有什么好笑了？大不了我包你玻璃就是了。我们女孩子想要获得快乐，不是增加财富，而是降低欲望。

男人慌忙收敛了笑，张了张嘴巴，但没说出什么话来。

橘子叹了口气，说，有什么办法呢，不做无聊之事，难度有生之涯啊。

男人说，哦，没关系，没关系。那个，那个，我，我先走了，再见。

橘子说，喂喂，你别走，玻璃。

男人回身对橘子摆了摆手，就快步走掉了。

2

这个差点被橘子错当成流氓的男人，就是李二强。当然，这个时候，橘子还不知道他的名字。

李二强走掉之后，橘子就径直来到了第八感觉咖啡屋。坐在东南角的那个座位，捧着一杯拿铁，橘子就想，我踢碎了他的玻璃，他没让我包赔，还问我吓没吓到，看来这人还是有道德底线的呢。

这杯拿铁凉透的时候，橘子想看看这会儿是几点了。可她把手伸进衣兜，却没有拿到手机。橘子一下子也想不起手机是落在家里了，还是刚才在路上差点跌倒时丢掉了。

咖啡屋只剩下橘子一个顾客了，橘子就打算回家。可这个时候，外面下起了小雨。雨势倒是称不上凌厉，但把人浇成落汤鸡还是绰绰有余的。

橘子来到咖啡店门口一看，天色已经完全黑下来了，门外没有出租车。还好，这家咖啡屋全天 24 小时营业，橘子就重又坐回到刚才的座位，又点了杯雀巢。橘子的心里就有一点空落落的，整个人看上去也有些像一帧呆板的剪纸。

趁这个机会，我想介绍一下橘子来这家咖啡店的原因。

我在前面说过了，橘子是在大约两个半月以前开始来的这家咖啡店。也正是比这稍早一些的时候，橘子离婚了。橘子是涧河晨报社的资料管理员，工作挺清闲的。有一天，橘子提前下班回到家，看到丈夫跟一个女人以净重的方式叠在了一起。橘子离婚的原因，就是这样通俗。

但看似高贵的是，橘子当时没有哭闹，更没有抄过菜刀什么的家伙事，而是仔细打量了那个女人。女人给橘子的第一印象是一个反问句：这不是我小时候烧过的煤泥球吗？女人给橘子的最终印象是一个陈述句：这是我小时候烧过的煤泥球。这个女人的黑和胖，也就显而易见了。

橘子的丈夫当时慌乱得不成样子，先是嘴巴张张合合却说不出话，后来就将两只手合在一起揉来搓去，最后就扑通一声给橘子跪下了。

橘子说，你们忙你们的，我先走一步。理想很丰满，现实很骨感。

之后，橘子就转身走了，还为丈夫和煤泥球轻轻带上了房门。

来到楼下，橘子就弯下腰来呕吐不止。丈夫能跟这么样个女人鬼混，这就已经冲破橘子的承受底线了。不过，如果丈夫能表现得从容一点，别跪下，橘子觉得自己也许还不会彻底瞧不起他。离婚！一定要离婚！橘子连一秒钟都等不得了。

丈夫是有过错的一方，橘子和丈夫结婚多年也没有要孩子，再加上橘子单位的记者跟全市的法院都熟，法官判决起来就沉稳又从容，都有行云流水的架势了。前夫不是愿意亮出净重吗？好，满足你的要求，你就净身出户好了。

前夫再次给橘子跪下了，眼泪伙同鼻涕涂了他满脸。

橘子扔给他一包面巾纸，又叹了口气。她说，你不要这样。每个人出生的时候都是原创，可悲的是很多人渐渐都成了盗版。

离婚后的一个周末，橘子偶然路过第八感觉咖啡屋，信步走进来，就有些喜欢上了这个地方。灯光柔和，音乐低回，咖啡的浓香氤氲着，在这样的氛围中，摊开一本《读者》或者《意林》之类的杂志闲读，碰见让自己眼前一亮的的格言警句，就一五一十地誊写在散发着玫瑰花香的日记本上，在橘子看来，这样的日子就有了感人的色泽和光晕，真是人生一大境界啊。

而这会儿，窗外的雨仍旧没有停下脚歇一歇的意思，橘子就从背包中拿出一本杂志。以往橘子都是将杂志摊开在桌面上，可现在，眼镜片摔出了裂纹，不能戴了，橘子就把杂志端在胸前，又将头很深地埋了下去。

橘子正看得入神，眼睛的余光隐约看到一个人影来到了她的座位旁。橘子懒得抬头，就继续看杂志，可这个人却用手指轻轻连敲了三下桌面，发出的声响不是当当当，而是噔噔噔。

橘子很不耐烦地一抬头，就笑了。

没错，来到她座位旁边的这人，正是李二强。

3

李二强左手拿着一听哈尔滨啤酒，左腋下夹着一个黑色的小公文包。他微笑着说，嘿，真巧啊。

橘子说，是啊，机遇是给有心理准备的人准备的。

李二强又笑了，说，你的话，总是挺，挺有哲理的。

橘子说，谢谢。你坐，你快坐下。

李二强就把公文包和啤酒都放在餐桌上，坐下，又喊过服务员，点了腰果、薯条和鱼片，还有一盘果拼，此外又点了两听啤酒。

橘子想要付账，算是为踢碎玻璃道歉。

李二强说，你瞧不起我怎么的？

橘子一下子没想出恰当的警句，就说，不是的，怎么会呢？我只不过是。

李二强打断了她的话语，他说，那好，那你也别让我瞧不起你。

橘子说，嗯。上天决定了谁会是你的亲戚，好在在选择朋友方面，上天还是给你留下了余地的。

李二强打开一听啤酒，推给橘子，说，我也不知道你能不能喝酒，来，少喝一点吧。

橘子说，谢谢。

李二强喝了一口啤酒，说，我叫二强，我姓李。

橘子说，真好，我最羡慕有哥哥的人了。

李二强又大笑起来。他说他是家里的独生子，他的名字是他妈妈给取的。他妈说他叫二强，别人就一定会以为他有个哥哥叫大强，说不准还会以为他有个弟弟叫三强，这样一来，别人就不敢欺负他了。

听过这个私人典故，橘子也忍不住笑了。

直到这个时候，橘子才算真的看清了李二强。李二强应该是30岁刚刚出头的样子，短短的头发，蛮精神的，特别是笑的时候，牙齿整齐而洁白，整个人看上去就很是干净和清爽。

李二强说，我能不能也知道你的名字？你别为难，不方便说就算了。

橘子说，随便问人家女孩子的年龄和名字都不够绅士啊。我，你叫我二姐好了。

李二强笑了，说，也成，我跟你差不多，羡慕有姐姐的人。

李二强接下来说，最近这段日子，我自己也不知道怎么了，心里一直挺压抑的，想找个人说说话，可找不到合适的对象。二姐，你说人活着，是不是真挺不容易的？

橘子说，是呀，理想和现实总是有差距的，幸好有差距，不然，谁还稀罕理想呢？

李二强点头，说，嗯。要不，要不你听我唠叨唠叨？

橘子说，好啊，雨还没停，人不留客天留客呢。

李二强说，你看，你让我说，我一下子还不知道从那说起了，唉。

橘子说，没关系，你随意讲好了，想从哪讲就从哪讲。

李二强说，也好。我先说说我太爷，不是我爸爸的爷爷，是我爸爸的爷爷的最小那个弟弟。从我爸爸这辈往上数，我们家祖祖辈辈都是农民，但我这个太爷，也不知道怎么搞的，加入国民党还乡团了，

1949 年去了台湾。托这老人家的福，我爷爷大半辈子、我爸爸小半辈子，都没能抬起头来。真的，我要是撒半句谎，我出门就让蚂蚁踩死，一想起我这个太爷，我们全家人都恨得牙根痒。

橘子说，我刚才不是说了吗，上天决定了谁会是你的亲戚。

李二强说，二姐你先听我说。我这个太爷，他去台湾之后，我们家人跟他就再没有任何联系。但是去年春节，我太爷的儿子，我得管他叫中爷，来我们家了。我们这才知道，我太爷当初去台湾以后，又去了美国，好像是发了一点洋财，我这个中爷就是我太爷跟一个美国女人生的。我这个中爷告诉我们，他爸爸早就去世了，他爸爸告诉他千万不能忘了中国，所以才给他取名叫中。

李二强讲到这儿的时候，放下啤酒，拿出一包香烟来，说，我想抽支烟，你不介意吧二姐？

橘子说，你抽你的。

点着香烟，吸了一口，李二强说，中爷来我们家，给了我们家一万块钱，是美元，合咱们人民币也就六万多一点。你瞅把我爸高兴得，就跟从来没见过钱似的，一个劲地点头哈腰，一口一个老叔，叫得我直恶心。不瞒你说，我爸那副样子，我怎么看怎么像我小时候看的电影里面的汉奸。

李二强正要接着往下讲，他的手机来了电话。他说，对不起，我接个电话。他边说边站起身，往门口走。

走的过程中，李二强按了接通键。橘子听到他大声说，什么？怎么弄的？好，我马上到，马上。

橘子不知道是谁给李二强打来的电话，也不知道这人在电话里说了些什么。但她从李二强的语气当中，能够知道一定是发生了什么急事。

果然，李二强说完那句话后，就挂断了电话，接着撒腿就往咖啡屋外跑。跑到门口的时候，他一定是想起了橘子，就回过身来，说，对不起，今天先到这，对不起。之后就冲了出去。

橘子说，唉！唉！你的包！

橘子边说边拿起李二强的公文包，追出门外，雨没了踪影，李二强也没了踪影。

4

橘子再一次见到李二强，或者更准确一点说是她最后一次见到李二强，是在上个周六，地点仍然是第八感觉咖啡屋。

我们知道，上次在这家咖啡屋见面时，李二强接了个电话，就匆匆离去了。这让橘子好生为难。橘子不知道该怎么把李二强的公文包还给他。

橘子当时想，也许过一会儿李二强就会回来，这样，他就能把包拿回去了。可是，橘子一直等到午夜 11 点，李二强也没有赶回来。橘子实在困得顶不住了，就把自己的手机号码留给了服务员，她说，我走以后，要是刚才那位先生回来，麻烦你把我的手机号码给他，谢谢你。服务员说，好的。橘子走出咖啡屋后又立即返了回来，因为她突然想起自己的手机也许不是落在家里，而是丢在了路上，她就将自己家的电话号码也留给了服务员。

拿着李二强的公文包，橘子叫了辆出租车，回到了家里。

橘子先是找手机，手机原来是落在床头了。橘子就长出了一口气。

橘子本来很困，可真的躺在了床上，她却睡不着了。她想她和李二强的相识，真就是充满了巧合。首先是她要去咖啡屋时天要下雨，要是没有雨，她就不会疾走；她不疾走，眼镜就不会摔坏了；眼镜不摔坏，她就不会踢碎他的玻璃。而她来到咖啡屋后，就下雨了；要是不下雨，她就回家了；她要是回家了，她和李二强就不会再次相遇；而没有再次相遇，李二强就不会给她讲他太爷。真是一环套一环，真是丝丝入扣呢。

橘子接下来想，他给我讲他太爷，是什么意思呢？听他的语气，他好像很生他爸爸的气，为什么呢？人家给了你一万美元，你难道还要把人家打骂出门吗？没有这个道理啊。还有，是谁给他打来的电话呢？他匆匆忙忙地走掉，看来真是有急事，会是什么急事呢？

这样想着想着，橘子的睡意有回来了，她就躺下，关了台灯。迷迷糊糊当中，她一翻身，右手碰到了一个有些凉的东西，她随手一摸，觉出是李二强的公文包。橘子把公文包放在床头，之后就叹了口气，她知道自己又睡不着了。

橘子重又打开台灯，拿过一本杂志，翻开，却怎么也看不进去。接下来，橘子心中就有些恼火。有什么可睡不着的？不就是偶然认识了一个男人吗？谁知道他会不会真的就是个流氓？现在骗子满大街都是，谁知道他说的那些鬼话，哪句是真的，哪句是假的？

浪漫是一件美丽的晚礼服，但女孩子不能一天到晚都穿着它。橘子小声嘟哝出了这个警句，之后，就关了台灯，重又躺下。橘子一边打哈欠一边伸懒腰。可她的懒腰只伸了一半，就被迫中断了。因为她的手将床头上的一个什么东西碰到了地上，啪的一声。

橘子只好再将台灯打开，看到是李二强的公文包掉在了地上。天知道是怎么搞的，公文包竟然自己打开了，一叠浅粉色的纸张，羞答答地露出了一个角。

橘子下床，捡起公文包一看，这叠浅粉色的纸张，竟然是一叠百元人民币。橘子数了一遍，没数准是 105 张还是 106 张。

橘子的困意彻底没了踪影。她突然有一点后悔了，后悔把自己的手机号码和家里的座机号码，都留给了咖啡屋的服务员，否则的话，这一万零几百块钱，就是她自己的了。

叹了口气之后，橘子翻看了一遍李二强的公文包，除了这一万零几百块钱，还有一些橘子看不懂的票据。

而在公文包的夹层中，有一张 4 寸照片。橘子一看照片，就感觉脑子里轰隆一声，眼前一片漆黑。

照片上的女人，怎么会是橘子！

5

照片上的女人，当然不是橘子。

但这个女人，的确跟橘子长得很像。要不是这个女人看上去年纪小一些，眼睛更大一点，右嘴角还有一颗浅褐色的痦子，橘子差点就会以为她是自己呢。

这一夜，橘子是彻底失眠了。换了你，遇到这样的情况，你也会睡不着的。

橘子先是虚构了一个爱情故事。她觉得照片上的这个长得跟她很像的女人，是李二强的妻子。他妻子不在人世了，是死于车祸或者血癌，这让李二强肝肠寸断，就一直将妻子的照片随身携带。昨晚这个偶然的机会，李二强认识了橘子。李二强一定是爱上了橘子，所以才会跟踪橘子来到咖啡屋。至于李二强没有讲完的故事，这是无关紧要的，他不过是找个话题来接近橘子罢了。至于接电话后撇下公文包匆匆离去，也不过是他追求橘子的方法而已，目的一是表明自己不是穷人，目的二是考验橘子会不会只是一个贪财的小人。

这样想着想着，橘子就笑了，而李二强的模样就活灵活现地出现在自己眼前。

心如果没了栖息的地方，女孩子无论到了哪里都是在流浪。橘子小声嘟哝了这个警句，之后她就想，姐弟恋？听上去有些浪漫哦。

但橘子很快就否定了这个爱情故事。她觉得爱情是绝对不会这么不讲身价，这么轻易就来到的。你以为你是去菜市场卖白菜啊，花个块八角钱，就能捧回来一大棵？跟自己生活了十几年的丈夫都能背叛自己，一个偶然认识的男人就会跟你坐在摇椅上一起慢慢变老？就是骗鬼，你也得讲究一点技术含量吧？

橘子接下来的想法让她有些冷汗涔涔。她怀疑自己是不是落入了一个阴谋当中。这个自称李二强的男人，鬼才知道他到底叫不叫这个名字。也许他就是一个流氓或者骗子，他这 105 或者 106 张钞票是假钞也说不定呢。这样想着，橘子就又一次查看了那叠钞票，是不是真币橘子拿不准，但怎么看也不像是假钞。

橘子就想，这人到底想干什么？他有什么必要加害于我呢？就是真的想要加害于我，他也没必要这样精心策划啊。天啊！会不会是前夫的阴谋诡计啊？离婚时我什么财产都没给他，他一定是恨死我了。

这样胡思乱想着，天就亮了。橘子决定了，无论如何也得把包还给李二强。先不想这些票据和照片是否重要，就说这一万零几百块钱吧，说不准是李二强的全部家当呢，他可别因为这笔钱丢了而出什么意外啊。

橘子就简单洗漱了一下，连早饭也没有吃，拿着李二强的公文包，连跑带颠地去了第八感觉咖啡屋。

橘子来到咖啡屋门前时，昨晚那个服务员正在往外走，看来是下班了。

橘子急忙问她昨晚李二强回来没有，服务员说没有。

在接下来的交谈中，橘子知道这个服务员一直是上夜班。橘子就请求这个服务员帮忙，一旦李二强再来咖啡屋，一定要把她的手机号码给李二强，因为李二强的包在她手里，包中的很多票据都很重要。

服务员说，好的，我一定帮你做到。你说的这位先生，也算是我们这里的常客。在我印象中，他每个星期都会来我们这里一两次。

橘子说，那就多拜托你了。

之后，橘子给这个服务员叫了辆出租车，替她付了车费。

服务员跟橘子挥手再见的时候，橘子在心里对自己说，疲惫有时也是一种享受，它让我们女孩无暇空虚。

可能是觉得这个警句有些灰色，橘子就又出声地补充了一个：时间是一张网，你撒在哪里，你的收获就在哪里。

再之后，橘子就去了眼镜店，换了镜片。

6

你一定想象得到，这个周日的晚上，橘子又去了第八感觉咖啡屋。可你不一定想得到，接下来十几天的每一个晚上，橘子都去了这家咖啡屋。但每一次，服务员都告诉她，李二强没来。

当然了，这期间，李二强也一直没有拨打橘子的手机。橘子每天下班回到家的第一件事，就是看座机有没有未接来电。有一天，果然有个未接来电，橘子以为是李二强打来的，就急忙回拨。接电话的是个女人。

橘子说，您好！

女人的口气相当不耐烦，谁呀？你谁呀？有啥事你痛快说，我手机是双向收费的，你快点。

橘子想，这个女人会不会是李二强的妻子呢？女人听到别的女人给自己的丈夫打电话，通常都是不耐烦的。这样想着，橘子就带着小心说，我家的电话上有这个未接来电，我是回拨的。

女人说，是吗？可能是我打错了。

女人就挂断了电话。

再一天的晚上，座机又有一个未接来电。橘子回拨，但提示语一直是您拨打的电话正在通话中，请不要挂机。橘子想，也许这次真是李二强。橘子还在心里暗暗祈祷，他那一万零几百块钱，说大不大，说小不小，他可千万别因为这笔钱着急上火。

橘子就再次按了重拨键。电话终于通了，却是前夫接的电话。原来，前夫换了新的手机号码。

前夫小心翼翼地说，橘子，这个星期天，我，我结婚，有空，你有空的话，就过来吧。

橘子倒抽一口凉气，说，祝贺你。就砰的一声挂断了电话。

紧接着橘子就哭了。她在心里骂自己真是没出息，可那毕竟是曾经跟自己相亲相爱的人啊，橘子感受到了实打实的疼痛。

这期间，橘子还请她的同事，一个姓刘的编辑帮忙，在《涧河晨报》上登了一个小稿子。稿子的核心内容其实就是寻人启事，但刘编辑将橘子与李二强的相识过程，写得芳香四溢而又稍稍有点隐晦，字里行间水汪汪地渗透出橘子大公无私这么一层意思来。

但不管橘子怎么样努力，李二强就是一直没跟她取得联系。橘子的心里就有了些许动摇，她真的拿不准，要是接下来她和张二强仍旧联系不上，她会不会真的把这笔钱占为己有。我在前面说过，橘子是涧河晨报社的资料管理员，但事实上，橘子只是报社的聘任员工，每个月的工资只有 800 元。你知道的，现如今，800 元的月薪，差不多也就是勉强维持生活而已，日子一旦有点风吹草动，橘子连个人们常说的过河钱都没有的。

由于频繁前去第八感觉咖啡屋，橘子跟服务员就很熟了，知道她叫小红。

小红说，橘子姐，你是不是爱上那位先生了？

橘子的脸红了，她伸手轻轻掐了下小红的脸颊，说，看我撕碎你嘴！

小红说，那你天天来找他，为什么？

橘子就讲了她和李二强的相识过程。她没说李二强的包里有那张照片，但她告诉小红，李二强的包里有一万零几百元钱。

小红噌地一下站了起来，她说，姐！你脑子没进水吧？现在挣钱多难啊！就说我，整夜整夜在这熬着，一个月才赚一千块。

橘子说，你就知足吧，比我还多两百呢。

小红用右手食指点了下橘子的前额，说，你脑子保准是进水了，那钱又不是你抢他的，你等他这么多天他也不来找你，你还还给他干什么？

橘子说，我不是把电话号码给你了吗，我怕他有一天来找，你会出卖我。说完，橘子就笑了。

可橘子的笑还没有完全舒展开来，小红的一句话，让她的笑就又退了回去。

小红说，橘子姐，你把钱分给我一半，我保证不出卖你。

橘子就觉得有一口气，石块一样堵在了自己的胸口。这口气终于透过来时，呸！橘子吐了小红一口，就转身走了。

橘子去了派出所。她跟接待她的警察讲了与李二强相识的经过。验过公文包中的物品，做过笔录，橘子感觉自己长吁出的那口气，比两个长城加在一起还要长。

警察说，我代表我们全所干警，向你的行为表示敬意。之后还给橘子敬了一个礼。

橘子开心地笑了，说，世界上只有想不通的人，没有走不通的路。

警察又给橘子敬了一个礼。

7

我对数字一直很迟钝，所以我记不准李二强给橘子打来电话，是在橘子把他的公文包交到派出所之后的第十几天。但我可以准确地告诉你，李二强拨通橘子的手机时，橘子正在单位整理资料，就是把报社订阅的报刊，还有跟其他报社交流的报纸，按期数顺序，规规整整地摆在报架上。

李二强说，二姐，我是二强。

橘子一下子没听出打来电话的人是谁，她说，二姐？谁呀，你是谁呀？

李二强说，我是李二强，你把我玻璃踢碎了，咱们一起在那个咖啡店。

橘子眼前猛地闪过一片光亮，她打断了李二强的话，说，哎呀！我的天啊！这些天你跑哪去了？

李二强说，我们见面再细说好不？我现在就在上次那个咖啡店。

橘子急忙赶到第八感觉咖啡屋，李二强竟然迎上前来轻轻拥抱了一下她。

橘子的脸红了，感觉心脏就在嗓子眼里，鱼一样活蹦乱跳，而且整个人都要站不住了。她轻轻推开李二强，说，走，我们先把你的包取回来。

李二强说，没事，就放你那吧。

橘子说，什么就放我这？快走吧。

橘子就和李二强到派出所取回了那个公文包，里面的照片、票据和钱，一样都没有少。

在跟警察核对那张照片时，橘子特别留意了李二强的反应。李二强显然有一点慌张，他看了橘子一眼，就慌忙把目光移开。橘子还看到李二强的脸上泛起了红晕。

接下来，李二强就请橘子去了桥旗路南端的那家龙飞酒店，不由分说地点了满满一桌子饭菜。

李二强告诉橘子，他那天接的电话，是他爸爸打来的。他妈妈那天突然晕倒了，他急忙赶回家，把妈妈送到北岸医院抢救，之后又陪妈妈转院去了北京。

橘子就问，你妈妈身体现在怎么样？

李二强说，好了，基本上是全好了，剩下的就是静养。

李二强接着说，他是在北京想起他的公文包的，但他没有着急上火。他觉得这应该就是人们常说的破财免灾，丢一万块钱，换来妈妈的康复，太值了。

二姐你千万不要生气，我说的是实话。李二强说，我当时没想过这一万块还能回来。

橘子说，是啊，我也差一点就把钱昧下来。

李二强告诉橘子，他其实一周以前就回来了。昨天晚上，他又去了第八感觉咖啡屋，服务员小红把橘子的两个电话号码都给了他，他很惊讶，也很感动。他想马上就打电话给橘子，但考虑到夜色太深，就拖到今天才打。

二姐，你。李二强说。

橘子打断他的话，说，别叫我二姐了，我叫橘子。

李二强说，橘子二姐。

两个人就都笑了。

李二强说今天他给橘子打电话的时候，其实已经做好了心理准备，如果橘子拒绝承认公文包这件事，或者干脆就说自己不是橘子，说他打错电话了，那他也不会追究什么的，这件事就算彻底翻过去了。

橘子笑了，说，你就别给我吃后悔药了，就算我是在赔你那块玻璃好了。

橘子其实很想听李二强说一说那张照片，但她有些不好意思张口。她就说，对了，你接着上次讲你的故事吧，上次你讲到你中爷送来了一万美金。

李二强说，嗯。其实，其实也没什么好讲的，我讲讲那个吧，我兜里有张照片，你看到了吧？

橘子猛地挺直了腰身，使劲地点头。

这事说来话长。李二强刚刚说了这么一句，他的手机又来了电话。

接通来电，李二强大声说，哎呀！哎呀！好，你别急，我马上到，马上。

挂断电话，李二强苦着脸对橘子说，二姐，不，橘子，真是太抱歉了，我家里又有事了，我得马上赶回去，真是抱歉。

橘子站起身，问，不是你妈妈的身体吧？

李二强说，不是，以后我再跟你细说，今天来不及了。你别着急，慢慢吃，多吃一点。好了，我先走了，你慢慢吃，饭钱我已经付过了。

橘子说，我跟你一起走，我回单位。

李二强伸出双手，按在橘子的两个肩头，说，你走什么，这饭你才吃几口啊？算我求你好不好，吃点，再吃点。不行了，我真得赶回去了。我会给你打电话的。

李二强边说便跑出了酒店，上了一辆出租车。

8

橘子和李二强的故事，到这儿就算讲完了。

你也许会问，李二强不是说会给橘子打电话吗？是的，我承认李二强这样说过，但他说过之后，就再没有给橘子打过电话，我又有什么办法呢？

再就是，橘子翻看手机的拨入电话记录，找到了李二强的手机号码。可是，橘子拨打过去，李二强的手机一直是关机状态。

再后来，橘子再打，李二强的手机已经停机了。这让我感觉这世间的一些事情，有时真的就是不讲道理和条理。

而橘子对此的反应，是小声嘟哝了一个警句，女孩的成熟不是心变老，而是眼泪在眼里打转时，你还保持着微笑。

紧接着，橘子拿过她那个散发着玫瑰花香的日记本，翻到空白的一页，一笔一画地写下属于她自己原创的一个警句：你飞翔得越高，在不能飞的人的眼中，你就越显得渺小。

靠　近

1

出事那天是个星期六。过分追究那天是几月几日，其实没有必要，但我还是查了下电脑上的日历，确认那天的确是 2010 年 2 月 27 日，农历正月十四，虎年春节的尾巴。

这一天的上午九点，我刚刚起床，正准备做点早饭，好歹敷衍一下自己的肚子，小二就打来了电话。

快快快，过来救火！小二的口气慌里慌张的，除了黏稠的焦急之外，里面似乎还有着成色十足的不耐烦。

我知道小二那面不会真有什么大事，最多也就是他家邻居的猫死了，或者生了一窝崽之类。我就打着哈欠说，怎么了？

小二说，三缺一，就差你，快过来，老窝子。

我叹了口气，说，我靠，你背三字经呢？等会儿再说吧，我才起来。

小二说，你别整那些没用的，麻溜过来。

我就有些犹犹豫豫地下楼，出小区，叫了辆出租车，来到桥旗路中段的一家所谓中老年活动室，小二和另外两个人已经把麻将牌都码好了。至于这另外两个人都是谁，我过一会儿可能会讲到，也可能不会讲到，到时候再说吧。而我之所以不愿意来玩麻将，是因为我的麻将玩得太滥了。你可能还不知道，以前在麻将桌上，小二叫过我叔叔。这里面当然有点典故。因为我总输钱，小二给我取了个外号叫麻酥酥，谐音麻输输，简称输输。我说，叫我叔叔就叫我叔叔吧，没儿子有个大侄子也将就。

这场麻将进行到午间十二点半的时候，我赢了小二他们差不多五百元钱。这也许就已经有点不正常了，但我没有发现。相反，我强烈地感觉到了咸鱼扑棱棱翻身的舒畅和轻盈。至于肚子里的咕咕叫声，我不但可以忍受，而且还觉得挺像胜利的鼓点呢。

我就对小二说，以后没什么事的时候吧，你就老老实实在家待着得了。上上网、看看书、看看电视，都行。实在闲得难受，你挠墙。你说你喊我来干什么？赢着你的钱，我这心里怪不落忍的。

小二的鼻子尖早被汗水洗得泛着污浊的光晕了，他胡乱擦了下鼻子，说，先赢的是纸，后赢的是钱，这才哪到哪。

我没说什么。我知道，我不能得了便宜就卖乖个没完没了。我还知道，小二这是摆出要翻本的架势了。那就接着打好了，我是赢家，不好意思先张罗散局。

到了下午一点五十分的时候，我又赢了二百多元钱。小二把麻将牌啪的一声摔在台面上，说，拉倒拉倒吧，不玩了。我说，走，我请大伙吃饭去。

饭店是小二选的，不远，跟麻将馆只隔了两条街。店名是叫龙飞还是飞龙我没记准，只记得老板是个身材诡异的中年男人。这个人瘦得太不靠谱，像根干枯的稻草一样，我估计狼见了他，准会哭得鼻涕一把泪一把。

等菜的时候，小二管饭店的服务员要了副扑克，串红 A，输家喝啤酒。这一回，好运没有站在我这边，第一道菜刚上来，我就喝掉了三瓶啤酒。按说平时我还是有一点酒量的，把四五瓶啤酒搞成四五个啤酒瓶，也不过是多仰几次脖、多跑两次卫生间的事。可你不要忘了，我早饭和午饭都没吃，空腹喝了三瓶啤酒，头就有些晕沉沉的了。菜上齐的时候，我又点了一瓶白酒。我的头就又有些晕沉沉的了。这也许就为接下来的出事，埋下了一道伏笔。

饭局散场的时候，是下午十六点五十分整。北方的二月，严格说来还是百分之百的冬天，所谓下午十六点五十，其实就已经是傍晚了。太阳刚刚磨磨蹭蹭地落山，似乎有些不情愿的意思，就在西天弄出一大堆橘红的云彩，真就不难看。

我一个人往家走，一边走嘴里还一边小声哼哼唧唧地唱歌，至于唱的是什么，我自己也不知道。走到北岸街和桥旗路交汇口的时候，我一抬头，看到了李晓雨。

我就猛地向前迈了两步。真的，只有两步。因为李晓雨距离我很近，也就一米半这么远，而且李晓雨正低着头，相向走来。

我张开双臂，把李晓雨拥抱在了怀里。我说，我的老天！这多天你跑哪去了？

说这话时，我就闻到李晓雨的发间散发着一种茉莉花茶的清香。这清香低回又氤氲，有着让我想哭的色泽和光晕。我将自己后撤了半步，双手还搭在李晓雨的两个肩头。我要看着李晓雨的眼睛，告诉她，我找你都找翻天了。可我只说了一个“我”字，就说不下去了。我真真切切地听到了一声光芒四射的咔嚓，来源于我的大脑深处，紧接着我就眼前一片漆黑，我的整个人差点就瘫倒在地上。

我就不再绕弯子，直说了吧。我认错人了。这个女子，根本不是李晓雨，也不是我认识的任何一个人。

这个女子急促地呼吸着，死死地盯着我。也许是由于惊恐或者愤怒，她的脸色冷得能刮下冰碴来。而她的两道目光，就像两把刀子一样，一五一十地戳在我的脸上。

2

有一个笑话，我不知道你是否听说过。是说在一辆长途车上，每个乘客之间都不认识。一个女人靠在一个男人身上睡着了，这是一个美丽的故事；一个男人靠在一个女人身上睡着了，这是一个严重的事故。

这个笑话我是听说过的，这跟我曾经做过的职业多少有一点关系。就在半年前，我还是涧河晨报的编辑，负责一块所谓社会新闻版，也就是每天浏览各大网站，专门划拉十八岁小伙迎娶百岁老妇、儿媳嫁给老公公，或者木乃伊生下双胞胎这类小道消息，转载到报纸上。除了这些，这块版面上还有个固定的栏目，就是弄一组笑话或者幽默。上面这个小笑话，我就曾经转载过。

一个男人靠在一个女人身上睡着了，就已经是一个严重的事故，那么，一个男人在大街上将一个陌生女人拥在怀里，是不是要判上几年刑啊？起码一顿大骂我是躲不过去了。

真的，那个傍晚，当我发现被我拥抱的女子原来不是李晓雨时，我的额头和后背就同时涌出了汗水。先前的一点醉意，就像一条贼船，顺着汗水驶出了我的身体，头也不回地落荒而逃。

而我本人也有转身就跑的冲动。但我没有逃跑。这会儿虽说是傍晚，但路上往来的行人和车辆都很密集。我如果逃跑的话，只要这个女子大喊一声抓流氓，我的名声甚至小命就彻底交代了。我不知道别人会怎么样，反正我是有英雄情结的。我是说，大街上出现一伙杀人犯，我会视而不见的，但如果将杀人犯换成个把流氓，我骨子里的英雄情结一定会来一次井喷的，谁敢拦我我跟谁急。

我就只能是马上向这个女子道歉，承认自己认错人了。可我万万没有想到的是，我还没来得及开口，这个女子竟然笑了。

老天！她没有抬手扇我耳光，也没有骂我，而是笑了。

我去北京了啊，在那待了一年多，刚回来。女子边说边拉过我的手，接着说，三句两句我也跟你说不清楚，走，咱们去这个咖啡屋坐坐，到那儿我给你细讲。走啊走啊！你愣着干什么？

我就浑浑噩噩地被女子带进了路边的第八感觉咖啡屋。第八感觉，你听听，这名店取得真是没事找事。

在东南角那个单间坐下，女子跟服务员点了腰果、薯条和鱼片，还有一盘果拼。除了这些，她可能还点了一些别的什么东西，我记不准了，总之都是一些中看不中吃的东西。此外，有点出乎我意料的是，女子没点咖啡或者热奶，而是点了两听啤酒。我知道自己并没有做贼，但我却有一种强烈的做贼的心虚感。我就急忙付钱，但没能得逞。

抢什么啊？你跟我抢什么啊？你好好坐着。女子用左手按住我的肩膀，右手将一张百元纸币递给了服务员。

我说，我，我。除了这个第一人称代词，我竟然说不去别的话语。我相信我的脑子里，这会儿起码还有十几根神经在齐刷刷地短路。

服务员走了，女子大刀阔斧地伸了个懒腰，说，累死我了，累死我了。紧接着，她问我，你现在做什么呢？

我本来是想敷衍她，说自己是个作家或者便衣警察之类，但我一张嘴，成了实话实说。我说，书店，我开了个小书店。

女子说，哦，像你这样，能自己做点什么，真挺好的。我在北京当导游，举着小旗，顶着烈日暴雨，整天领着那些天南地北的游客，东一趟、西一趟，瞎走，风景名胜没怎么看，就逛旅游商品店了，累得我话都不想说。

到了这个时候，我才真正看清这个女子的长相。她应该是在二十三四岁左右，长发，小小的嘴巴，大大的眼睛，稍稍有点婴儿肥，肤色淡粉水嫩，显然没有给化妆品留下太多的可乘之机。老天！她长得原来真就挺像李晓雨的。难怪刚才我会认错人。

可是，她为什么要拉我来这里？为什么跟我说这些话呢？

难道，难道她也是把我错认为她认识的一个人了？

又难道，江湖上传说的桃花运，活生生摆在我眼前了？

我正在猜测，我的手机来了电话。我先是吓得一哆嗦，马上就意识到这真是一个好机会。我只要跟给我打电话这人多聊几句，我就可以借引子离开这里了。我不想知道这个女人到底是谁，也不想弄清她是不是把我错认为她认识的一个人了。我只想早点离开。直觉告诉我，这种疑似桃花运的东西，不会有好结果的。

我急忙接听电话，但没能接起来。我看了下来电号码，应该是个外市的手机号码。我真是又急又气，拿着手机的手抖个不停。

女子说，现在这种响一下就停电话太多了，我听说都是诈骗话费的。

我点了点头。

女子说，我想起来了，我得给我妈打个电话，告诉她我晚点回家。

接着，女子就拿过背包，翻找了几下，但没找到手机。她说，我手机怎么没了？把你手机给我用下。

我就把手机递给她。她按了一串号码后，我就听到了《隐形的翅膀》这首歌从她的背包中传出。她挂断电话，把手机还给我。

我说，怎么不打了？

我真是笨得应该买块豆腐一头撞死。我当时竟然没想到，这首《隐形的翅膀》，是这个女子的手机来电乐曲。

女子说，还是用我自己的吧。她说完就接着在背包中翻找，找出了自己的手机。接着说，我现在的脑子也不知怎么了，记不住事。

我不知道说什么才好，就模棱两可地点了点头，又摇了摇头。

女子开始打电话了，她对我摆了摆手，也许是示意我不要说话。接着，电话通了，她说，妈，我今天晚点回家。没事，你不用担心。好了，没事。妈再见。

我觉得我还是应该马上告诉她，我刚才是认错人了。可我刚要开口，服务员敲门，走了进来，用一个硕大的托盘，端来了女子点的那些食物。

我就忍不住攥紧拳头，敲了敲自己的前额。

3

现在，我可以告诉你，这个女子名叫毛毛。当然了，我也是刚刚才知道的，我拿不准这会不会是她的真名。

说来真的有些不可思议，那天晚上，我和她就这样你你地称呼对方，始终没有去问对方的名字。

有关那个晚上我和她的经历，如今回想起来，不瞒你说，我是有些后怕的。我承认，我不是一个定力很强的人，而那个晚上，我差一点就跟她上床。其实，说我差一点就跟她上床是不准确的，事实上我跟她上床了，只是没做那件事而已。我如果真跟她做个那件事的话，按她后来的说法，我的小命就有可能交代出去了。

我知道我这样跳跃着讲，会显得凌乱，没有条理。那我就按时间顺序，接着讲那个晚上。

服务员送来那些食物，说了句二位请慢用，就转身走了。

女子将一听啤酒启开，要往我的杯子里倒。

我急忙用手掌盖住杯口。我说，我还是不喝了。我刚刚已经喝过酒了，要不的话我也不会认错你。

女子抢下我的杯子，倒满。她说，你别这么推三阻四的好不好？我就不信这么一小罐啤酒能要你命。之后，她将自己的杯子倒满了酒。

我叹了口气。我说，行，这杯酒我喝行，但有句话我得先说出来，要不我心里不踏实，你一定是不认识我。

女子端起杯子，说，你哪来这些废话啊？来，我们干一杯。说着，女子将杯子在我的杯子上轻轻撞了一下，就一饮而尽了。

撂下杯子，她说，干呀，你把它干了，干了你再说话。

我就咬了咬牙，把酒干了。

我刚要再次解释我和她可能都是认错了人，她说，从现在开始，我请你先别说话，你就听我说好了。她边说边将我和她的杯子再次倒满酒。

我说，这不行，我得把话说清楚。

女子说，算我求你了行不？

我说，怎么能说是求我呢？是我应该跟你说道歉才对。我跟几个朋友刚刚喝完酒，喝得我有点头晕，刚才我错把你当成我一个朋友了，所以就抱了你一下，对不起。

女子说，你就想说这句话是不？

我说，是的。还有，我觉得你一定是不认识我。你这样对我，我心里没底。

女子大笑起来。她说，我当时应该扇你几个大嘴巴、踢你几脚，再狠骂你一通，最后再把你送到看守所关一些天，你心里才有底了是吧？

我也笑了。我说，话也不能这么说，但你说的话，的确有道理。

女子说，好，这件事到此为止。来，喝酒，这杯我干了，你随意。

我就觉得这个女子挺豪爽的，我要是再为认错人道歉，就显得太小气。那就喝酒吧，大男人总不能一而再地跟小女子赖酒吧？

我说，你别干，慢慢喝吧。

我刚刚说了这句话，女子已经喝净了杯中酒，她还将杯口朝下，对我晃了晃。

我只好也将杯中酒干了。

女子说，你等我一下，我马上回来。她就起身，出了单间。

我本来以为她是到洗手间方便去了，没承想她回来的时候，手里竟然拿了一瓶我叫不上名字的外国白酒。

老天！这女子哪里是豪爽，不会是酒鬼吧？我噌地一下站了起来。

女子伸手按住我的肩头，她说，干什么？你快坐下，钱我已经交过了。

我说，不是钱。

女子打断我的话，她说，啤酒不过瘾，我们来白的。

我说，我已经说好几次了，我刚喝完酒，我酒量有限。

女子说，没事，你少喝，我不拼你。

我说，你也得少喝，天都黑了，我们都得早点回家。

女子说，哎呀！你这人怎么这么啰嗦？你随意喝，我也保证自己不过量就是了。

说完，女子就将白酒打开，倒满我的杯子，又将她自己的杯子倒满。

4

现在，我有必要回过头来说说李晓雨。因为你知道的，我和这个可能叫毛毛的女子的相逢原因，细究起来是因为李晓雨。

李晓雨、我，还有小二，我们三个当初都是涧河师大的学生，李晓雨是中文系的，我和小二是新闻系的。毕业后，我们都应聘到了涧河晨报，我做编辑，他们两个做记者。捎带也介绍一句跟我打麻将的那两个人，一个叫杨娜，一个叫欧阳学东，也是涧河晨报的工作人员。我当初在涧河晨报工作时，跟这二位也还蛮合得来。

我和李晓雨是在大三那年开始恋爱的。我不知道别人是怎么认为的，反正我觉得爱情其实很抽象，说不清又道不明。我只能笼统地说，我很爱李晓雨。因为有了李晓雨，我觉得这个温吞吞的世间才有了温润的光泽，才有了干净的底蕴。和李晓雨的相爱，让我心中满满当当的，全是知足和感恩。谁跟我说老天有眼，我都会竖起双手的拇指，对这个人说，完全正确，你想加多少分就加多少分。

除了抽象之外，接下来我要说爱情其实很奢侈，绝不是每个人都配去拥有。我这么一感叹，你可能就猜到了，我和李晓雨的恋爱出现了岔头。我真的不愿承认这是真的，但你的确没有猜错。

是在 2009 年的国庆前夕，李晓雨给我发来了一条短信，只五个字：你可以等我。我以为她这是趁国庆长假独自游玩去了，就没有在意，还回了一条短信，只两个字：当然。

第二天，我给李晓雨打电话，她的手机关机了。我没有在意，以为可能是她所在的地方通信讯号差。又过了一天，我再次给她打电话，她的手机竟然停机了。我以为是欠费了，就急忙给她交了话费。再打，还是打不通。我就急忙去了哈尔滨。李晓雨的父母家在哈尔滨，以前逢年过节，我和李晓雨都会去看望她的父母，两位老人每次都是笑逐颜开，我心里更是乐开了花。

但是，到了哈尔滨，我却没见到李晓雨。不光是没见到李晓雨，她的父母我也没有见到。她家搬家了，我不知道搬到了哪里，新的房主更不知道。

我就这样没了李晓雨的下落。

能做的，我都做了，比如让同学和朋友帮着找，比如在涧河和哈尔滨的媒体上刊登寻人启事，比如去派出所报案。

我当然哭过。哭的时候就看手机上的短信。你可以等我——李晓雨说得有些模棱两可。当然——我说得一意孤行。

是的，我不能保证我会等李晓雨等到海枯石烂，等到地老天荒。这个化学药剂横行天下的时代，谁都保不准下一秒钟会发生什么。我只能说，至少目前，我等李晓雨的决心没有动摇。我是不是挺傻的？别，你别摇头。我傻就傻吧，我拿自己都没办法，你又能有什么办法呢？

李晓雨走后，因为没法静下心来编版，我就辞掉了涧河晨报的工作。我的这个小书店，是 2010 年元旦那天开张的，雇用了一个服务员。我总得做点什么，我总得养活自己。

开这个书店，小二忙前跑后的，为我出了很多力。我还知道，小二时不常叫我去打麻将，想赢我点钱是次要的，他主要是不想让我总是惦记着李晓雨。更主要的是，他想把我和杨娜撺掇到一块。这让我感激又头疼。客观地说，杨娜是个好女孩，比李晓雨漂亮，性格也比李晓雨柔和。可问题的关键在于，这不是去菜市场买白菜啊，你花同样的钱，可以买到品相更好、分量更足的一棵。

好了，关于李晓雨，我暂且就说这些。而这些内容，那个晚上，在第八感觉咖啡屋，我也跟那个女子讲了。

我记得我是这么开头的。我说，你千万不要误会，你长得挺像我女朋友的。

女子笑了，说，俗套，大街上搭讪，都会这么说，还要说在梦里见过。

我说，真的，我都说过你不要误会了。

接下来，我就给她讲了李晓雨，而且要比我上面讲的那些更紊乱，当然也更详细。这说明我酒又有点喝多了，否则我不应该跟这个女子说李晓雨。

我在讲李晓雨的过程中，这个女子一直在认真地听，几乎没有插话。

我总算讲完时，女子叹了口气，说，你觉得你能一直等下去吗？

我说，应该会吧。

女子说，到底能不能？

我说，我，我不知道，但起码现在我还在等。

女子说，她要是再也不回来呢？

我说，别这么问我，帮我祈祷吧。

女子将瓶中剩下的白酒均匀地倒在我们两个的杯子里，之后端起酒杯说，来，为她早日回来，我们喝一大口。

我干了这杯酒，就急忙放下杯子，用双手蒙住了脸。因为我哭了。

当我擦干眼泪，拿开手掌时，发现女子将头趴在了桌子上。

我等了好一会儿，女子也没有抬起头来。我就伸手拍了拍她的肩头，没有反应。

正在这时，服务员敲门走了进来，说，先生，很抱歉，我店到了打烊时间，很抱歉。

我说，好的，请等我几分钟。

服务员说，谢谢您，需不需要我到门口帮您喊辆出租车？

我说，好，谢谢你。

服务员转身出去了。

我又拍了拍这个女子的肩头，仍是没有反应。看来她是真醉了。

我只好使劲推她的肩膀，她勉强将眼睛睁开一条缝，说，再拿瓶酒来。

我大声说，走，我送你回家，这里已经停业了。

她说，酒，再拿瓶酒。

我的醉意再次借着我的汗水落荒而逃。麻烦到底来了！

5

这个晚上，我没能将这个女子送回家，而是送到了北岸宾馆。

在离开第八感觉咖啡屋之前，我给这个女子的妈妈打了电话，用的是她的手机。我记得我们刚进咖啡屋时，她给她妈妈打过电话。我只需再按一下左上角的绿色键，就是重拨。但她妈妈的手机已经关机了。我就急忙翻开她手机的通讯录，但不能确定哪个电话号码是家人的。我也想过要把她带回我自己的家，但没敢。我甚至想到了有困难找人民警察，这显然也不妥。

坐在出租车里，女子斜靠在我身上。也许是因为她也出了汗的缘故，她发间散发出的那种茉莉花茶的清香，更加浓郁。这种清香，我当时不但闻得到，而且看得见，呈雾状，迷蒙地在车厢里飘，我甚至还伸手抓了一把。

来到北岸宾馆时，女子似乎醉得更加深重。我几乎是将她抱进客房的，把我累得啊，估计落水狗都比我体面。

我扶她坐在床边，她倚靠在我身上。

我觉得我应该走了，但又担心她醉得太厉害，万一出什么意外可怎么办？

犹豫之间，我想还是脱下她的鞋子和外衣吧，这样她会她睡得舒服些。

鞋子脱起来还算容易。脱外衣时，她含糊不清地说了一句什么，就紧紧搂住了我的脖子，将我也带倒在了床上。她温润的嘴唇贴在我的耳根，她的呼吸呢，也许是稍稍有点急促吧，在我听来，盖过轰隆隆的雷声。

我一动不敢动，就感觉心脏不在左胸的位置了，而是明目张胆地乔迁到了嗓子眼里，刚刚离水的鱼那样活蹦乱跳。更要命的是，我的下身膨胀了。老天！我没有办法，真的。你可以说我是个心灵龌龊的人，但你不能说我是个身体不正常的人。

这样过了五分钟，也可能是三两分钟、十几分钟或者几个世纪，我觉得这个女子应该是睡熟了，我就轻轻拿开她的手，屏着呼吸，小心翼翼地挪开身子。

我刚要坐起，她突然浑身一抖，抓住我的手，含含糊糊地说，你别走，我害怕。

我轻声说，你睡吧，别怕，我不走。

这样又过了五分钟，也可能是三两分钟、十几分钟或者几个世纪，女子真的睡熟了。我轻轻下床，轻轻给她盖上被子。之后，我坐在了沙发上。我觉得我应该等她醒来，这样把她一个人孤零零地扔在宾馆，终归不能让我安心。

我没想到我坐在沙发上，竟然睡着了。

我醒来时，天色已经大亮。

那个女子，已经走了。

我拿过手机。我知道我的手机里有她的手机号码，因为在第八感觉咖啡屋，她用我的手机拨打了她的手机。我翻出她的手机号码，却拿不准要不要给她打电话。迟疑当中，不知怎么搞的，我竟然按下了接通键，但听到是，您拨打的电话已关机，请稍后再拨。

我就给她发了条短信：下次喝酒我付账。

之后，我长长地呼出了一口气。

6

接下来的事情，讲起来就不必动用太多文字了。

我先是把这段经历讲给小二听。小二开始不信，后来就咬牙跺脚地替我后悔。他说，这好事让你遇到真白瞎了，换我，拿下她再说别的。

我说，你以为我不想啊？可我得把我给李晓雨留着。

小二翻了个白眼，之后脖子就像断了一样将头耷下。

再之后，也就是昨天，那个女子给我发来了一条短信。当然了，在这之前，我拨打过她的手机，是两次还是三次我记不得了，反正她始终没接。

女子的短信其实很长，我捡关键的记在下面：我叫毛毛。认识你那天，我男朋友把我甩了。那天晚上其实我没有醉，你如果敢非礼我，我一定会杀死你。我原本认为天下没一个好男人，我错了。我为你祈祷，你一定会早日找到她的。

女子的短信，让我再次出了一身冷汗。回想那天晚上的情形，多悬啊！

我知道，这个叫毛毛的女子在短信中说的“她”，就是李晓雨。

可是，直到现在，我还不知道李晓雨的下落。直到现在，我还在等她。

看着毛毛的短信，隐隐约约，我又闻到一种茶香了。

到可可西里吃大餐

1

肖黑发来短信的时候，我正和二宝在歌吧 K 歌。

这个歌吧，坐落在桥旗路的中段，距离我家也就两公里的样子吧，我每天上下班，都要从它门前路过，但从没进去消费过。如果我没有记错的话，它应该是上个月的月初刚刚开始营业的。歌吧名叫第八感觉，我估计你也猜不出是哪个没长脑袋的人想出了这个店名，更猜不出是哪个没长手的人题写的牌匾，总之这店名看上去就像一群蟑螂，有些扭捏地在那儿撒欢呢。

我比谁都清楚，以前二宝是不爱唱歌的。但今天一大早，她就打电话约我来这个歌吧，说是要请我唱歌。在这之前，我已经整整半年没有见过二宝了，电话也没有通过。我的第一反应是，二宝这是哪根神经发生短路了？但转念一想，二宝她可能是遇到什么困难了吧，不好意思跟我直说，这才借口请我唱歌，要我帮助她。

不瞒你说，这段日子我挺懒得打理自己的，三两天不刮胡子、不换衬衫的时候常有。撂下二宝的电话以后，我想不能让二宝看到我疑似落魄的样子，就比较认真地将自己洗漱装扮了一番，这才开车赶往这个歌吧。

我一到歌吧门口，二宝已经到了。二宝的长相有一些撩人，要是用个书面词语的话，可能就是妖媚。特别是她笑的时候，眼睛弯弯地眯着，使得我像一块奶糖一样，至多在半分钟内就会融化开来。应该就是因为这个缘故，当初我才会死乞白赖地把她娶回家来，当作多半个祖宗供着了。而现在，二宝的精神和气色，看上去都要好于从前起码三成。我心里的懊悔和不甘，也一下子变浓了三成以上。

二宝说，哎呀呀，我的杨小白先生啊，你怎么才来？你这磨磨蹭蹭的老毛病什么时候能改过来啊？

我说，你说吧，有什么需要我帮忙的，你就直说吧。

二宝说，你帮我？你可拉倒吧。不对不对，这样吧，你今天一定得听我唱歌，这就是我要你帮我的。

二宝边说边拉过我的手，进了这个歌吧。

二宝点的第一首歌，我没有听过，名字似乎是叫《陪我到可可西里去看海》。唱之前，她还说了这么一句：下面，我把这首歌献给杨小白先生。接着，二宝就唱：

谁说月亮上不曾有青草
谁说可可西里没有海
谁说太平洋底燃不起篝火
谁说世界尽头没人听我唱歌

我是不是刚刚跟你说过，二宝的长相有些妖媚？但我怎么也没有想到，时隔仅仅半年，二宝的歌声完全走上了人鬼情未了路线。听她唱歌，我总是感觉有一大蓬锋利的碎玻璃四下飞溅着，劈头盖脸地笼罩着我。我是真的痛恨自己不争气啊，怎么就没长一对不锈钢耳朵呢？紧接着，我心里的悔意就变淡了，我甚至第一次有了庆幸的感觉——多亏已经跟她离婚了。

二宝接着唱：

谁说戈壁滩不曾有灯塔

谁说可可西里没有海

谁说拉姆拉错吻不到沙漠

谁说我的目光流淌不成河

我对音乐的了解，一定不会比你见过外星人的次数多。但若干年前，我是写过诗歌的，我觉得这首歌的歌词，有那么几句，写得还真就挺是那么回事。可再好的歌词，也架不住二宝这样糟蹋。二宝唱到“陪我到可可西里看一看海，我去划船你来发呆”这句时，我隐约听到手包里的手机响了，应该是来了短信，我强忍着，没有伸手去拿手机。

二宝唱完一遍，说，杨小白先生，我再给你唱一遍。

我噌地一下站起身来，伸手去拿手机。刚好这时我的手机又响了，二宝也听到了，她说，呀，来电话了呀。

我拿过手机，一看，短信有两条，说的是一个内容：11 点到可可西里 A9 间，请你吃大餐。肖黑。

我说，有个朋友，说他要请我吃饭。

二宝说，是现在吗？

我说，嗯。

二宝说，你快去吧。

我长吁一口气，说，嗯，那你呢？

二宝说，我回家啊。

我把手机放回手包，对二宝说，有什么需要我做的，你直说，你千万别客气。

二宝说，没有啊。

我说，真没有？

二宝用右手食指指着我的鼻子，她的声音像失控的火苗子一样突然蹿高了一大截，没有就是没有！我就烦你这样磨磨唧唧的，难怪我们两个会过不下去！

说完，二宝转过身去，头也不回地走出了歌吧，回手将门咣的一声带上，震得我的身体连根带梢地一哆嗦。

2

我出了歌吧，二宝已经不知去向。老实说，我根本没有心思去吃肖黑的大餐，就开车回家了。我刚一到家，肖黑又给我发来了短信：就差你了，可可西里 A9 间。长叹一口气之后，我给肖黑回了短信：我这就出发。

我之所以去见肖黑，一是因为他这样再三邀请，我不去又不回短信，就显得有些不识抬举了；二是因为与二宝的短暂见面，让我的心情糟糕透顶，我需要喝上几杯烈酒，缓解一下。考虑到不能酒后驾车，我把车放在家里，出了小区大门，拦了一辆车身颜色红黄相间的千里马出租车。我叫出租车的另一个原因是，我不知道肖黑订的可可西里在哪里，以前我从没听说过有这么一家酒店。

出租车司机是个看上去说三十岁可以、说六十岁也行的男子，你要是见到他的话，我想你也一定会相信，獐头鼠目这个词语，最少百分之一百二十来源于他的长相。

坐上副驾驶座位，我刚要问司机知不知道可可西里在哪，司机却先开口了。他问我，你想去哪疙瘩？是不是去可可西里？

我不由得一愣，说，你怎么知道？

司机说，啊，我是瞎猜的。

我说，你猜对了。

司机抬右手一拍方向盘，说，唉哎妈呀，今天真是邪了门了。

接下来，司机启动车子，前行大约二十米，右拐，驶上了北岸街。

你知道的，我的心情很低落，没有说话的兴致。但这个司机有些话痨，他一边开车，一边对我说，你咋不问我，是咋蒙着你要去可可西里？

出于礼貌，我说，啊，我正要问你呢。

司机就告诉我，今天早上天刚亮，他就和自己的老婆吵了一架。

“俺家那个败家娘们儿就是欠收拾。”司机不想出车，就在家躺着。直到一个小时之前，他才消了气。他出车拉载的第一个乘客，是个留着络腮胡子的小伙子。小伙子说要去可可西里，但司机别说没去过了，他听都没听说过什么可可西里、可可东里的。好在小伙子知道可可西里在哪，就一路数落着司机，说他起码的敬业精神都没有，说他涉嫌占着茅坑不大便，说他应该马上买块豆腐一头撞死。

我问司机，那个小伙子是不是戴一副眼镜，只有镜架没有镜片？

司机抬左手挠了挠后脑勺，说，八成是吧，我记不真亮了。那一道上，他都要把我脑袋骂肿了，我也没敢正眼瞅他。

我没再说什么，但可以确定司机说的这个小伙子，应该是肖黑。肖黑就蓄着怒气冲天的络腮胡子，不顺心的时候，他说出的话，比他的胡子还要硬和黑。

司机接下来告诉我，他把肖黑卸在可可西里门口，就开车去往火车站，因为由哈尔滨开往涧河的列车，马上就要进站了。出站的旅客多，但出租车有限，这样一来，出租车司机就可以挺着腰板要求三到四个、起码是两个乘客拼车。可他没想到的是，他开车开到涧河晨报社门前时，一位女士摆手劫车，上车后说是要去可可西里。司机更没想到的是，他的第三个乘客也是去可可西里。而我是他的第四个乘客。

你说今天这事是不是太巧了吧？司机说。

我点了点头，说，嗯。紧接着，我猛然想起，二宝今天唱的那首歌，是不是也叫什么可可西里？我今天难道真的要跟可可西里较劲吗？我是多半个地理盲，只是隐约知道，真正的可可西里应该是在青藏高原，气候啊自然条件啊，都不适合人类长期居住，那里就成了野生动物的乐园。哦，对了，陆川导过一个电影就叫这个名字吧，演的是猎杀藏羚羊和阻止猎杀藏羚羊的故事。哎，我的记忆力真的是越来越差劲了。

车子不紧不慢地行驶着，司机的嘴巴也一直在不紧不慢地嘟哝。我的心情还是那样低落，就掏出烟来，点上一根。

车子就要行驶到北岸街和兴汇路的交叉口时，停了下来。前方红绿灯下，一辆卡车和一辆公交车刮在了一起，堵住了道路。我想下车，但又担心自己找不到可可西里。我正犹豫，突然发现，我就是真想下车，也是不可能了。因为我坐的这辆出租车，这会儿正停在机动车道上，右侧已经挤满了车，出租车没法靠边。我自己平时也开车，知道在机动车道上停车下人，那是一定要事先准备好罚款的。

司机大概也看出了我的焦急，他对我说，哎，真是对不住啊，耽误你时间了。要不我给你讲个真事吧，老吓人老招笑了。

我没说什么，摇下车窗，把烟蒂扔了出去。

司机说，我大舅哥是开公交车的。大上个月，有一天晚上，他开末班车。开到半道，路上行人已经没有几个了，汽车也不咋多，稀稀落落的，老半天才能开过来一辆。我大舅哥一回头，看到车里只剩一个人了，是个女的，三十岁出头那样吧，坐在最后那排座位上，穿了一件大衣，刷白刷白的。我大舅哥接着开车，冷不丁抬眼一看后视镜，那个女的不见了。开车把乘客开丢了，这责任谁也担不起。我大舅哥赶忙咔一脚踩了刹车，回头一看，那个女的正坐在那里。我大舅哥长出一口气，知道自己刚才是看花眼了，他就接着开车。开着开着，我大舅哥又看了一眼后视镜，那个女的又不见了！我大舅哥的冷汗哗一下就出来了，赶忙咔一脚踩刹车，回头一看，那女的正坐在那儿呢。我大舅哥觉得自己的头发都站起来了，但还得硬挺着继续开车。开了多说也就一分钟吧，我大舅哥忍不住又偷偷看了眼后视镜。他是真不敢看，但他扳不住自己。

司机讲到这里，用右手拍了下我的左腿，问我，你猜我大舅哥看着啥了？

我如实回答，说，不知道。接着又说，不会是这个女人又不见了吧？

司机说，嗯哪，那个女的又不见了！

我说，见鬼。

司机说，可不咋的！我大舅哥当时就觉得自己这是遇到鬼了，吓得他当场就尿了裤兜子，恶臊恶臊的。我大舅哥就又踩了刹车，接着就吓得趴在方向盘上了。我大舅哥刚要哭，还没哭出声呢，头发被人一把揪起来了。我大舅哥扭头一看，是那个女的，穿着白大衣，披头散发，满脸是血。

司机讲到这里，停顿了一下，又用右手拍了下我的左腿，这才接着说，我大舅哥大喊救命，救命啊！喊得都不是人的动静。那个女的嗓门更高，她骂我大舅哥，我一蹲下系鞋带你就踩刹车，我一蹲下系鞋带你就踩刹车，我一蹲下系鞋带你他妈的又踩刹车，我操你个八辈血祖宗！

我和司机同时大笑起来。

3

我不知道是那两辆车刮蹭得不严重，还是交警处理得当，反正堵塞的交通很快就理顺了。司机把我拉到了可可西里门口，我付了二十元车费。

司机接过钱，说，兄弟，我叫宋德山，宋祖英的宋，刘德华的德，赵本山的山。

我说，你这么一说，就好记多了。我边说边下车。

司机说，下次要是有缘，你再坐我车，我不要你钱。

我明知道即使将来真有机会乘坐他的车，他也不会不要我钱；就算他真的不要，我也不好意思不给。但我心里还是对他有好感，所谓好话一句暖三春吧。我对他说，谢谢。

司机对我摆了摆手，将车开走了。

目送出租车驶远，我回过身来一看，火气腾一下就蹿上来了。说来真是有些悲催，司机拉着我故意绕了弯路。从我家小区门口到这里，最多也就两公里，起步价。我这么说你要是还不太明白的话，我就直说好了，肖黑订的这个该死的可可西里，原来就紧挨着二宝唱歌的那个第八感觉歌吧。这个该死的宋德山，把我卖了个残次品的价，我还欢天喜地地帮他数钱。而可可西里的门脸也实在是太抠搜了，牌匾小得简直需要借助放大镜才能看得到，这也就难怪我每天经过它的门前，却一直没有注意到它。

我就进了可可西里，边走边打定主意，见到肖黑，先骂他一顿，发哪门子短信给我，直接打电话，说清酒店位置不就得了，害得我差点绕赤道转了一圈。

从我进了可可西里的大门，到服务员带我进了 A9 间，其实也就是不到两分钟的光景。但我还是想借这个短暂的空闲，给你讲一讲肖黑，讲一讲我是怎么认识他的。

我认识肖黑，是因为阿朵。阿朵是二宝的大学同学，当初我几乎是在认识二宝的同时，就认识了阿朵，但一直没有什么往来。上个月的月初，如果我没记错的话，就是第八感觉歌吧开业前后，阿朵来我们涧河晨报工作了，是做记者。阿朵采写的消息和通讯，一篇比一篇更像二三年级小学生写的抒情散文，仅仅一个星期之后，我们报纸新闻版的全体编辑，就集体性偏头疼发作。

据小道消息，阿朵是我们社长的一个直近亲戚。看着属下病倒一大片，社长也觉得脸面过不去，就安排阿朵去采访一个老板，还告诉阿朵，这次要是再不能把稿子写明白，就卷铺盖走人。阿朵就去采访了那个老板，之后没敢把稿子给新闻编辑，而是给了我，让我帮着提提意见。我是副刊编辑，对新闻也不在行，可阿朵既然求到了我，还一口一个姐夫叫着，我也只好硬着头皮帮她了。

阿朵采写的老板是做山珍生意的，说白了也就是倒腾蘑菇、木耳、猴头和各类山野菜。阿朵开篇的两个自然段出离不靠谱，写的是北岸广场上几个老人在唱京剧，“广场成了一片欢乐的海洋”，“人们沉进（浸）在一种喜庆祥和的份（氛）围中，久久不肯离去”。我真的是咬着牙很认真地把这个稿子看完的，别说老板的创业经过和回报社会的举动了，连老板叫什么名字啊、多大年纪啊，这些最最基本的要素，阿朵都没有写到。难怪这段日子，新闻版的编辑一见阿朵的影，就像老鼠见猫似的开溜。

我就跟阿朵说，我觉得你这稿子里面缺一些东西。

阿朵眼泪汪汪地说，姐夫，你就帮我改改吧，我求你了。

我说，我不是不想帮你改，问题是很多东西，你采访时遗漏了。

阿朵说，姐夫，要不这样吧，我这就打电话给他，你和我一起去，重新采访他。

我说，那，那个，好吧。

我和阿朵就去采访了这个老板。之后，我写了份稿子大纲，由阿朵写了初稿，我又修改了一遍，把错别字改过来，删掉了抒情、描写和议论，稿子就见报了，只署阿朵的名字，阿朵也就由此成了一个记者。

我和阿朵采访的这个老板，就是肖黑。

我应该是没记错吧，在前面，我已经告诉过你肖黑的长相了，标志性特征就是蓄着络腮胡子，戴着没有镜片的眼镜。但我应该是没有跟你说，肖黑其实并不是他的原名。他的原名好像是叫肖元敏或者是肖敏元吧，肖黑是他自己给自己取的名字，而他的乳名是叫小黑。

我还记得呢，我和阿朵去采访他时，他正在看中央电视台重播的《星光大道》节目。听说我叫杨小白，肖黑拉着我的手说，赶明个咱哥俩也去《星光大道》唱他一家伙，咱哥俩就叫“黑白两道”组合。

采写肖黑的稿子见报以后，也就是上周日的晚上，肖黑又约我和他见过一次面，是在一家咖啡屋。他告诉我他失恋了，女朋友劈腿，他很难过。他说他接触的人基本都是做生意的，无商不奸、无奸不商。他觉得我做新闻工作，接触面广，要我留意，帮他介绍一个女朋友。我就忍不住笑了。我告诉他，我平时就在编辑部坐班，认识的人，扳手指头都数得过来。我也没有跟肖黑隐瞒我离婚已经快要半年了这件事，我说，我自己现在也是老哥一个要单帮呢。

肖黑说，咋的？嫂子也给你戴绿帽子了？

我说，这倒不是。唉，一言难尽，我们今天不说这个。

4

现在，我已经走进了可可西里 A9 间。

酒桌上一共坐着四个人，三男一女，看得出来饭局已经开始有一会儿了。对着门口坐着的这个男人，蓄着茂盛的络腮胡子，戴着没有镜片的眼镜。但他却不是肖黑。他起码要比肖黑年长五岁，体重至少要比肖黑多出五十斤，总之他看上去就像一个大肉球一样。我不认识他。另外那两个男人，一个有些拔顶，一个左边的脸颊上有一道伤疤，这二人，我也都不认识。还好，剩下的这位女士我认识。我估计你可能也猜到了，这个女士正是阿朵。随即我就想，那个叫宋德山的出租车司机，他今天拉载的头两个乘客，应该就是肉球男人和阿朵吧。

我对这三个男人微笑着摆了摆手，算是打招呼。我坐在阿朵旁边的椅子上，问她，肖黑呢？

阿朵的神情明显一愣，说，我不知道啊。

拔顶男人拿过酒瓶子，站起身来，一边给我倒酒一边说，哎哎哎，别一见面就说悄悄话。喝酒，喝酒喝酒。谁让你来晚了？先罚你一杯。

我说，不好意思，来时路上堵车。我酒量实在有限，这杯酒少说也得有三两吧？我要是一下子喝下去，我马上就得躺桌子底下，我先喝一大口吧。

肉球男人说，行，喝一口，意思一下就行了，咱们谁都别拼谁，有酒慢慢喝，有话慢慢聊。

我喝了口酒，放下酒杯，小声问阿朵，你以前认识他们几个不？给我介绍一下吧。

阿朵说，我也不认识。

我说，肖黑怎么还不来？

阿朵说，你总说他干什么？

我被阿朵的话给噎住了。我说肖黑干什么？他请大家吃饭，他本人却不到场，这是哪门子的道理？

我就拿过手机，给肖黑打电话，问他什么时候能赶到。我得到的是这样一句答复：您拨打的电话已欠费停机。我靠！你肖黑大小也是个老板啊，手机欠费停机，太不靠谱了吧？

你知道的，我来这之前，心情就不怎么舒展，现在呢，心情就更加窝火和抽巴。我想马上离开，回编辑部上网，或者回家睡觉，怎么都比跟陌生人在一起喝酒要好。但我又觉得这样匆忙离开，也不是个好法子。怎么办呢？我就在心里安慰自己，再等一等吧，肖黑这个王八蛋很快就会来，他这会儿很有可能是刚刚交完话费，正往这里紧赶呢。

我就不再说话，很快将杯子里的酒喝尽了。

拔顶男人又给我倒满，还小声叮嘱我，兄弟，你慢点喝。

我说，谢谢。

在我看来，跟陌生人一起喝酒，实在是人生大不幸之一，最起码时不时出现的冷场，就足够让人尴尬的。这个左侧脸颊上有道刀疤的男人，从我到来，我就没听他说过一句话。他似乎是有一点腼腆，我每次看他时，他总是轻轻一笑，赶忙将目光移到酒杯里，接着就端起酒杯，抿一小口。还好，肉球男人和拔顶男人比较活跃，每当冷场试试探探地一露苗头，他俩就抢着制造话题：今天天气不错，是啊，今天天气是不错，今天天气确实不错。总之就是这类废话吧。而且，我发现他们两个之间一直是兄弟来兄弟去地称呼对方，开始我还以为他俩是朋友，后来就看出来了，他俩之前也是不认识，连对方的名字都不知道。肖黑这个王八蛋，准是脑袋被驴踢了，要不他怎么会把这些事先都不认识的人叫到一起呢？

我将第二杯酒喝尽时，阿朵用胳膊肘轻轻推了推我，她说，哎，我问你个事。

我说，你说吧。我边说边自己拿过酒瓶，给自己倒酒。这就足以说明，我已经有一点醉了。酒桌上，先给别人倒酒，再给自己倒，这是起码的礼节，我却没有顾及。

阿朵扭过头来，小声说，我昨天才听说，你和二宝已经离，啊，已经分开了，因为什么呀？我给二宝打过电话，问她，她不告诉我。

我紧紧捏着酒杯，抑制住心里想要把酒泼在阿朵脸上的冲动。阿朵这是拿我不识数啊。我分明记得，她第一天来报社上班时，就问过我为什么和二宝离婚。我当时跟她说，我也不知道因为什么。我这么说，真的不是敷衍阿朵，我是真的不知道原因。本来我和二宝过得好好的，二宝突然就提出了离婚，我不答应，她就要跳楼。二宝是那种说得出就做得到的人，我不能眼睁睁看她从七楼跳下，就答应了她。离婚后，我打电话给二宝，想是问问离婚的原因，但二宝一直不接我电话。我就想自己是不是做错了什么事，惹得二宝不肯原谅我，想来想去，应该是没有。你就说吧，我每天准时上班准时下班，在家做饭洗衣擦地板，外加工资全部上交，在外不吃喝嫖赌、不坑蒙拐骗，我这样的男人，基本也能划到好男人行列里吧？就算我不是好男人，可我历来就是这个样子啊，二宝以往一直很喜欢我，怎么说不要我就咔嚓一下不要了呢？我也想过，二宝跟我离婚，她会不会是在外有人了？但经过调查，我没有发现。

见我一直不说话，阿朵很不耐烦，就提高了声音说，你快说呀。

我也不由得提高了声音，说，不知道！

阿朵白了我一眼，独自端起杯子，喝了一口酒。

原本一直不说话的刀疤男人，这个时候站了起来，对我举了举酒杯，说，我，那个，大家听我说一句，我那个，提一杯酒，敬肖黑兄弟一杯，感谢肖黑兄弟把我们大伙，那个，把我们聚到一起。

我噌地一下站起身来，说，你开什么玩笑？我不是肖黑，我是杨小白。

我指了指身旁的阿朵，接着说，你们可以问她，她知道我是杨小白，我不是肖黑。

这三个男人的目光，就都聚焦到了阿朵的脸上。

阿朵翻了个白眼，说，你们都别看我，我不知道，我什么都不知道！

5

按说酒喝到这步田地，早就该散局了，但却偏偏没散。

肉球男人把谁是肖黑这个要命的问题岔开了。他说，这位兄弟既然提议了，我们大家就都喝一口吧。不管怎么样，我们几个今天能坐到一个酒桌上，这就是缘分。

刀疤男人说，是啊是啊。

我们五个人，就都把杯子里的酒干了。拔顶男人又将每个人的杯子倒满了酒。

我在前面是不是跟你说过，我们喝酒的杯子，是那种容量大约三两的高脚杯。我已经喝了三杯共计八两左右酒了，而我平时的酒量最多是半斤。现在是第四杯，第四杯就第四杯吧。而他们四个呢，我来之前，他们已经喝上了，他们喝下去的酒，一定不会比我少。

拔顶男人放下酒瓶子，说，在座的哥几个，还有这个小妹妹，我不怕你们笑话，我说说我的婚姻。

刀疤男人说，笑话啥？那个，过日子，各家有各家那个难唱曲。

拔顶男人说，我有三个孩子，都是女儿，老大今年五岁、老二四岁、老三是两岁半多一点。老大老二长得都可漂亮了，谁见了都喜欢得不得了；老三就不行了，小眼睛、大嘴、趴鼻子，还总拖着两筒黄鼻涕。说实话，我更喜欢这两个大的。今年年初，我老婆在家跟一个男人鬼混，被我堵在床上了。当时的场景我就不说了。事后，我就怀疑老三不是我亲生的。我就偷着给三个孩子都做了亲子鉴定，结果只有老三是我亲生的，两个大的都不是。没办法，只能是离婚，我现在就跟老三一起过呢，我是说什么也不想再婚了，伤不起。

肉球男人说，兄弟，唉，兄弟，不瞒大伙，我也是刚离婚。怨我，我在外面找了个小的。老婆本来也不想跟我离婚，但她一看见我就恶心，哇哇吐。离了，怨我。

刀疤男人说，那个，怎么就这么巧？我，那个，我也是离婚的。

你因为什么？肉球男人问。

刀疤男人说，第一次是因为我没钱，养不起人家。第二次，那个，是因为我有钱。第三次，那个，我那个也不知道因为什么，反正就是那个离了。第四次，哦，那个，就三次，没有那个第四次。

我说，来，为我们四个男人都离婚，我们喝一口吧。

这三个男人一起说，好。

阿朵站起身来，说，你们几个可真没劲！

说完这句话，阿朵就走了。我们四个男人谁都没去理她，四个酒杯当一声撞在了一起。

酒喝到这步田地，就完全属于胡闹了，每个人都超量了，但又全都抢着喝酒。

后来，我也不知道因为什么，刀疤男人像个孩子那样大哭起来，肉球男人就劝他，可劝着劝着，肉球男人也哭了，哭得比前者还要撕心裂肺。

拔顶男人则唱起了歌。因为他的歌声和刀疤男人、肉球男人的哭声搅拌、纠缠在一起，他开始的那几段唱的是什么，我没有听清楚。后来，刀疤男人和肉球男人的哭号转为抽泣，我听清拔顶男人唱的是：

谁说做个男人注定要蹉跎
谁说你的心里荒凉而曲折
谁说流浪歌手找不到真爱
谁说可可西里没有海

陪我到可可西里看一看海
不要未来只要你来
陪我到可可西里看一看海
我一直都在你在不在
陪我到可可西里看一看海
我去划船你来发呆
陪我到可可西里看一看海
亲爱的我等你来

我对拔顶男人说，我老婆今天给我唱过这首歌。

拔顶男人说，我老婆唱歌，没有一句在调上。

我说，声音像玻璃渣子四下乱飞。

拔顶男人对我举杯，说，兄弟，来，酒逢知己千杯少。

拔顶男人话音刚落，门被推开了，二宝走了进来，身后跟着那个叫宋德山的出租车司机。

肉球男人和刀疤男人的哭声停顿了一下，但瞬间之后就接续上了。二宝没理他俩，她对我说，小白，快，给我十元钱，我打车来这里，忘带钱了。

我摇摇晃晃地站起身来，指着宋德山说，宋祖英的宋，刘德华的德，赵本山的山，你给我滚！滚！马上在我眼前消失！

宋德山吓得转身就跑。

二宝跟我说，小白，你怎么了？你怎么喝这么多酒？

我急促地喘息，说不出话来。

二宝扶我坐下，她说，杨小白先生，我来找你，是想告诉你，我们复婚吧。

我趴在了酒桌上。鼾声拔地而起之前，我说了这样一句话：我不是杨小白，我是肖黑。

河滨街

1

现在看来，杀死我的这个女人到底是谁，我是不可能知道了。我想，北岸公安分局的那两个警察，他们应该已经知道了这个女人是谁，但他们两个谁都没有办法告诉我。如果我没有记错的话，这两个警察，年纪轻、戴着一副眼镜的那个，好像是姓刘或者姓牛；年纪稍大、肤色棕红的那个，好像是姓王。为了讲起来方便一点，以下我就叫他们眼镜警察和棕红警察吧。

跟我一样，区子明其实也不知道这个女人是谁。天知道因为什么，在得知我被杀死之后，区子明一路小跑，来到了北岸公安分局，接待他的正是眼镜警察

区子明一口咬定，这个女人出现在河滨街时，是案发当天的下午两点零四分。区子明啪啪地拍着自己的胸口，他说，咋的？你不信咋的？不是两点零三分，也不是两点零五分，就是两点零四分，差一分钟我都把脑袋揪下来给你当球踢！

眼镜警察小声嘟囔了一句，我踢你那玩意儿干啥？紧接着他就假装眼镜滑下了鼻梁，他用左手往上推了推镜架，又顺势捂住了鼻子。可区子明的腋臭，仍然是汹涌又恣肆，简直就是大气磅礴，眼镜警察

就使劲将手在鼻子前摆动了几下。

我没说我不信。眼镜警察随口敷衍了一句。在他看来，那个女人究竟是什么时间出现在河滨街的，并不是个绝对重要的问题。

区子明说，从我妹妹家到老黑家是四分钟，调过来，从老黑家到我妹妹家，是五分钟。你知道咋差出这一分钟的不？区子明说到这，将右手掌并拢，做了个猛烈下切的动作。眼镜警察以为他这是要自问自答呢，区子明却说，哎，兄弟，给我棵烟抽，我烟打麻将那会儿都抽没了，还没倒出工夫去买，这不就跑你这来了？

眼镜警察就将放在桌角的那包红双喜烟拿过来，抽出一支，撇给区子明。他说，我看先就这样吧，有什么事需要你帮忙的话，我再找你。

就这样？什么就这样？区子明刚刚把烟点着，还来不及抽。他说，我妹夫就这么死了？不明不白就这么死了？兄弟，不是我批评你，你自己也得寻思寻思，在你管的这片儿，有人稀里糊涂就没命了，传出去你也没面子吧？

眼镜警察皱起了眉头，他强忍着不耐烦，还胡乱摆了摆手，说，那你都快点说啊！

区子明抽了口烟，说，行，我这就接着说。兄弟，我刚才说到哪了？

眼镜警察说，我哪知道你说到哪了？

区子明说，那我从头给你说。

2

对于我自己的被杀，老实说我也无从讲起。我思考了很久才发现，如果是从杨小雪开始讲的话，条理可能会相对清晰一些。

回想起来，我和杨小雪的相识，似乎真的相当偶然。请注意，我说的是“似乎偶然”。按照我现在的推断，我和杨小雪的见面是躲不过去的，只是时间迟早的问题。

我平时根本就不看电视，那晚耐着性子看了，结果呢，中国男足在打平就能小组出线的前提下，0：3败给了乌兹别克斯坦，亚洲杯就这么出局了。这让我很是郁闷，感觉胸口那儿有块沉重又粗糙的石头堵塞着。我就下楼了，去了离我家很近的那个酒吧。酒吧的名字取得真是不靠谱啊，叫第八感觉。

在酒吧二楼最东边的那个单间坐下，我犹豫了一会儿，没有要酒，而是对服务员说，给我来一听可乐吧，可口、百氏都成。

服务员说，好的陈总。

我就一愣，仔细再看服务员，是个陌生的女子，二十三四岁的样子，正下意识地用左手捂着自己的嘴巴，她的目光有点发虚。

我们见过面吗？你认识我？我问她。

她点了点头，说，嗯，我在北岸公司工作。

女子说的北岸公司，是我的一个分公司。由此想来，她应该算是我部下的部下了。我想站起身来，但只是想了想。我说，哦，真对不起，我一下子想不起你名字了。你在北岸具体做什么工作？怎么又到这儿来了？你坐下，你快坐下，这儿不是公司，你站着跟我说话，我特别不舒服。

女子就小心翼翼地坐在了我对面。刚刚坐下，她手中的菜单掉到了地上。她哈腰捡菜单时，我想她应该是个左撇子吧。因为她是用左手捡的菜单，而刚才她用来捂嘴的也是左手。

女子轻轻笑了笑，说，我叫杨小雪，我负责北岸的微机室，我在这儿是做兼职，一周来一次。她说这几句话时，呼吸是急促的，语调就跟着有些发抖，她显然是有一点紧张。陈总您先坐着，她边说边站起身来，我这就把可乐给您拿来。

我说，来两听。

杨小雪把可口可乐拿来时，她看上去已经从容了许多。我说，你要是不忙的话，能不能陪我坐一小会儿？

杨小雪笑了，很舒展和放得开的那种笑。她说，好呀，好呀好呀！

我这才发现，杨小雪大笑的时候，她的两腮上就出现了两个酒窝，酒窝很小很浅，不仔细看就可以忽略不计。我就有些后悔了，不该让杨小雪陪我。说来也真是有点莫名其妙，我没法忍受女人长酒窝。没什么站得住脚的理由，我就是不喜欢，简直是厌恶。我是半年前跟我妻子离婚的。说到离婚的理由，很多人都以为我这是发达了，温饱思淫欲了什么的。而真正的原因呢，是我前妻不顾我的再三劝阻，去美容院做了两个该死的酒窝。

我说话的欲望就这样一下子减弱了一大截。接下来的十几分钟里，我几乎没有说什么话，更像是个心不在焉的听众。

杨小雪首先跟我做了解释，她来这个第八感觉酒吧是做兼职，并没有影响她在北岸公司的工作。她还告诉我，她来这做兼职，是为了体验生活，从而积累写作素材。她说她正在着手创作一部中篇小说，凶杀题材的，案发现场是在一个酒吧里。她清了清嗓子，接着说，我已经想好了，酒吧的名字就叫第八感觉。

我想对她说，小说完成给我看看。可我还没来得及张口，一个男人一脚踹开了我们这个单间的房门，摇摇晃晃地走了进来，而且迅速地亮出了一把造型怪异的刀子。

3

区子明说，兄弟，你是不知道啊，这三天我背运都背到家了，打了三场麻将，场场废，老黑他们几个王八犊子把我砸得嘎巴嘎巴的，这帮狗日的。

眼镜警察长吁了口气，也点了根烟，之后他就尽可能深地仰躺在了座椅上，想要逃离区子明的腋臭对他的围剿。。

按照区子明的说法，周五、周六、周日这三天，他都去老黑家打麻将了。他说不准老黑他们几个是不是事先做了套，反正他的三百块钱，周五输了一百，周六输了一百，周日又输了一百。而且，他每次输到一百块时，都刚好是下午两点。

兄弟，真是邪了门了，只要我一摔麻将牌，说不打了不打了，老黑家那个破挂钟保准当当响两下。

区子明说到这，就随手拿过小警察的那包红双喜烟，抽出来一支，用先前那支的烟蒂将其点燃，这才接着讲，他离开老黑家，就奔妹妹区子敏家去了。他想跟妹妹区子敏借一百块钱，回来接着玩麻将。

谁的钱也不是大风刮来的，我得往回捞捞，你说是不是，兄弟？区子明说。

眼镜警察说，今天我们就聊到这儿。

咋的？操。区子明腾地一下站起来，将手中只吸了一少半的烟摔在地上，又猛地踩上一脚。他说，你不稀得听我说是不是？行，我跟你们局长说去！

眼镜警察也站了起来，他紧攥的双拳，跟他粗重的呼吸一样在抖动。但他马上就笑了，说，大哥你怎么沾火就着啊？不过我喜欢你这种性格，男人嘛，怎么能没点脾气？你接着说你的。他边说边又递给区子明一支烟，还啪一下打着火机，伸了区子明面前。

区子明反倒有点不好意思了，他小声说，我这脾气也是够操蛋的。对了，我接着说。我刚要走到我妹妹家楼下，就看到那个女人了。

眼镜警察就用右手捂住了胸口，心想这个话痨总算说到正题了。

可区子明接下来就转移了话题。他说，兄弟，你知道咱们涧河市运动会的竞走纪录，是谁保持的不？不等眼镜警察回答，区子明用右手啪地拍了下自己的胸口，又竖起右手拇指，说，我，哥们儿我！

区子明说自己读高中的时候，练过两年竞走，十多年了，他创造的市运动会竞走纪录一直没人能够打破。而练习竞走，让他对时间、距离和路况的把握都很精确。他说从他妹妹区子敏家到老黑家是上坡路，需要走五分钟，而反过来就是下坡路了，只要四分钟就够。

兄弟，你一定要相信我，我看到那个女人的时候，保准是下午两点零四分，我敢用脑袋做保证。

眼镜警察说，你看到那个女人时，她在干什么？

区子明咳嗽了起来，他说，兄弟，你先给我倒杯水，渴死我了。

4

男人闯入单间，指着我的鼻子骂我，你是谁呀？你跑我屋里来干他妈啥？

我看得出这个男人显然是喝醉了，他应该是出来接电话，或者去了卫生间，之后想回自己的房间，结果走错了屋子。我说，先生，你走错屋了。

男人踉踉跄跄地走到我面前，突然就从后腰处拽出一把刀子。刀子的刀身将近三十厘米长的样子，略成弯弓形，刀背处是一排细致的锯齿。而刀柄前端的刀身处，有一小块镂空，是一枚六角雪花的图案。

男人挥刀向我头部砍了下来。一瞬间里，我闭上了眼睛，因为我已来不及躲闪。

预想的疼痛没有来临。我睁眼一看，是杨小雪猛然站起身来，伸出左胳膊，护住了我的头。

鲜血从杨小雪左手腕的背侧急促地流出来了。我回过神来，抓过只喝了几口的那听可口可乐，狠狠砸在了男人的右眼眶。男人惨叫一声，捂着右眼转身就跑，他的脚步飞快，完全没了先前醉酒的迹象。

我没有追赶男人。我解下领带，紧紧系在杨小雪的左下臂，之后就马上叫了辆出租车，和她赶往距离酒吧最近的第三人民医院。临上车前，我让惊慌失措的酒吧老板帮我报了警。

在赶往医院的途中，我突然想值班医生会不会是高建民呢？当然，我只是想了一下而已。杨小雪一直在努力地笑着，她说，嘿，这下好了，我的小说不是中篇是长篇了。我就忍不住握住了她的右手。我能觉出我的眼底，一阵比一阵热了。我不敢去想象，要不是杨小雪替我挡了这一刀，后果会是什么样。

医院的夜间值班医生，果然是高建民。关于高建民，我在这儿必须多说几句。他是我当初的高中同学，高考之前的那几个月，我们两个都喜欢上了邻班的一个女同学。在这儿，我不想提到这个女同学的名字了，但可以说的是，这个女同学后来成了我的前妻。“后来”，“前妻”，这话真是别扭。正是因为这个缘故，最近这十年来，我和高建民之间没什么来往，除了为数不多的几次同学聚会上见了面，相互客套几句。

我也不清楚高建民是否知道我已和女同学离婚，反正他看我的眼神，多少有一点……诡异？或者暧昧？我说不清楚，总之让我不怎么舒服。还好，高建民一直也没问我，杨小雪是怎么受的伤。他要是真问了的话，我恐怕一时间还不知道该怎么回答。

高建民给杨小雪清洗、包扎伤口时，我一直陪在她身边。开始时，杨小雪只是很用力地抓着我的手，她的掌心湿漉漉的。后来，她就扭过身来，把额头抵在我的胸口，很结实地来回揉搓。我分明感觉得到，她的整个身体在发抖，而她一直在努力控制着。

高建民告诉我，杨小雪只是伤了皮肉，筋骨没有伤到。我稍稍安心了一点，让他给杨小雪办住院手续。高建民说，陈桥，我坑谁也不能坑你。嫂子真不用住院，每天来医院换次药，再打一组静点消炎，最多四五天就能痊愈。

高建民说的“嫂子”两个字，让我的脸一下子热了起来。我就心虚地瞟了一眼杨小雪，而她也正在瞟我。她对我耸了下鼻子，同时还飞快地吐了下舌头。

这时候，又有两个病人被家属送来了。高建民就把我和杨小雪安排到了一日病房，由护士来给杨小雪注射消炎的静点。护士刚刚调好药液滴坠的速度，北岸公安分局的眼镜警察和棕红警察赶来了。事情的经过就这么简单，我和杨小雪三言两语也就说尽了，两个警察很快也就离去了。

我和杨小雪走出第三人民医院时，已经将近凌晨三点了。需要说明一句的是，离开医院时，我打算和高建民告个别，但没找到他。准确地说，高建民把我和杨小雪安排到一日病房后，他就再没有出现。

我要送杨小雪回家，她抬了抬左手，说她不想让妈妈知道她手伤了。我犹豫了一下，要送她去宾馆。她没说什么，撅着嘴巴点了点头。坐上出租车，我刚要对司机说去宇龙宾馆，杨小雪却先张了口。她说，师傅，去香江小区十八号楼。

我就一愣。看来，杨小雪她是知道我家在哪住啊。

杨小雪对我耸了下鼻子，说，还是我先送你回家。万一再遇到个酒鬼呢？哼！我才不怕呢，我这还有。她边说边伸过右手，摸了摸我的头顶。

5

放下水杯，哈哈地大声喘了几口气，区子明问眼镜警察，兄弟，你家孩子几岁了？

眼镜警察说，我现在连对象都没有呢。

区子明说，啊，不急。

眼镜警察小声嘟哝，急有什么用？

区子明说，我儿子今年十一了，回回考试，没及格的时候。这么点个小崽子他就知道做爱！

眼镜警察说，大哥，我能不能打断你一下？你见到那个女人的时候，她在干什么？

区子明又拿过眼镜警察的那包红双喜烟，发现空了，他就随手把烟盒攥在了手里。他说，我跟那个女人本来是对面走，她一直低着头。她一抬头看见我了，她就转身往回走了。一开始我就觉得她长得像杨小雪，身条啊、头型啊，还有走道的姿势啊，都像。可她一抬头，我发现她不是杨小雪，我以前从来没见过这个人。兄弟，我敢用我脑袋保证，下次再见到她，我保准一眼就能认出她。

接下来，区子明告诉戴眼镜的小警察，杨小雪跟他妹妹区子敏是好朋友，她们两个是大学同学，涧河电大的。他说他见到那个女人时也没多想什么，只想着快点到妹妹那里要一百块钱，好返回老黑家接着打麻将。可他来到妹妹区子敏家门口，却没进屋，因为他儿子区洲正站在门口，不让他进。区洲把左手食指竖在嘴巴前，神神秘秘地说，嘘！爸你小点声，小点声，我老姑跟那个叔叔在屋里做爱呢。区子明的脖子就猛地一梗，他说，啥？你说啥？区洲说，我老姑跟那个叔叔做爱呢。你听，爸你快听，我老姑哼哼呢！区子明果然就隐约听到了妹妹区子敏的叫床声，他一把扯过区洲的胳膊，将区洲拽到了河滨街上。区子明大骂，的这么一丁点就不学好！区洲翻了个白眼，说，喊！谁不学好？你以为我不知道啊，今天早上你跟我妈就没学好，我妈哼哼的动静比我老姑还大。区洲说完就转身走了，还捎带着将路边一个空的矿泉水瓶子一脚踢到了半空中。区子明就愣怔地站在那，好半天没回过神来。

兄弟，你说现在这孩子可咋整？可咋整？都要愁死我了。

眼镜警察笑了，站起身说，区大哥，你还有什么新情况吗？

区子明说，基本上也就这些了。

眼镜警察说，你等我一下，我上别的屋要几棵烟去，回来咱们把笔录做一下。

6

那个晚上，也或者说那个凌晨，杨小雪就住在了我家。

我下厨房给她煮了面条，她一直陪在我身边。她说，真想不到你还会做饭呢，我就不会做。我妈总埋怨我，说你也不学着做，看以后谁敢娶你！喂，你说我要是嫁不出去，自己把自己砸手里了可怎么办？

没等我回答，杨小雪又说，哎呀！我才想起来，我得给我妈打个电话，快把你手机给我用下，我的今天没带。

我说，这个时间给她打电话，合适吗？我边说边把手机递给她。

杨小雪说，没事。她接过手机，按了一串号码，去了方厅。我听见她说，妈，我单位有急事，安排我去哈尔滨学习，得一个星期能回来。这是我朋友的手机，我的落家了。对，没事，我没事。对，嗯，是这样的，你不用惦记，好，好的，那我先挂了。

吃饭时，杨小雪问我，喂喂，我才想起来，你怎么一直不说谢谢我呢？

我说，可不是吗？

我还是没有说感谢她的话，我觉得用话来感谢，太轻飘了。

杨小雪笑了，说，你还真当真啊？我是跟你说着玩呢。好了，我吃饱了，先觉觉去喽。

杨小雪就睡在了我的床上。我呢，去了另一间卧室，也就是当初我和前妻分居时，我前妻睡觉的那间卧室。

球赛、酒吧、医院，这一番折腾，搞得我相当疲惫，可躺下来后，我却睡不着。我在想，杨小雪当时能替我挡那一刀，应该是归不到见义勇为行列里面的。我是三十好几的人了，能读懂她看我时的眼神，她一定是对我有所期待，尽管我还不清楚这期待是钱款，还是别的什么物质。我就很后悔让杨小雪来我家了，在出租车上，我应该硬下心肠送她去住宾馆。

迷迷糊糊的，我好像刚刚睡着，就被放在枕边的手机吵醒了。来电号码我相当眼熟，我却想不起机主是谁。迟疑间，我接了来电，是个女人的声音。

她说，你过得好吗？

我一下子听出来了，是我前妻。这样的时刻，她打电话来干什么？还是要钱？

我说，还行，你呢？

她说，我不好。最近心情一直挺糟糕的，想找个人说话都没有，就打你电话了。

我说，哦，你还有别的事吗？

她叹了口气，说，没了，耽误你休息了。她就挂断了电话。

老实说，前妻的电话，让我心里真的有一些紧张和愤怒。当初离婚时，我是打算送给她一笔钱的，毕竟夫妻一场，我不想让她为下半生吃饭和穿衣发愁。但我没想到的是，她居然主动给我讨要，而且态度比冬天的石头还冷硬。她想要的那个数额，其实只是我打算给她的那笔钱的一半。但她既然已经撕破了脸皮，那她就只能得到她说的那个数额的一半了。离婚后的那一个月，她给我打过很多次电话，要钱，还是要钱，我没给，一直没给。这很没劲。她没劲，我也没劲，越想越没劲。这之后，我们就没有联系过。我以为她这次打电话来又是想要钱，原来不是。

反正躺着也睡不着，我就坐了起来，点了根烟。缭绕的烟雾，很快就被渐渐明朗起来的曙色稀释开来了。睡意再次降临时，我突然想起了区子敏，我需要给区子敏打个电话。

区子敏开了一家美容院，名叫十八永驻。不久前，她从我这买走了一套激光美容设备。昨天，她又给我打来了电话，说要在今天请我吃饭，同时想再从我这购几套设备，她让我今天告诉她见面的时间和地点。

考虑到这个时间打电话不太合适，我就想给区子敏发条短信，告诉她八点准时在北岸酒店见面。

可就是这时候，我的手机又来电了。

7

也就三四分钟的时间吧，眼镜警察回来了。跟他一起来的，还有那个棕红警察。

眼镜警察递给区子明一支烟，又帮着点着。他说，开始吧，从你们打麻将那儿开始说。

区子明深深吸了口烟，就滔滔不绝地讲了起来。他说了老黑的身份证名字，又说了另外两个人的名字。他说他们下的赌注乍一看并不大，两元五角的，但架不住说道多，什么黑夹啊、杠和啊、三家立。要是坐庄自摸个黑夹，一把就能赢一百元。而且，区子明还说到了老黑的牌风太差劲，赢几把牌就吹牛，说什么有人雇他当杀手，给了他一千块钱，事成之后再给他五千块。

区子明说，老黑也太能吹了，就他那小体格吧，纸糊的似的，谁能瞎了眼雇他当杀手？

之后，区子明重讲了一遍他怎么见到那个女人，又怎么被儿子区洲气得半死。眼镜警察不时提问他一些问题，而棕红警察始终一言不发，只是低着头记录。

天色已经有些黑下来了，区子明听到自己的肚子在咕咕叫。他就站起身，伸了个懒腰，说，没有了，就这么多了。我妹夫的死，你们就多费心了。

眼镜警察说，真是麻烦你了区大哥，你还得给我签个字、摁个手印。

兄弟，这有啥可麻烦的？区子明就签了名字，又摁了手印。

区子明正要用那个红双喜空烟盒擦掉手指上的红印泥，棕红警察突然拿出一副手铐，铐住了他的双手。

操，开什么玩笑？区子明愣了一下后大笑着说。

眼镜警察冷笑一声，说，区子明，我们有足够的证据表明你参与了赌博。

8

是区子敏给我打来的电话。

她说，想想今天要跟你见面，也不知道怎么了，我一宿也没睡着，这么早就忍不住打电话给你，挺不好意思的。

我说，没关系的。

区子敏笑了，说，昨天我让你定一下见面时间和地点，唉，请客哪有我这么请的，还是我来定吧。你能不能来涧河边啊？这有个得莫利鱼馆，一天二十四小时营业，鱼做得特别特别好吃。我已经到这了，你不用着急啊。

我说，好的，我有半个小时左右就能赶到。

撂了电话，我就忍不住笑了。想想区子敏刚刚说的话，再想想杨小雪为我挡了一刀，我就觉得我可能真的是在走桃花运了吧。

我就简单洗漱了一番。见杨小雪仍在睡着，我拿过一张 A4 白纸，给她写了封信，也或者说是留下了一张便条，只有三句话：我有事要外出，密码是432156，你走时把门带上就好。犹豫了一下，我又写了三个字：谢谢你。

把这封信和一张牡丹卡放在杨小雪的门口，我下楼提车。在这儿，我不想说这张牡丹卡里的数额了。但我想说的是，如果杨小雪没长那对该死的酒窝的话，接欧子敏电话时，我和杨小雪睡在同一张床上是很有可能的。

车子很快就要驶到第三人民医院了，这时候，天色已经亮起来了。远远地，我看到高建民正从医院里往外走来。我想，高建民应该还是很够意思的。虽然我不在乎花一点医疗费，但他能主动告诉我杨小雪不用住院，这就真的很不错了。现如今，还有不小病大治的医生吗？

我就想停下车来，向高建民表达一下谢意。可就是这个时候，我看到一个女人也从医院里走了出来。女人走得很快，都要成小跑了，而高建民则放慢了脚步，显然是在等她。女人来到高建民身边，两个人就很亲昵地挽起了手，他们小声地在说着什么，女人突然笑了，高建民飞快地在她额头亲了一下。

我就猛地一下踩住了刹车。

这个女人，是我前妻。

我不知道别的离异男人遇到这种情况，他们会怎么想。我呢，是觉得是有一个很寻常的东西，我不要了。我虽然不要了，但别人也不能去拥有。别人一旦拥有了，这个很寻常的东西，就突然变得珍贵起来。

我的心情就很是复杂。伤痛？有点，但没这么严重。酸楚？有点，但不是全部。可笑？有点，但这也没什么好笑的啊。权当什么也没看到好了。我狠踩了一脚油门，在高建民和我前妻走出医院大门前，我的车子已经开远了。

车子行驶到河滨街时，我又减慢了速度。因为河滨街很窄，勉强能并行两辆车，而且路面还坑坑洼洼的。河滨街的两旁是高矮不齐的居民楼，一些一楼的住宅房改成了商用门市房。区子敏跟我说过，她家和她的十八永驻美容院都在河滨街。一边开车，我就一边留意两旁的门市，想看看十八永驻美容院的门脸。可是，直到来到河滨街中段，过了小红帽超市，我也没见到哪家门市是美容院。

这时候，我的手机有来电了。我以为是区子敏打来的，问我什么时候能到那个得莫利鱼馆，我没看来电显示就接听了。

你好。我说。

电话那头，传来一个女人的声音。她说，是我。刚才我给你打电话，就想给你说一件事。

不是区子敏，是我前妻打来的电话。

我很不耐烦地说，你说。

前妻说，我，我怀孕了。

我说，恭喜。

前妻说，医生说已经三个月了。

我说，好。说完我挂断了电话，紧接着就把前妻的手机号码拖进了黑名单。这女人十有八九是已经疯掉了。

9

接下来，我想说说老黑，区子明的牌友老黑。

案发当天，老黑也在河滨街见到了那个女人，时间应该是下午两点二十分左右。

三天赢了将近五百块钱，这让老黑心花怒放，走起路来，脚下就像踩了弹簧似的。他这是在往河滨街中段的小红帽超市赶，想去那儿买一箱啤酒。他想好了，等喝完了酒，他就去超市后身的小妹洗头房，让那个据说年纪一定不会小于四十五岁的小妹，好好伺候伺候他。一想到小妹，老黑就觉出自己的下边有了反应。他想让这个物件规规矩矩地躺下，它偏偏就专横跋扈地站了起来。

就是这个时候，老黑看到了那个女人。

女人站在小红帽超市门口不远处的路旁，低着头，不知是在等人，还是在想什么问题。按照后来老黑对棕红警察的讲述或者供述，他第一眼看到这个女人时，也以为她是欧子敏的朋友杨小雪。他告诉棕红警察，说他当时很紧张，担心杨小雪会要回她给他的一千块钱。当他发现这个女人不是杨小雪，他的心就放回肚子里了。他左右看了看，路上刚好没有别的行人，他就走上前来，对这个女人小声说，五十块钱一次行不？

女人愣怔地看了看老黑，这个谄笑着的男人在说什么，她显然没听明白。

老黑说，要不就一百？

女人开口了，声音低沉又沙哑。她说，你说什么呢？

老黑说，我今天也豁出去了，二百！你可得卖卖力，好好伺候伺候我。他边说边伸过右手，想要搂住女人的肩膀。

女人这下听明白是什么意思了。她一把打掉老黑的手，紧接着就从后腰处拽出了一把刀子。刀身将近三十厘米长的样子，略成弯弓形，刀背处是一排细致的锯齿。而刀柄前端的刀身处，有一小块镂空，是一枚六角雪花的图案。午后的阳光打在刀锋上，大蓬大篷的冰冷四下飞溅着。

老黑吓得转身就跑。刚跑没几步，他被脚下的一块西瓜皮滑倒。他急忙爬了起来，左脚的鞋子不知掉哪去了。他顾不得这些，继续狂奔而去。

10

我来到得莫利鱼馆，区子敏已经点好了菜，并且很快就上了桌。前妻让我的心情挺低落的，区子敏看上去兴致似乎也不高。

我们喝的是果汁。跟我碰了下杯子，区子敏说，其实今天还应该有一个人来，可我从昨晚到现在，一直联系不上她，她手机关机。

需要说明一句的是，区子敏用左手端杯跟我碰杯，我拿不准她会不会像杨小雪一样，也是左撇子。

欧子敏说，我上次买你那套设备，多亏了她帮忙。

我就叹了口气，仍然提不起兴致。我就把目光投向了窗外。涧河，不过是一条清淡的瘦水，迟疑而温暾地向着东南方向逃遁。岸两旁的柳树丛呢，细密又低矮，就像一群孩童，营养不良，还有一点弱智。我真的听得心不在焉，还忍不住打了个哈欠。而区子敏接下来的一句话，让我浑身激灵一抖，回过了神来。

区子敏说，这人是我电大同学，也是你的部下，她叫杨小雪。

我就含糊地说，啊，哦。

接下来的交谈中，我问了区子敏一些美容方面的问题，比如顾客中男性的比例有多大，比如女顾客多是哪个阶层的。欧子敏说来做美容的男人不多，女人呢，都是那种不太穷也不太富的。因为太穷的做不起，太富的呢，会去更高档的美容院，甚至是去韩国。她说她的手法还是说得过去的，可以把一个女人做得连她丈夫都认不出来。她说她最拿手的是文身，不少女人手背或胳膊受伤落了疤痕，她就在她们的疤痕处文上一只蝴蝶，浅粉色的，栩栩如生，就像随时都能展翅飞走一样。

区子敏还说到了对自己职业的厌倦。她说女人爱美无可厚非，但本色一些可能更好。她告诉我，一年以前，她给一个女士做了十几个部位的美容，女士对自己的新样貌喜欢得不得了。结果呢，她丈夫从国外回来认不出她了，就跟她离了婚。

这是何苦呢？区子敏叹了口气。

我就突然想起了前妻。我问区子敏，做酒窝的人多吗？

区子敏说，还行，不算少，可也不太多。欧式的、韩式的，娃娃式的，唉，这里面说道很多呢。哦，对了，半年多以前吧，有个女人来我这做了欧式酒窝，听说她丈夫是个大老板，手里有很多公司，后来我还听说她丈夫跟她离婚了。

我的心情一下子又彻底低落了下去，尽管我不能肯定区子敏说的这个女人一定是我前妻。

区子敏说，所以我说啊，很多时候我讨厌我的职业。

我说，我们今天就到这儿吧，公司有几个重要事情，我得赶回去处理一下。说好了，改天我请你。

起动了车子，我先送区子敏回家。在她家门口，我看见了一个男人和一个十一二岁的男孩子，区子敏告诉我，这是她哥哥区子明和她哥的儿子区洲。我随口夸了句小男孩长得帅，区子明啪地拍了下自己的胸口，说，妹夫你可真是好眼力，咱儿子嘛！说着，他又拍了下自己的胸口。区子敏红了脸，掐了她哥哥一把。我呢，赶忙跟这三个人道别，开车回了家，只想好好睡上一觉。

11

老黑着实被那个女人吓得不轻。他狼狈不堪地逃回家，区洲正站在他家门口。

黑叔你咋的了？区洲问。

老黑摆了摆手，又回头看了看，说，进屋，进屋再说。

进了屋子，老黑往沙发上一躺，呼哧呼哧地喘了好一会儿，他才说，大侄，你黑叔我跟人家干仗了。

没打过人家吧？区洲说。

老黑坐了起来，说，那帮家伙不讲究，十好几个人打我一个。我是真急眼了，一拳把一个小子打得满脸开花，一脚把一个小子的肋条踹折五根，我这才杀出一条血路回家来了。

区洲就竖起双手的拇指，说，黑叔你真强！

老黑嘿嘿一笑，两手一摊，说，一般般。大侄你不知道，前几天你黑叔我差点杀人。那小子听说挺有钱的，光分公司就有五六个。你有钱咱不反对，你说对吧大侄？可这小子跟我装倔，用可乐罐子砸我。大侄你看，我这是不是还有点发青？

区洲就看了看老黑的右眼眶，的确有点发青，他说，是，是青。

老黑站了起来，说，当时可把我气坏了，肺子都要气炸了！你黑叔我哪是惯孩子的人啊？我拽出刀就往这小子脑袋上砍。唉！老黑长叹一声，又坐下，说，这小子命大，有个小妞一伸手，把他脑袋捂住了，要不，要不我就彻底把他废了。

区洲说，小妞？我知道了，她是那个人的二奶。

行啊！老黑摸了下区洲的头，说，大侄你行啊，连二奶都懂！

区洲翻了个白眼，说，你们大人也就会这点事呗。

老黑说，大侄你这回错了。那个小妞，她跟我，还有一个医生，我们都是一伙的，我们事先就商量好了，她说……说了大侄你也不懂，嗯，嗯。老黑假装清了清嗓子，就慌慌张张地左右看了看。

区洲说，嘁！你们大人也就那点事呗，别以为我不懂。今天早上，我爸我妈做爱我都看到了，刚才我老姑跟那个叔叔做爱，我也看到了。

老黑就点了支烟，狠狠吸了一口，说，大侄你行啊！给你黑叔我好好讲讲！

12

我一进家门，就看到杨小雪正坐在方厅沙发上低头哭泣。

我说，怎么了？你哭什么啊？是不是伤口太疼了？

杨小雪擦了擦眼泪，说，不是。接着她抬起左手，说，我现在特别希望这能落个疤，这对我来说会是永远的纪念。她站起身，接着说，我知道像我这样的女孩子，没有才华也没有美貌，你不可能喜欢的。我还是走吧。

我什么也没有说。因为我真的不知该说什么。

杨小雪推门到了门外，又转过身来，说，你能对我笑一笑吗？

我就努力笑了笑。我相信，这一辈子，我都没笑得这样难看过。

杨小雪就转身下楼了。下楼之前，她把那张牡丹卡扔回我的屋子。

13

尽管老黑一再追问细节，可区洲却说不出更多了。

反正就是哼哼呗，我老姑哼哼的声音比我妈大。区洲说。

老黑的呼吸就更加急促了，他说，大侄，走！你黑叔我领你去看看女人到底是啥样！他边说边拉着区洲的手往外走。

可是，老黑一开门就愣住了。眼镜警察和棕红警察正站在他家门口。

老黑急忙要把门关死，棕红警察已抢前一步给他戴上了一副手铐。一瞬间，老黑的脸上就满是冷汗了。他磕磕巴巴地说，不是，我，我不是特意砍，砍那小子，有人，有人让，让我砍他，我，我……

两个警察对视了一眼，就都笑了。眼镜警察对棕红警察小声说，我靠，原来不光是赌博。

棕红警察说，搂草打着兔子了。

14

区洲的确没有跟他爸爸区子明撒谎，对老黑说的也是实话。我和区子敏在得莫利鱼馆吃了那顿饭后的第七天，也就是案发当天，在区子敏的家里，我是在和她做爱。

在这之前，我给北岸公司的经理打过电话，吩咐他照顾并且奖励杨小雪，可北岸公司的经理告诉我，杨小雪半个月前就已经辞职了。我就想跟区子敏打听一下杨小雪的下落，但我没问。在一个女人面前谈及另一个女人，这不是明智之举。这之后我就去了哈尔滨，在那待了四五天，跟几个大客户谈成了几单生意。而这期间，我和区子敏每天都要通上三次以上电话。

从哈尔滨回来，我就去了欧子敏的家。这是我第一次跟区子敏做爱，她像个精灵或者鬼魅一样，让我举一反三、欲罢不能。我甚至动了娶她为妻的念头。

之后我就搂着区子敏睡着了。我醒来的时候，听到窗外传来五下钟声，我一时之间不知道是晚上五点，还是早上五点。我很渴，想起来喝点水。我一起身，没起来，这才发现自己已被绑在了床上。

我的心一下子就蹿到了嗓子眼，我在心里告诫自己要冷静，冷静！我转头左右看了看，我仍在区子敏的家里，可区子敏已不知去向。

这时候，一个女人推门走了进来。不是区子敏。这个女人的身材和走路的姿势都特别像杨小雪，但她并不是杨小雪。

女人走到我近前，伸出左手，摸了摸我的脸。我看到她的左手腕的背侧，文了一只蝴蝶，浅粉色的，栩栩如生，就像随时都能展翅飞走一样。

紧接着，女人把左手背到了身后，拽出一把刀子。在我确定她是个左撇子的同时，她已将刀子果断又利落地刺入了我的心脏。

女人抽出刀子第二次刺向我的心脏时，我看得清清楚楚，刀身将近三十厘米长的样子，略成弯弓形，刀背处是一排细致的锯齿。而刀柄前端的刀身处，有一小块镂空，是一枚六角雪花的图案。

环形跑道

1

事情的起因很简单：哨哨的铅笔丢了。

哨哨是个八岁的男孩，上小学二年级了。我至今还没见过这孩子，只是听说小家伙长得白白净净的，像个娇羞的小女孩，一笑，两个脸蛋上一边一个小酒窝，像两个散发着香甜气味的微型漩涡一样，让人的心里暖融融的。

我还听说，哨哨这孩子有点蔫淘。也不知道因为什么，非典过去一年多了，这孩子就是忘不了当初“出现疑似非典病例”若干例的“疑似”这个词。“妈，我疑似饿了。”“爸，这道题我疑似不会做。”“我想买一个变形金刚，爸，你看疑似行不行?”好像要是离开了“疑似”，他就不知道怎么说话了一样。哨哨的爸爸大刚，倒是没觉得儿子的这个口头禅有什么不妥。哨哨的妈妈，那个小名叫艳秋的女人，她却有些听不惯。赶上心烦的时候，她就会对哨哨大喊，滚一边去，逮个屁你就嚼不烂。

哨哨丢的那根铅笔，是大刚给买的，上海产的中华牌子的2B铅笔。这铅笔有些名头，很多高中生高考时，就是用这种笔来填写答题卡。

在这儿，我觉得有必要多介绍几句大刚。大刚，三十三岁，河滨化工厂的配料工人。河滨化工厂，你大概也知道吧，就是涧河北岸的那家以风化煤作为主要生产原料的工厂，它的左边是北岸陶瓷公司，右边就是日渐消瘦和浑浊的涧河，正在有一搭没一搭地向着东南方向流淌。

如果你不是在车间，而是在大街上见到大刚，你十有八九会以为他是一名教师。我第一次见到他时，就是这样感觉的。而且，我还认定他教的，一定是音乐或者美术这些贴近艺术的科目。这也不能完全怪我们以貌取人，大刚的皮肤很白，另外，他身上似乎有一种很是儒雅的书卷气质，再加上他戴着副五百度的近视镜，迷惑性就更大了。

跟大刚相对熟悉之后，我才知道，大刚的户口簿上，文化程度那栏，横平竖直地注明的是这两个字：初中。而实际上，大刚当年初二没念完，就回家了。原因呢，是大刚总是误把教室当成了卧室。用他本人的话说是，我也不知道咋整的，反正一进课堂我就困。紧接着，大刚顺风顺水地追加了六个字：我操他个妈的。大刚指代不明的这句粗口，让我觉得他应该不是一名教师了，更不会教人美术或者音乐。所以啊，“细节决定成败”这个说法，还是有一些道理的。我就觉得大刚的这句粗口，就像一块抹布一样，把他身上的儒雅气质擦掉了不少。

大刚最终还是拿到了初中毕业证。因为当初的班主任老师，跟大刚的爸爸是朋友。大刚的爸爸还送给了班主任老师两瓶白酒，六十度的北大荒酒。

你可不要小看这张毕业证啊。要是没有这张纸的话，大刚十八岁那年，他就进不了河滨化工厂，就算进得了，他也不会成为一个大集体工。如果他不是大集体工，当初待业的艳秋，就不会嫁给他。而艳秋要是没嫁给他的话，他至今仍打光棍也不是不可能的。如此说来，这张初中毕业证，就算得上是蝴蝶了，自然是可以引发“蝴蝶效应”的那只蝴蝶。

如今，大刚走在大街上，每次见到代办文凭的那些不干胶小广告，他都是倍感亲切，同时又气不打一处来。大刚感觉亲切的是，自己好歹也是有一张文凭的；大刚愤恨的是，当年为什么没有这种广告呢？要是有的话，就是贷款，就是抬高利贷，他也打算办个专科、大本之类的毕业证。这种矛盾的心理足以表明，对于自己的学历，大刚是有所不满的。或者换一个说法吧，大刚是对自己的生活状态不满。毕竟在我们这个社会，一个人生活质量的优劣，有时取决于他学历的高低。

应该说，大刚还是比较清醒的吧。他知道，他自己的这辈子，基本也就是现在这副样子了——除非祖坟突然来路不明地蹿起青烟。这样一想，大刚就像很多很多家长一样，只能是把希望一股脑全部寄托在孩子身上。如今不是什么都讲究从娃娃抓起吗？学习当然更加不会例外。前年九月，哨哨上小学了，大刚一家伙就给哨哨买了五扎 2B 铅笔。你一定知道的，一扎，是十二个。

大刚说，儿子，上学高兴不？

哨哨说，高兴。

大刚说，儿子，你爸你妈可就全都指望你出息了。

哨哨说，出息是什么东西？

大刚觉得“出息”这个东西，没办法一下子给儿子解释清楚，他就没有解释，而是接着问，儿子，你想不想好好学习？

哨哨说，想。

大刚说，那你能不能学习好？

哨哨说，能。

大刚哈哈大笑。

哨哨又问，爸，出息是什么东西？

大刚说，出息就是你学习好，将来考上名牌大学。说完，大刚就笑得眯上了眼睛。而他的眼前，全是多年以后的情形：哨哨坐在考场中，手握 2B 铅笔，从容不迫地涂写答题卡，接着是被北大或者清华录取，大学一毕业，就当上了科长，甚至是副处。

可哨哨接下来的一句话，让大刚的眼睛一瞬间又睁开了，而且瞪得滚圆滚圆。

哨哨说，嘁，我还以为出息是个好吃的东西呢。

2

好了。现在，我接着说哨哨的铅笔。

周四的早上，大刚就已经发现了，他当初给哨哨买的五扎 2B 铅笔，只剩下了两根。大刚用小浣熊牌子的卷笔刀，把这两根铅笔全都削好，放在了哨哨的文具盒中。到了晚上，哨哨提醒大刚，爸，我只有一根铅笔了。大刚也没有太在意，心想，周末再去买上几扎就是了。

第二天，也就是周五晚上，哨哨吃过晚饭，要写作业了。

爸，你给我拿根铅笔。哨哨喊。

大刚撂下筷子，起身拿过哨哨的文具盒，打开一看，只有橡皮和格尺，还有一些细碎的纸屑。大刚急忙又在哨哨的书包里翻找，还是没有铅笔的踪迹。

大刚问哨哨，儿子，你铅笔呢？

哨哨端了下肩膀，同时摊开两只手，以这种肢体语言表明自己不知道铅笔的去向，也不屑于知道铅笔的去向。

大刚的心里就有点生气。昨天刚削好两支，今天就丢了一对，这孩子是不是不长心啊？大刚说，明天吧，明天我去给你买。

哨哨说，老师作业留得老多老多了，今天不写，明天后天我写不完。

哨哨的妈妈艳秋也在旁边催促，你磨叽个啥？麻溜给儿子买去。

大刚走回饭桌，急忙扒拉了几口饭菜，就下楼了。

天色已经黑透了，文具店也已关业。沿着北岸街向东，大刚走了五家小卖部，见到的都是那种花花哨哨、小里小气的自动铅笔。店主掰着手指，一五一十地向大刚历数自动铅笔的优点，美观啊，经济啊，方便啊，大刚岿然不为所动。2B，高考，这是原则性问题，绝对不能够妥协。最后，大刚终于在第十家小卖部，也就是北岸街尽头的毛毛超市，买到了 2B 铅笔。当然了，还是五扎。

回到家，大刚一边擦汗，一边叮嘱哨哨，儿子，以后你注意点，别老丢，把你爸腿都遛细了。

哨哨没理大刚，他的眼睛直勾勾地盯着电视上的动画片。

大刚说，儿子，别看了，写作业吧。

哨哨的眼睛仍旧没有离开电视，他说，明天我再写。

哨哨的妈妈艳秋说，你老催孩子干啥？让孩子看看电视就不行啊？

大刚的心里就有了火气，好在还没到要发泄出来的地步。他就拿过卷笔刀，削好了两根铅笔。

看完动画片，哨哨要写作业了。哨哨把数学作业本铺开，没有埋下头去，而是扭过头来，对大刚说，爸，张彩虹是疑似小偷。

大刚一下子抻长了脖子，他说，啥？啥小偷？

哨哨就告诉大刚，他同桌的女同学叫张彩虹，他怀疑是张彩虹把他的铅笔偷走了。

大刚把抻长的脖子，又缩了回去。他说，儿子，咱可不能随便怀疑别人。就算铅笔真让张，让张啥虹偷，那个，真让她拿去了，这也不算个啥，咱就当白送给她了。听话啊儿子，这话你出去可别瞎说。

哨哨说，我知道了。然后，哨哨把头埋向了书本。

大刚刚要走开，哨哨又扭过头来，说，爸，我不想跟张彩虹坐一桌。她可笨了，我们老师有一回说张彩虹是花岗岩脑袋不开窍。

大刚就愣住了，站在那里，像一根迟钝的木头桩子。他没说什么，慢慢地掏出一根烟，点着，深深吸了一口，之后说了一个字，嗯。

这一夜，大刚怎么也睡不着，跟热锅中的一张夹生饼似的，一会儿翻过来，一会儿掉过去。实在睡不着，他就把艳秋扒拉醒了，把哨哨丢铅笔的事告诉给了她。

艳秋的困意正浓得化不开，被大刚扰醒，就有了一肚子火气。艳秋说，你可别瞎扯老婆舌，啥铅笔被人偷了？你儿子随你，老是丢三落四，你不知道是咋的？

大刚说，咱们真得给儿子调调座位，咱们不能让儿子跟个小偷坐一块。行行行，算我说错了，她没拿咱儿子铅笔，她没拿，是儿子丢三落四，行了吧？可你知道不？咱儿子那同桌贼拉笨，老师都说她是花岗岩脑袋。你想想，咱儿子老是跟笨蛋坐一桌，时间长了，咱儿子不也得受她影响啊？咱真得想个法子，给儿子调个座。

这下，艳秋的困劲也没了。她扑棱一下坐起身，左胳膊肘扫到了大刚的鼻子。艳秋看来是知道公爹当初的经验啊，所以她说，要不明天你买点啥东西给老师送去？

大刚忍着鼻子的酸痛，叹了口气，说，送点东西倒也不是不行，关键是老师喜欢啥呀？再说了，我得有个送礼的由头。我总不能说儿子的同桌是小偷吧？我也不能说人家脑袋笨，会影响到哨哨，对吧？

那可咋整？艳秋也叹了口气。

依我看哪，咱得想法找他们校长、主任啥的，让他们把话递给咱儿子的老师。大刚说这儿，也坐了起来。他接着说，咱们这样才有力度，老师保准得抓紧落实，也能高看哨哨一眼。

嗯，我看行。艳秋笑了。但她的笑，只舒展开了一半，又收回去了。她问大刚，你认识他们学校领导？

认识个屁。大刚重又躺下，说，认识我还跟你商量个啥？

艳秋就又叹了口气，用右手的食指和中指敲自己的前额，一下，两下，三下，四下，敲得大刚脑子里面嗡嗡响。还好，敲着敲着，艳秋不敲了，她一拍大腿，说，对了，我想起来了，我二嫂的妹妹的老婆婆，以前好像是哨哨学校的副校长。

大刚扑棱一下坐了起来，说，太好了！

可她早就退休了。艳秋叹了口气，接着说。

大刚抓住艳秋的手，说，退休怕啥？虎死余威在，老领导说句话，老部下咋也得给个面子。明天你别上班了，赶紧找你二嫂去。

3

第二天一大早，艳秋就赶往二哥家。

由此，接下来出场的，就该是艳秋的二嫂了。可是，作为这个故事的叙述人，我却想不起艳秋的二嫂，到底是姓王还是姓杨。还好，我记得她的名字，叫伯丹。我也记得伯丹妹妹的名字，叫仲丹。

从艳秋家到她二哥家，大致是十五分钟的路程。我说的是乘坐公交车，6 路和 27 路都行。要是步行的话，时间起码是要翻倍的。这会儿，艳秋已经登上了 27 路公交车。趁这个机会，我想先讲一讲上个周末发生的一件小事，算是事先交代一点背景。

上个周末，艳秋的母亲过生日，是六十大寿，子辈人孙辈人基本都赶回来了。午间开饭之前，也或者是吃过饭吧，没什么事可做，大伙就开始打麻将，艳秋是其中一员。好像是麻将打到第三圈的时候吧，艳秋到洗手间方便，就让二嫂伯丹替她打一把牌。艳秋方便回来，站在伯丹身后。伯丹抓牌，抓来一张九条，解决了断幺，牌也有听了，具体说来是有了两种选择，一是可以打出一张四万，看三六万听；二是可以打出一张五万，看四万和三条对倒。艳秋说，打这张。她边说边指了指那张四万。伯丹没理她，把五万打出去了，结果给坐上家的二哥点了炮。二哥是四万、六万夹五万的听，而他的门前清是三个五万。二哥和的是最后一张五万，在涧河当地的麻将游戏规则中，这叫做黑夹。在涧河当地，麻将游戏的另一规则是谁点炮谁付钱，这叫一家包。再就是，点夹炮，炮钱翻倍，点黑夹则再翻倍。艳秋之前赢来的钱，一下子都输出去了不说，她还要从自己兜里拿出几张。艳秋就气得推了一把伯丹，她说，行了行了，我自己打。也不知道是艳秋推的力量太大了，还是二嫂伯丹没有坐稳，反正这一推，伯丹就一屁股坐地上了。艳秋急忙去扶伯丹，伯丹将她的手使劲扒拉开，自己站了起来。伯丹脸色铁青，什么也没说，进厨房洗碗去了。。

现在，艳秋已经来到了二哥家。在这个故事里，艳秋的二哥没什么戏码，我干脆就安排他去上班了吧，家里就留伯丹一人。

2B 铅笔、疑似小偷、花岗岩脑袋、座位。没费多少口舌，艳秋说明了来意。

伯丹心不在焉地听着。艳秋说完了，伯丹皱起了眉头。她说，仲丹她老婆婆那人吧，挺刁，得理不让人，没理辩三分，俺们家人谁都不爱搭理她。伯丹的语气很冷淡，神色里面显然掺杂着大剂量的厌烦。

艳秋的鼻尖就渗出了汗水，有些晶莹，更确切地说，是有些油腻。直到这个时候，艳秋才想起了上周的牌局，她觉得二嫂这是还在生她的气呢。艳秋揉了揉鼻子，说，二嫂，你也知道，我和俺家大刚都没啥能耐，谁都不认识，两眼一抹黑。这事呀，我还真就只能是求你，你说啥也得帮我这个忙。

伯丹摆出急着要去上班的样子，她一边装饭盒一边说，我跟那老太太也不熟。

艳秋的眼里，一下子就涌满了泪水。

伯丹看到了艳秋眼里的泪水，她就停了下来，轻叹了口气，说，昨天我跟仲丹通电话，她正在北京旅游，最快也得下个礼拜能回来。

艳秋察觉出了二嫂缓和的迹象，急忙点头，使劲点头。

伯丹接着说，艳秋你也别急，等仲丹回来，我就跟她说，让她去找她老婆婆。

行，行。艳秋鸡啄米似的点头，脸上的笑容有了将要泛滥的苗头。

伯丹说，这事你也不用着急上火，着急上火也没用。

艳秋说，是，那是。

伯丹说，哨哨还小，想学坏也不可能个把礼拜就学成。

伯丹的这句话，就像一块隔夜的馒头，让艳秋觉得发噎，但她还是说，对，那是。她边说边拿出一张白纸，上面已经事先写好了哨哨学校和班级。艳秋又拿出五百元钱，连同这张白纸，一并递给伯丹。艳秋说，咱也不能白求人家，这点钱，你替我给老太太买点啥，事后我再请你和仲丹吃饭。

伯丹接过钱，说，艳秋你这是干啥？她一边说着，一边把钱一张张地举过头顶，对着阳光检验真假。

艳秋的双手就都使劲攥成了拳头。可能是攥得太紧了吧，她脸上的笑也就不那么均匀和舒展。艳秋说，现在求人哪有白求的呀？二嫂，这事就拜托你了。

4

现在，我想该是轮到仲丹出场的时候了。

仲丹对丈夫、伯丹等人说，她是一个人去北京催讨货款，捎带旅游一下。可实际上，她没去北京，而是去了杭州，并且不是一个人去的。

跟仲丹一道去杭州的，是一个叫王仕达的男人。准确一点说，是仲丹跟着王仕达一道去的。王仕达，是涧河市浩瀚矿业有限公司的总裁。如果我没记错的话，去年，涧河市评选十大民营企业家，王仕达排名榜首。他的浩瀚矿业有限公司，坐落在涧河的南岸，隔着涧河，与大刚所在的河滨化工厂相对着。

仲丹，是王仕达的第三任秘书。

两个人登机的时候，仲丹的背包里，装有化妆品、纸巾、钱夹、钥匙等物件，都很常规，重量完全可以用克为单位来计量。稍稍涉嫌不常规的是，仲丹的背包里，还有几包毓婷。仲丹就觉得自己的背包，原来也挺沉的，压得她的两个肩膀都有点发酸。

我没有去过杭州，所以我讲不出杭州的景观，无论是自然的，还是人文的。我索性也就略过这一节吧，直接讲仲丹和王仕达返回的过程。

由杭州返回涧河，仲丹和王仕达没乘飞机，而是坐的火车软卧。仲丹最明显的感受，是她觉得背包的分量有些轻了，这很可能是因为她来时携带的那几包毓婷，全都不见了。我这已经是第二次提到了毓婷吧？虽然你肯定知道它是什么，但我还是想再啰嗦几句。毓婷的学名，应该是叫左炔诺孕酮片，它的主要成分是左炔诺孕酮，辅料为淀粉、乳糖、蔗糖、糊精、硬脂酸镁、羧甲基淀粉钠，适应症为用于女性紧急避孕，也就是在无防护措施或其他避孕方法失误时使用。至于用量用法、注意事项以及药理作用等等，你自己搜集去吧，我刚刚说的这些，是从百度上复制下来的。

列车行驶到哈尔滨的时候，仲丹收到了姐姐伯丹发来的短信，问她什么时候回来，还说有一件事想求她办。

仲丹就拨打了伯丹的手机，说，我正往回赶呢。姐你有什么事？你说。

伯丹就是把艳秋想给哨哨调座位的事，说给了妹妹伯丹。

仲丹当时就笑了，她说，姐呀，我还以为是多大的事呢。拐这么多弯子干什么呀？直接给班主任钱不就摆平了吗？二百不行就五百，五百不行就一千，一千不行就两千，我不信人民币砸不晕那老师。

伯丹说，仲丹你不知道，我小姑子人是好人，但就是经济条件不好，拿一百块钱都费劲。这样吧，你跟你老婆婆好好说说，不行我再给老太太买点啥东西。唉，摊上这穷亲戚，我也没啥办法。

仲丹又笑了，说，你得了吧姐，这事包我身上了。你说吧，那孩子叫什么名？在几年几班？

伯丹就告诉仲丹，是涧河东城二小，二年三班，李哨哨。

仲丹说，东城二小，二年三班，李哨哨。好，姐我记住了。

伯丹说，你千万别忘了。

仲丹说，你放心吧，忘不了。

两个人就挂掉了电话。

王仕达看仲丹把电话放回包里，就微笑着说，咱姐？

仲丹没有回答他，对他翻了个白眼，还耸了耸鼻子。

王仕达俯在仲丹的耳边，小声说，咱姐有你漂亮吗？

仲丹使劲掐了下王仕达的大腿。

我要是再描述王仕达和仲丹接下来的动作，就涉嫌窥探隐私了。所以，我只说列车在行驶，匀速行驶，间或拉一声长笛，也可能是短笛。

接下来，列车马上就要驶回到涧河了，仲丹突然叫了一声，哎呀！

王仕达一抬手，想要摸一下仲丹的脸颊，但手到中途又缩回去了。

怎么了？王仕达问。

仲丹说，坏了，坏了，那孩子是东城二小的，我婆婆以前是东城一小的，我才想起来。这可怎么办？

不就是调个座位吗？王仕达用鼻子哼了一声，说，这事你不用管了，我来办。东城二小，二年三班，李哨哨，对不对？

仲丹点头。

王仕达说，这事包我身上了。

5

齐放是涧河晨报的记者，而且是首席记者。这个头衔，有时候还是可以糊弄一下外行人的。

这半个月以来，齐放的心情一直都挺郁闷。先是妻子要离婚，把他告上了法庭。紧接着，他采写的一篇批评性报道，有三个细节处失实，他又被当事人告上了法庭。

好在涧河晨报的总编，很赏识齐放，还跟他开玩笑，说，齐放，你这两个官司打下来，咱们报社就不用再请法律顾问了。

可能是想安慰一下齐放吧。接下来，总编就安排齐放尽快去河滨化工厂采访。总编说，你到那，他们怎么说，你就怎么写，别犯导向性错误就行。齐放的心里就有数了，总编这是让他打着采写新闻通讯的旗号，去写软广告了。

故事讲到这儿，基本也就过半了，我也不妨干脆亮出底牌吧。我认识齐放。我正在讲的这个故事，它的主体部分，就是齐放讲给我的。但这个故事当中的其他人物，除了大刚之外，我一个也没有见过。

王仕达打来电话的时候，齐放已完成了所谓采访，正与河滨化工厂的厂长、车间主任在饭店吃饭。如果我没有记错的话，厂长名叫戴来喜，车间主任名叫张鹏。饭店呢，位于桥旗路和北岸街的交汇口，叫龙飞大酒店。

齐放没想到，戴来喜看似斯文，可刚刚一杯白酒下肚，整个人就走了形。他啪地拍了下齐放的肩膀，说，兄弟。齐放疼得一咬牙。戴来喜啪地又拍了下齐放的肩膀，说，哥啥也不说了。齐放疼得又一咬牙。戴来喜接着说，咱哥俩有缘哪，有缘。齐放刚要庆幸自己的肩膀躲过一劫，啪，戴来喜又一巴掌拍了过来。

王仕达就是在这个当口打来电话的，这无疑让齐放有了解脱。

对不起，我接个电话。齐放一边对戴来喜和张鹏点了点头，一边掏出手机。

你好王总，有什么重要指示？齐放说。

电话那头，王仕达说，兄弟，我正开会呢，有件事得请你帮个忙，东城第二小学你熟不熟？

齐放想了想，没想出东城二小有熟人，他就说，没有。

王仕达说，是这样的，我一个员工家的孩子，在东城第二小学二年三班，叫李哨哨，想调个座位，求到我了。我也不好意思推辞，就想起你了，你无论如何也得帮我把这件事办了。你这么大记者，怎么也比我有办法。是你给他们学校写个报道，还是你让你们报社跑教育线的记者去办，怎么都行，晚上我请你吃饭。对了，我前几天上杭州了，给你带回个小礼物，晚上见。王仕达说到这儿，也没等齐放答应或不答应，就挂掉了电话。

齐放把手机放回包里，不禁随口骂了句，他妈的。

据我所知，齐放和王仕达是高中同学，多年以来两人的关系一直不错。半个月前，如果不是王仕达拉着齐放去酒吧泡小姐，偏巧又被齐放的妻子逮了个正着，齐放的妻子也不会把他告到法院。齐放本来要找王仕达，骂他个狗血喷头，可那件事过后，王仕达就和仲丹去杭州了，齐放找不到他。而现在，王仕达终于又出现了，安排给他这件事，还不由他分说，齐放真是越想越生气。

他妈的，这狗娘养的！齐放又大声骂了一句。

戴来喜问齐放，咋的啦兄弟？谁欺负你啦？跟哥说，哥让他今晚上就消失。随即他指了指张鹏，又指了指酒瓶，说，满上，满上，你愣着干啥？

齐放谦让着，对张鹏说，好，好，我自己来。又对戴来喜说，也没什么，我一个哥们儿，想给孩子调个座位，让我帮忙给办，可那个学校，我谁也不认识。

戴来喜又地拍了下齐放的肩膀，说，兄弟，没事，放心喝，这事哥给你办。

那我就先谢谢你了。齐放随口敷衍了一句，端起酒杯，与戴来喜碰了下杯，说，我敬大哥一杯。

干了杯中酒，戴来喜对张鹏说，我兄弟这事，我就安排给你了，抓紧落实。

张鹏说，这，这。

戴来喜又问齐放，兄弟，你那哥们儿家孩子在哪个学校？

齐放见戴来喜是认真的，他就说，在东城二小，二年三班，叫李哨哨。

戴来喜把脸转向张鹏，说，记住了吧？抓紧。

张鹏的额头上就有了汗水，他说，戴总，我，我不认识那学校的人哪。

戴来喜啪的一拍桌子，噌地一下站起来，差一点撞翻了桌子，一双筷子和一个酒杯掉在了地上。戴来喜指着张鹏的鼻子说，咋的？我说话不好使咋的？

齐放赶忙说，大哥，你别难为张主任。

戴来喜说，我没难为他。你问他，我难为他了吗？

张鹏一个劲地点头，说，没有，没有没有。

戴来喜说，我看你这个车间主任是不想干了。

接着，戴来喜扭过头来，哈哈一笑，对齐放说，来，兄弟，喝酒，咱接着喝。

随即，啪，齐放的肩膀又挨了戴来喜一巴掌。

6

你是李哨哨同学的家长？

在东城二小三楼的走廊里，说这句话的，是哨哨的班主任，一个大约四十岁的女人，脸色冷得能刮下二两霜雪。

是，是，我是。大刚使劲点头答应着。

一周以前，大刚让艳秋去找她二嫂伯丹，想通过仲丹的婆婆给哨哨调座。可一周之后，哨哨的座位也没调成。大刚就有些沉不住气了，艳秋更是大骂伯丹，还要去伯丹家把那五百块钱要回来。大刚好说歹说，总算拉住了艳秋。

也是在这一周里，又发生了另外一件事情，让大刚很是着急上火，他的牙龈炎，也可能是牙髓炎吧，就犯了。都已经三天了，大刚的左腮帮子肿得发亮，到了夜里，简直都能强迫他家那盏六十瓦的灯泡下岗。这件事，就是大刚所在的河滨化工厂要转制了。新来的厂长，大刚听说他是叫戴来喜，这人要求每个工人都要上交至少两万元钱入股，说是工厂要改成什么什么股份公司。

这天上午，大刚正在为这两万元钱发愁，哨哨的班主任给大刚打来了电话，让他来马上学校一趟。大刚以为，一定是哨哨调座这事有眉目了，他就跟车间主任请了假，乐颠颠地来到东城二小。

可哨哨班主任的神情，明显苗头不在正轨啊，一脸更年期提前的样子。大刚的心，噌地一下，就提到了嗓子眼。

哨哨的班主任说，教育学生，光靠老师不行，主要还得靠你们这些做家长的。

大刚不知道班主任要做什么，他就点头。随即，大刚向楼下的操场看了一眼，不知道是四年组还是五年组的一个班级，在上体育课。体育老师嘴里含着哨子，四五十个学生，在环形跑道上拖泥带水地跑着。

李哨哨同学，表面很文静，内心太有个性。班主任接着说，平时我没少批评他，可他就是不改正，总也不完成作业。

大刚的脸就红了。这种红显然是有重量的，向下沉，大刚的脖子也就成了浅粉色，并且逐渐加深。

班主任接着说，这个学期开始，我让学委张彩虹跟他坐一桌。我是想让张彩虹同学帮助他，他可倒好，偷着把张彩虹同学的作业本撕了。今天中午，他还偷偷往张彩虹饭盒里放了只死耗子。我班两个同学都看见了，我也亲眼所见。

大刚气得整个身体都发抖了。他说，老师，你放心，回家我就揍他。

班主任说，别的，你千万别揍他。我让你来，是想告诉你，老师和家长携起手来，双方面共同努力，学生才能真正进步。

大刚本来就没什么口才，但他还是努力向对班主任说了足有一卡车的好话。至于给哨哨调换座位的事，大刚根本就没敢提。班主任自然也没有提，她说，那先就这样吧，我得马上给孩子们上课去了。

这会儿，大刚耷拉着脑袋往工厂走。这个故事呢，到这儿基本也就讲完了。也或者说，这个故事，我不愿意再往下讲了。

大刚一进河滨化工厂的大门，车间主任张鹏就从门卫室里迎了出来。张鹏把一张纸塞给大刚，他说，你家孩子在东城二小上学对不？

大刚说，对呀。大刚愣呵呵地回答。他的心里满满当当的，被塞满了纳闷。咋回事？主任咋说起哨哨了？

张鹏说，戴总有个朋友的孩子，也在东城二小上学。说到这儿，张鹏用右手食指点了点大刚手中的这张纸，接着说，那孩子想换个座位。今天下午你就去跑这件事，跑不成，以后你就别来上班了。

别问我是谁

1

列车就要驶入涧河站了。在这一站，列车将停留四分钟。按照麻绳的推断，那个右颧骨上有道刀疤的男人，一定会在这趟车上。但我不敢肯定。在这之前，麻绳还肯定地告诉我，这个刀疤男人只能是坐硬板，而不会是卧铺。我说，哦。

麻绳还告诉我，这个刀疤男人如果真的来了涧河，那么他的腰间，就一定会别着一把刀子。这让我有一些恐惧，我就问麻绳，是什么刀子？麻绳说，蒙古剔。

蒙古剔，就是蒙古族人吃手扒肉时用的那种刀子。这我以前听说过，也仅仅是听说。后来，我特意上网查了一下，才知道蒙古族人很珍惜劳动成果，一定要把骨头上的肉刮下吃净，因此就有了蒙古剔。网上有很多蒙古剔的图片，看了这些图片，我知道蒙古剔的造型很多，都能称得上千变万化了。至于刀疤男人的这把蒙古剔，麻绳其实也没见过，但麻绳却说，那把刀子形体修长而简洁，锋刃晃眼而犀利。我就忍不住笑了，因为在我看来，这样的刀子，跟某个冷艳的女子是多么相似啊。

麻绳也是费了些周折，才知道这个男人右颧骨上的刀疤，就是他腰间的蒙古剔留下的印迹。这事有点不可思议，这事说来有点话长，我还是留在后面再细细讲吧。

按照麻绳的说法，刀疤男人之所以没有乘飞机，而是坐火车来的涧河，应该有两方面的原因。一是出于安检方面的考虑，二是他舍不得花大价钱买机票。麻绳说，这倒不是说他如今仍然买不起机票。我说，那是为什么？麻绳说，怎么说呢，他可能是已经习惯了节俭了吧。我说，也对，谁的钱也不是大风刮来的。

现在，我要说说刀疤男人为什么要带着蒙古剔来涧河了。给自己壮胆的成分肯定是有的，但更主要的是，他想用这把蒙古剔，给车二杨的心脏或者肝脏留下印迹，而且一定要比他右颧骨上的深刻和隐蔽。

车二杨，这个名字是不是让你联想到了那个叫杨二车那姆的摩梭女人？反正我是联想到了。更准确地说，应该是杨二车那姆让我想起了车二杨才对。

好了，不卖关子了，说说车二杨到底是谁吧。可是，可是这真是个不大好回答的问题啊。我不能说车二杨是我，我也不能说车二杨不是我。

为了讲起来方便，我姑且就叫车二杨吧。当然，说车二杨是我，也行。无所谓的。

2

伴着咯噔咯噔的噪声，列车开始刹车了。列车还没完全停稳呢，我看到刀疤男人跳下了车。一瞬间里，我的心脏就像一只胆小的老鼠一样，慌里慌张又踉踉跄跄地爬向了我的嗓子眼。我长吁了一口气，看到在刀疤男人之后，又有七八个人下了车。他们都不像刀疤男人这样空身一人，而是拖着旅行箱，或者背着挽着大包小裹。他们也不像刀疤男人这样脚步急匆匆，疲惫和呆滞就像一层厚厚的劣等脂粉，涂了他们满面满身。

刀疤男人本来是在最前边的。可仅仅走出了二十几步，他猛地停下了脚步。两个乡下人打扮的男子，大哈着腰，背着硕大的蛇皮袋子，小跑着从他身边走过，上了列车。刀疤男人身后的那些旅客，陆陆续续地出了出站口。

刀疤男人停下脚步，他的第一个动作就是摸了摸腰间。他的这个动作让我相信，麻绳的推断一定不会失误，他果然带来了那把蒙古刿。随即我就想，刀疤男人应该也不是很自信的。难道不是吗？你既然在腰间别了刀子，那么你根本不用摸，就应该感觉得到它的冷和硬才对嘛。

接下来，刀疤男人又把手伸进衣兜。我就忍不住偷偷笑了。我想，他一定是在确认兜里携带的现金，是否还在。

月台上很快就没了其他旅客。下午三点的阳光开始收敛灼热了，将刀疤男人的影子撂倒在地面上，之后抻面条似的越抻越长。

如果麻绳的讲述没有偏差的话，应该是在两年以前，刀疤男人来过一次涧河，也是坐火车来的。麻绳说，这是没办法的事，两年以前，除了在电视里，这小子还没有见过真实的飞机。

刀疤男人那次是打算来涧河工作和生活的，起码是在涧河玩上个三五天。可结果呢，他头一天晚上到的，第二天早上就走了。回到雨城，刀疤男人就给麻绳打电话。刀疤男人简直是半点男人的风度都没有啊，张口就骂，麻绳我操你妈！麻绳说，你疯了咋的？刀疤男人说，你咋不去车站接我？麻绳说，你真来涧河了？我寻思你跟我说着玩呢。刀疤男人说，你坑死我了。麻绳说，我没去接你，你给我打个电话不就行了？我麻溜打个车去接你，真是死脑瓜骨。刀疤男人说，我手机落家了没带，你电话号存我手机里我咋想也想不起来。麻绳说，那你就不能自己打个车来报社找我？你随便叫住个出租车，说你要去《涧河晚报》社，司机都能把你送来。刀疤男人说，送个屁！我怕找不着你，我就得饿死在你们涧河。

之后刀疤男人告诉麻绳，他是带了两千元现金去的涧河。一出火车站，他一摸兜，觉得厚度不对，就急忙拿出钱夹，一看，身份证在，可两千元现金只剩下两百元了，那一千八百元变成了一张白纸，上面有歪歪扭扭的、看上去像是故意用左手写的一行字：买张卧铺回家吧，剩下的钱路上买点吃的。刀疤男人就愣呵呵地站那儿了。回过神来，他计算了一下，二百元钱，真就是将够买返程卧铺票，外加一块面包和一瓶矿泉水。刀疤男人就真的立即返回了火车站，买了返程卧铺票。

刀疤男人就在电话里对麻绳说，这辈子，我死都不会再去你们涧河第二次！麻绳说，嘁，就你这气量吧。

这之后，刀疤男人有一个星期没给麻绳打电话。后来，他再打，麻绳的手机停机了。两个人就断了联系，或者更确切地说，是刀疤男人单方面没了麻绳的消息。

3

现在，刀疤男人走出了涧河火车站。横穿东解放路，左拐，刀疤男人就见到了 26 路公交车的站牌。

我就忍不住又偷偷笑了。我想这个时候，刀疤男人一定是在心里这样嘀咕了一句：看来瓶盖说话还是有准谱的。

因为有了上一次的经验，刀疤男人这次来涧河找我，他事先做了看上去比较必要的准备。具体说来，就是他在 QQ 里加了两个涧河网友，想通过他们了解一下涧河，也无非是想知道在哪住安静、在哪吃便宜、哪个商场水货少，以及市区几条主要公交车线路，都是些最基本的情况。

刀疤男人加的第一个涧河网友叫花头巾。刀疤男人想跟花头巾说说涧河的风土人情，花头巾却一再要求跟他进行视频裸聊。第二个网友叫水冰心儿，这名字听起来像个女人。刀疤男人就跟水冰心儿聊风花雪月，水冰心儿呢，问他要不要 K 粉，还承诺一定价廉物美，而且保证发票正规。

刀疤男人就把花头巾和水冰心儿拖进了黑名单。

我必须马上老老实实地承认，以上三个自然段的内容，绝大多数是我的想象。但在麻绳的熏陶之下，我想我的想象不会太离谱的。

后来，就有个叫瓶盖的涧河网友，主动加刀疤男人为好友。刀疤男人好像兴致不高，只是有一搭没一搭地跟瓶盖闲聊，可渐渐地，甚至可以说是飞快地，两个人就聊得很投机了。刀疤男人还给瓶盖发了视频邀请，瓶盖点了接受。瓶盖说，我没有摄像头和耳麦，我能看到你，你看不到我，这不公平吧？刀疤男人说，没关系。

瓶盖告诉刀疤男人，说自己是《涧河晨报》的记者，跑农林渔牧线。刀疤男人就问他认不认识麻胜超。瓶盖肯定地说，不认识。

刀疤男人说，麻胜超长得又高又瘦，外号叫麻绳，也做记者。

瓶盖说，我想不起来，他是我们报社的吗？

刀疤男人说，他在《涧河晚报》。

瓶盖就发过来一个流汗的表情。瓶盖说，我们这儿有《涧河晨报》、《涧河日报》、《涧河广播电视报》、《涧河矿工报》、《涧河青年周报》、《涧河商报》，对了，还有《涧河文学报》和《涧河书画导报》，这两张报是我们市文联办的内部报纸，不给稿费。我们这儿从来就没有过《涧河晚报》。

接下来，在视频当中，瓶盖就看到刀疤男人差点成了筛子，他身体里的冷汗唰地一下漏了出来。

4

38 路、16 路、8 路和 12 路公交车都驶过了，26 路公交车却迟迟不来。

刀疤男人就点了根烟，好像是 4 元钱一包的哈德门烟。刀疤男人一边抽烟，一边远远地打量涧河火车站。这破火车站有什么好看的呢，不过是一幢灰白色的二层小楼罢了，有一些古朴得过头，就接近了虚弱和破败。楼顶的正中间，树了魏碑体的三个字：涧河占。刀疤男人肯定不知道站字的立字旁去了哪里，我也不知道。

在涧河占这三个字的两旁，分别是联通和移动通信的广告。移动的广告词是信号好才是真的好，计费准用得才放心。而联通的广告词字数要多一些，其中醒目的是这两句：信号本来就该好，计费本来就该准。远远地，我看到刀疤男人好像是笑了，结果被烟呛到了，就咳嗽得稍稍弯下腰来。

那根烟抽掉一多半时，26 路公交车还没有驶来。刀疤男人将烟蒂在站牌的立柱上摁灭，他就看到立柱上贴了两张一模一样的不干胶，名片一样大小，上面打印的字迹密密麻麻。刀疤男人仔细一看，原来是办证广告，别管是身份证、学历证，还是房产证、离婚证，只要是证，就没有不能办理的。广告的最后一行是一个手机号码。我不知道刀疤男人是否过多留意了这个手机号码。我却是留意过的。我还知道机主曾经是个又瘦又高的女人，外号叫麻绳。我的那个叫车二杨的身份证，就是从大约一年半以前麻绳给我做的，比真的还像真的，以至于有那么一段日子，我以为自己真叫车二杨呢。

刀疤男人正想再点一根烟，26 路公交车终于驶来了，停在了站牌旁。刀疤男人把烟揣回衣兜，上了车。我就也叫了一辆出租车，让司机不远不近地跟着这辆公交车。

公交车蜗牛似的启动了。我不知道，这一刻，刀疤男人的心情是不是有些沉重了起来。也许他要后悔来涧河了吧。他不会忘记自己曾经说过，死都不会再来涧河第二次。他当然也不应该忘记，他的这句话是跟麻绳说的。

据我所知，麻绳和刀疤男人是校友，麻绳比刀疤男人高两届。也就是说，刀疤男人当初刚上雨城师专不久，麻绳就到雨城第三小学实习去了。他们两个人相识相处的时间，满打满算也就一个月的样子。刀疤男人似乎有追求麻绳的念头，而麻绳后来对我说，他那是剃头挑子一头热。

刀疤男人师专毕业后，一直没有找到正式的工作。有一天，他在大街上遇到了麻绳。麻绳说她这是回雨城看望父母，她已经去涧河生活一年多了，在《涧河晚报》做记者。得知刀疤男人没找到工作，麻绳说他们报社下个星期又要开始招聘采编人员和广告业务员。

去试一下吧。麻绳边说边将一张名片给了刀疤男人，接着说，去时别忘了给我打电话。

刀疤男人接过名片，点头说，一定的。说这三个字的同时，他看清了麻绳的名片，只三行字，麻胜超，涧河晚报首席记者，第三行是个手机号码。刀疤男人就说，麻绳你行啊，都首席了。

麻绳淡淡一笑，说，在哪儿还不是混？

第二个星期，刀疤男人就兴冲冲地第一次去了涧河。具体情况，我在前面已经简单提过了。

我没提过的是，那两千元钱，刀疤男人是跟一个朋友借的。这个朋友的名字，麻绳告诉过我，但我没记住是叫李什么宏还是李宏什么，总之是个男人，也在雨城师专读过书，比刀疤男人高一届，比麻绳矮一届。这个李什么宏或者李宏什么，似乎也有追求麻绳的念头，而麻绳对我说，他也是剃头挑子一头热。这就使得我对麻绳或多或少有了一些不屑，但我没有表现出来，还深情万丈地亲了下麻绳的额头。

有关这个李什么宏或者李宏什么，不出大的意外的话，过一会儿我还会讲到他。现在，还是接着说刀疤男人吧。

在返回雨城后的那半年时间里，为了还债，刀疤男人真是三月不知肉味，又三月不知肉味。即便这样，刀疤男人也没埋怨过麻绳，他只是觉得自己命不好。

谁能想到瓶盖会告诉他，涧河从来就没有过《涧河晚报》呢？

除了我，谁能想到瓶盖会告诉他，涧河从来就没有过《涧河晚报》呢？

我都忍不住要把自己的照片挂到墙上，天天烧香膜拜了。说来真是好玩啊，除了车二杨，我还叫瓶盖。哈哈。

5

26 路公交车先是往东行驶了一站地，接着就向南拐去了。

在北岸街那站，刀疤男人下了车。往前走了不到二十米远，他就看到了瓶盖说的二胖酒馆，夹在小读者书屋和鑫鑫五金商店之间。

在网上，瓶盖告诉刀疤男人，二胖酒馆有些让人说不清道不明。一般说来，为了顾客点菜方便，酒馆都要备菜谱，但二胖酒馆没有。这酒馆只经营三道菜，尖椒炒干豆腐、小葱拌大豆腐和小笨鸡炖蘑菇。前两道菜用大碗盛，两元钱一海碗，基本等于白送给顾客了。后一道菜用抠抠搜搜的小盆盛，小盆比幼儿园孩子的饭碗还要小上两圈，却要卖到二百四十九元一盆，贵得实在离了谱。来这儿吃饭的人，往往什么也不说，找个空位子就坐下。那个同时也是服务员的老板娘呢，也是什么都不问，很快就把这三道菜端上来了。瓶盖特意嘱咐刀疤男人，他说，如果你有机会去那儿吃饭，一定要先说你不要小笨鸡炖蘑菇，否则老板娘就以为你是三道菜都要，菜一上来，你可以不吃，但钱不能不付。瓶盖还说他去那儿吃过一次小笨鸡炖蘑菇，除了尝出了石头一样的坚硬，就什么滋味都没有了，所以他也弄不清这酒馆的生意为什么那么火爆，不少周边城市的人都开车来这儿吃饭。

瓶盖，也就是我，还告诉刀疤男人，这家酒馆的“小笨鸡炖蘑菇”，有个怎么断句的问题，不是“小笨鸡/炖蘑菇”，而是“小/笨鸡炖蘑菇”。看了这句话后，刀疤男人脸上泛滥的笑容，无疑是从一个开心的傻瓜脸上复制过来的，原封不动。

现在，刀疤男人进了二胖酒馆。下午三点半这个时间不是饭口，但隔着窗子，我看到酒馆里有两伙热火朝天的食客。靠窗的那伙是五个人，正在挥舞着胳膊划拳，什么哥俩好啊，什么五魁首呀，唾沫星子四溅，叫喊声要把房盖揭飞。地中间的那伙食客是三个人，也在争辩着什么，其中两个人斜靠在椅子上，把脚摆在了桌面上，就好像他们的脚要比手还能熟练地使用筷子。

刀疤男人扫了一眼，这两伙人的桌上摆的都是那三道菜。

这时候，老板娘从洗手间出来了。刀疤男人就来到老板娘近前，说，我要个尖椒炒干豆腐，再来碗米饭吧。

老板娘点了点头，没说什么，进了厨房。

刀疤男人之所以来这个酒馆，我想是有两个原因。一是他真的有点饿了，二是这个酒馆勾起了他的好奇。但我想这两个原因都不是最重要的。最重要的原因是，按照瓶盖的说法，这个酒馆距离《涧河晨报》社很近，距离世纪广场也不远。刀疤男人是想先在这里填饱肚子，之后去报社见见瓶盖，再之后是到世纪广场去见车二杨。

真是越来越好玩了不是？

6

米饭是夹生的，尖椒炒干豆腐里至少放了半斤盐。刀疤男人就吃得小心翼翼的。那两伙食客呢，仍在哇啦哇啦地喊叫。

趁这个机会，我想说一说刀疤男人脸上这道刀疤的由来。

前面已经说过了，刀疤男人第一次来涧河时，借了李什么宏或者李宏什么两千元钱，其中百分之九十不翼而飞了。借钱时，刀疤男人承诺最多三个月还上，可三个月后，刀疤男人只还上了八百。直到这个时候，刀疤男人的脸上还没有刀疤。后来呢，那个李什么宏或者李宏什么，因为急着收拾房子好结婚，就一天比一天催得急了，还拿出一把蒙古剔威胁刀疤男人。刀疤男人就夺过这把蒙古剔，往自己脸上割了一刀。他说，你再给我三个月时间，三个月后我要是还还不上，我把我脑袋给你。两个半月后，刀疤男人把一千二百元钱还给了李什么宏或者李宏什么。还钱时，刀疤男人把蒙古剔和钱一起递上，李什么宏或者李宏什么哆哆嗦嗦地接了钱，没接蒙古剔。再后来，也就是两个月以前的那天，麻绳正在北岸医院住院，赶巧李什么宏或者李宏什么的爸爸也在这里住院，他们两个旧同学就见上了面。李什么宏或者李宏什么，将刀疤男人脸上刀疤的由来告诉了麻绳，还说到了刀疤男人的手机号码和 QQ 号码。

至于刀疤男人为什么来涧河找车二杨，得从三天前说起。

那天，刀疤男人收到了一封挂号信。信是按照他身份证上的地址雨城向阳区 12 委 16 组寄来的。后来我才知道，这封信让邮递员费尽周折。像其他一些城市一样，雨城这两年也在大肆拆迁和扩建，原有的向阳区 12 委 16 组已经不存在了，取而代之的是三四家商场和一个很壮观的街心花园。

谢了邮递员，刀疤男人就急忙拆开信封。

两年前，在涧河，你是不是丢了一千八百块钱？你还敢来涧河吗？本月 30 日，涧河市北鹤路世纪广场博爱雕塑那儿见吧。你可以不来，也可以带上几个伙伴。

信是电脑打印的，就这么几行。

对了，还有落款，署名是车二杨。

7

付了饭钱，刀疤男人就往外走。在门口，他问老板娘，阿姨，这儿离《涧河晨报》社不远吧？

老板娘一边用扎在腰间的围裙擦手一边说，你出门往南走，第一个十字路口往左拐，也就一百米，就能看到报社大楼，是不是你说的晨报我不知道。

刀疤男人又问，那世纪广场怎么走？

老板娘说，你到报社别停，再往前走百八十米，就到了。

刀疤男人笑了，说，谢谢您，阿姨。

坐在出租车里，我也忍不住笑了。我知道，老板娘说的，和瓶盖在网上跟刀疤男人说的基本一样。我就付了车费，下车，接着跟踪刀疤男人。

简单地说吧，下午四点二十分，刀疤男人来到了报社大楼门前。

所谓报社大楼，不过是幢四层的小楼而已，有点像两个涧河火车站摞在了一起。在一大堆“打字复印”、“一元擦鞋”、“保健品批发”等字样中间，刀疤男人找了半天，只找到了《涧河日报》社的牌子，怎么也没找到《涧河晨报》社的牌子。这真的没什么值得大惊小怪的，因为本来就没有什么《涧河晨报》嘛。可刀疤男人的神情看上去就有些愣呵呵的了，他还抬手挠了挠自己的后脑勺。

其实，在来涧河之前，在网上聊天时，刀疤男人把自己的手机号码给了瓶盖，也就是给了我。但他却没得到瓶盖的手机号码，也就是我的手机号码。刀疤男人说，你要是有事来雨城，一定要给我打电话。我说，好的。刀疤男人接着说，过几天我可能要去涧河，办个很重要的事。我说，行，到时你来报社找我。我要是下去采访了，你找门卫。除了社长和总编，我们报社所有人的电话号，门卫那都有。

现在，刀疤男人进了报社大门，对门卫室的那个五十多岁的妇人说，您好，我想找盖平。

妇人说，葛平？葛平是谁？

刀疤男人说，他其实应该是叫“盖平”，但人们都叫他“概平”，他姓的这个锅盖的“盖”，做姓时也念“葛”。

妇人说，概平？概平是谁？

刀疤男人说，他是《涧河晨报》记者，跑农林渔牧线。

妇人说，《涧河晨报》？你开什么玩笑？什么葛平概平的，我告诉你，没这个人。你发啥呆？我告诉你，整个涧河市，就我们一家报社——《涧河日报》社。

8

出了报社大楼，刀疤男人的脖子明显支不住脑袋了。

就是这个时候，我像一股微风，从刀疤男人的身边轻轻走过，将一个信封悄悄塞到了他的衣兜里。我的动作干净利落、十拿九稳，而且神不知鬼不觉，都能称得上完美了。但让我气馁的是，我的手法要是跟麻绳相比的话，就只剩丢人现眼的份儿了。在这方面，如果说麻绳是博士后，我勉强能算是小学毕业，要是不给校长送了厚礼，我这小学毕业证还拿不到手啊。

按说到了这个时候，我就该赶往卧龙岗了。我也说不清楚因为什么，我选择了接着跟踪刀疤男人。

我相信刀疤男人也说不清自己是怎么来到世纪广场的。

广场不大，东西两侧各有一个草坪。草皮茂盛得怒气冲天的样子，但你如果仔细看的话，就会发现原来是小麦，三五只灰土土的鸽子，正在里面呆头呆脑地觅食。广场中间有条两米多宽的人行道，铺了血红色的步道板，不时有行人走来走去的。

在东侧草坪中间，刀疤男人找到了博爱塑雕，造型竟是一把巨大的钥匙。

刀疤男人围着这个草坪走了一圈，就掏出手机看了下时间。我也看了下自己的手机，是下午四点三十几分了。接下来，刀疤男人就快步走出了广场，上了一辆红黄相间的千里马出租车。

我随即也上了一辆夏利出租车，让司机跟着前面这辆千里马。

出租车很快就来到了涧河火车站，刀疤男人来到售票口。我想，刀疤男人这是要返回雨城吗？他是不是也知道，再过不到两个小时，也就是十八点二十六分，有列慢车将由涧河出发，开往雨城方向。

刀疤男人掏钱买票时，我看到他再一次愣住了。

除了他随身携带的现金之外，刀疤男人还掏出了一个信封。

我当然知道，信封里有三千元现金，有一张涧河到雨城的卧铺票，还有一封电脑打印的信。

信的内容很短，只有两句。第一句是，就不要说对不起了。第二句是，一千二祛除刀疤应该够了。

我就长出了一口气。紧接着，我打了个哆嗦，因为我看到刀疤男人用右手摸了摸他的腰间。

9

十八点二十六分，列车正点启程。

我知道，我该赶往卧龙岗，去麻绳的墓前了。我要告诉麻绳，我还钱的方式很不讲究，简直就是显摆和卖弄，但无论如何，我把钱还给刀疤男人了。我还要告诉麻绳，要是可能的话，将来我也许还会想法帮助刀疤男人的，因为毕竟当初麻绳是用刀疤男人的一千八百元钱，把我从看守所里捞了出来。

列车启动的时候，我的老天，我的眼里为什么一下子涌满了泪水？为什么？

我刚要转身离开，却隔着泪水，看到六号车厢的一扇车窗打开了。刀疤男人将右手伸出窗外，把一个亮闪闪的东西丢在了月台上，当啷啷的响声，并不嚣张，但似乎有些诡异啊。

是那把蒙古剔。

我们的老大

1

二强姓赵。我也说不准要不要再强调一下，二强姓的是燕赵、完璧归赵的“赵”，而不是肇庆、肇事逃逸的那个“肇”。

我接下来要说的是，在我十四岁那年的春天，二强一家三口搬到了我们北岸街，跟小喇叭家住斜对门。

开始的一些天，我们根本没把二强放在眼里。因为二强长得又瘦又小，就算把他扔进热锅里，估计也熬不出半碗油来。二强从来不跟我们在一起玩，我们也懒得理他。小样吧，真打起仗来，我算他两个绑一块堆儿的。这是苹果的原话。苹果说这句话的时候，照例先是用袖口横着抹了一把鼻涕。

但二强的名字，却让我们犯困甚至头疼。因为按照常理，二强的上边应该有个哥哥大强才对，可二强却跟我们一样，是独生子。

好在春天快要翻过去的时候，小喇叭帮我们打探出了一些眉目。原来，二强他们家是从差不多五百公里外的鱼县赵家庄搬来的，二强他爸叫赵小甲，他妈叫张素云，二强的名字是他妈给取的。二强他妈张素云说，咱儿叫二强，别人就得寻思他上边有个大强，指不定下边还有个三强，他们就不敢欺负咱儿。对于张素云的提议，二强他爸赵小甲挠了挠鬓角，嘿嘿笑了笑，说，中啊，叫啥都中。

我们就对二强他妈张素云佩服不已。特别是小龙和李涛，要我们一定叫他们二龙和李二涛。我们不叫，他们俩就每人拿出两元零几角钱，请我们去小喇叭家的小吃店喝豆腐脑。这下我们不好意思不叫了，小龙就笑得就像闹肚子那样扑拉拉一声冒出了一串鼻涕泡。李涛也笑了，让我们真真切切地看到了他嗓子眼里的小舌头。当天晚上，二龙和李二涛向他们各自的父母通报了刚刚出台的这个重大举措，获得的反响出乎我们意料之外。具体说来，就是小龙的爸爸左右开弓，扇了小龙两个大耳光；李涛的妈妈可舍不得碰儿子的脸，她只是让儿子的屁股在一瞬间里打碎了她手中的扫地笤帚。二龙和李二涛就还是叫小龙和李涛，直到十几年后的今天，以及可以预见的以后。

二强没有一个叫三强的弟弟，这是和尚头上的虱子——明摆着的事。可很多年之后，我们才知道，和尚在剃度之前，头上其实是有虱子的。也就是说，三强百分之好几百是没影的事，但大强却真的客观存在。而且，大强管二强他妈张素云，也叫妈。我这样的表达涉嫌故意绕弯子，我还是捋直了说吧，就是二强他妈张素云在和二强他爸赵小甲结婚之前，有过一次婚史，也就有了个叫大强的儿子，但她却没将这些告诉给二强他爸赵小甲。

现在回想起来，我还清清楚楚记得，二强家搬到我们北岸街差不多满半年的时候，他的爸妈离了婚。他们离婚的原因，如今想来肯定是赵小甲知道了大强这档子事，但当时我们不可能想到这点。我们只知道二强他妈张素云又嫁给了一个山东人，之后就和山东人回老家了。再之后，我们就没了她的消息，我们渐渐把她的样子也给忘了。

新学年开学之后，有一天，说不准因为什么，我们又提到了二强他妈张素云。小龙和李涛说她的左嘴角有颗痣，我和苹果、小喇叭说她那颗痣在右嘴角。我们两伙吵得脸红脖子粗，吵得眼睛、耳朵、鼻子、嘴巴都不在它们该待的位置，我们就只好去找亮亮做裁判。

亮亮叫我们先保持安静，接下来他皱着眉头、闭着眼睛想了五分钟，完了告诉我们，二强他妈张素云脸上根本就没有痣。

2

二强的爸妈离婚后不久，新的学年就开始了，我们都上了涧河三中。小喇叭、苹果和二强在初一六班，我和小龙还有李涛在初一二班。亮亮本来就是三中的学生，但他蹲级了，来到我们班。

上初中也就一两个星期吧，这天，放了学，一起往家走的时候，苹果说，不对，二强这小子不对。我们就问二强哪儿不对，苹果铿锵有力地抽了下鼻子，说，我也整不明白，反正这小子的眼神，整得我心里老是毛愣愣的。

小龙和李涛不信邪，就分头去跟二强套近乎。小龙说，赵二强同学，有道代数题我不会做，放学你给我讲讲呗。二强看也没看小龙，说，你去问老师好了。之后就走开了。李涛汲取了小龙的经验，他说，二强老弟，我这有两张肯德基优惠券，晚上跟我去吧，哥我请你。二强看了李涛一眼，就把目光转到学校门口的垃圾箱，他说，谢谢，我晚上没空。之后就走开了。李涛对着二强的背影喊，那你明天晚上有空没？二强没有回头，也没有停下脚步，说，没空。李涛说，那你哪天有空？二强说，哪天都没空。还是没有回头，也没有停下脚步。

小龙和李涛就找到了亮亮。李涛说，操，二强那小子真能装！小龙说，亮哥，你去修理修理他。亮亮想了想，说，先不急揍他，这两天我也觉得他哪疙瘩不对劲。李涛说，对了，我想起来了，二强他家以前在鱼县赵家庄。鱼县是武术之乡你们知道不？二强不是会武吧？小龙说，你别瞎扯，就他那纸糊的小体格吧。

我们很快就对二强的“不对劲”达成了共识。这就是二强的人看上去比以前愣怔了，他的目光也变了。二强的目光，该怎么说呢，就像两把冰凉冰凉的刀子，被他看上一眼，你就有身上被剜掉一块肉的生疼。

这就让我们心中别扭，而且似乎还有些恐惧。我们不去招惹二强，二强像以往一样也不理我们。

相比之下，二强对小喇叭的态度还算过得去。前面我已经说了，二强家跟小喇叭家住斜对门。小喇叭她妈觉得二强这么小，妈就走了，真挺可怜的，她家里每次做了好吃的，就让小喇叭给二强送过去一碗。二强他爸赵小甲感动得说不出话来，只是将双手合在一起，风风火火地揉搓。谢谢你。二强对小喇叭说这三个字时，好歹算是笑了一下。送小喇叭出了家门，二强说，以后你就别送了。

小喇叭给我们讲完这些，她说，我看二强是因为父母离婚，他心里不好受。接着，小喇叭又告诉我们，前几天，二强他妈张素云给她家打来了电话。电话是小喇叭接的，张素云让她去找二强他爸赵小甲来接电话。小喇叭就去了二强家，但赵小甲死活不来接电话，二强来接了。二强接电话的时候，小喇叭就在他身旁。小喇叭不知道二强他妈张素云都说了些什么，只是听到二强说，妈，我现在很好，真的，我很好。就这么一句，间歇反复了三四次。撂下电话，二强没说谢谢，就快步走了。

可我看见他脸上好像有眼泪，小喇叭说，从后面我看到他抬起右手在擦眼泪。

哦。我们差不多异口同声弄出了这么个动静。紧接着，小龙对李涛说，把你代数作业给我抄抄。苹果对小喇叭说，下次你家再做红烧肉，喊我一声。我说，也别把我落下。亮亮突然撒腿就跑。

顺着亮亮奔跑的方向，我们看到了后来被我们称为校花的初三一班的王小檬。

3

转过年来，快要放寒假的时候，二强成了我们的头儿。

但我们都不叫他头儿，而是叫他老大。这是苹果的主意。

跟我一样，苹果这时候也是十五岁。在这儿，我捎带也交代一下他们几个的年纪吧，李涛和小龙是十六岁，亮亮十七岁。至于小喇叭，因为是女士，就不要公开人家的秘密了吧。

而我们的老大二强，十四岁。

我至今还记得起当时的情形，苹果将那支烟抽到一多半，用袖子抹了一把鼻涕，说，我看哪，咱们不能叫他头儿，也不能叫他大哥，往后咱们就都叫他老大。我、小龙和李涛使劲点头。亮亮抬手在苹果的后脖颈抽了一巴掌，说，带劲！你这主意真带劲。苹果就嘿嘿一笑，把从他爸那里偷来的多半包红塔山烟掏出来，分给我们每人一支。

二强还真就有老大的气派。我们叫他老大的时候，他就把两只胳膊盘在肚子上，还清了一下嗓子。我们都以为他这是要向我们发布什么命令呢，我们就闭上了嘴巴、抻长了脖子。可他却一句话也没说，像看空气那样挨个看了看我们，他就转过身去，侧棱着肩膀走了。李涛就小声嘟哝了一句，操，真能装。亮亮就又在李涛的后脖颈抽了一巴掌。

李涛的脸就涨红了，像个微型太阳那样烘烤着我们，黏糊糊、油腻腻的。很明显，李涛这是生亮亮的气了，但他却没有发作，还龇牙一乐，露出了夹在门牙间的一片香菜叶。我一定是忘了说了，在二强之前，亮亮是我们的准头儿。就是说，我们事实上是把亮亮当首领来对待的，只是口头上从没说过。对于前首领，李涛是肯于给予必要的尊重和敬畏的，他的这个做法也使得他在参加工作后，很快就成了我们涧河市最年轻的处级干部——当然，这是后话，暂且不讲。

接着说二强。

我刚才已经说了，二强年纪比我们都小。现在我说说二强的体重和身高。

在我们这些伙伴当中，我是最瘦的，四十五公斤，却比二强沉了五公斤。小龙的身高是最矮的，一米五六，而二强需要抬起脚跟才能触及这个海拔。

如此说来，二强能够成为我们的老大，显然缺乏足够的硬件保障。可我们偏偏推举他为老大，不但心甘，而且情愿。难道我们都疯了吗？当然没有。

原因是二强亮出了一把刀，一把我们无缘第二次见到的宝刀。

4

涧河三中和涧河一中如今早就合并了，改名叫博通中学，取的是通往博士的意思，初中部、高中部都有，招收的多是有钱有权家庭的子弟。但在当年，三中和一中是各自独立的初中，两家学校一墙之隔。

小地主的真实姓名，如今我已记不起来了。他是涧河一中的学生，但读到初三上半学期就不念了，整天在一中和三中的校门口转悠。小地主的头发染得跟调色板似的，他左手的拇指、食指和中指总是捏着一根香烟。亮亮是我们这伙人中块头最猛的，而小地主的身板，足能劈成一个半亮亮。老实说，我们都很怕小地主。特别是苹果，被小地主勒索去了二十元钱以后，每次见到他，苹果都远远地绕着走。

我们第一次跟小地主发生冲突，确切地说是亮亮第一次跟小地主打仗，是在我们初一年级第一回期中考试之后不久。至于起因呢，是因为一个女生，也就是我在前面提过一句的初三一班王小檬。

我们都知道，亮亮根本不是读书那块料。亮亮自己也承认，要不是想追王小檬，他才不会接着上学呢。可是从一开始，王小檬就没正眼看过亮亮一次，亮亮呢，从一开始就没打算过要放手。

期中考试成绩下来的那天，我们一个个都耷拉着脑袋往家走。按说我和小喇叭的成绩相当不错，都排进了全校前十名，但因为他们几个的成绩糟糕得离谱，我和小喇叭就不好意思将欢喜明晃晃地摆到脸上。

我们刚到校门口，就看到小地主了。小地主拦住了一个女生，不让她走。女生背对我们，小地主面对我们。小地主嬉皮笑脸的，跟鞋底一个颜色的脸上满是青春痘，粒粒饱满、颗颗欲滴。

走在我们前面的其他同学，有的转身返回了教室，有的远远地绕开小地主，快步走出校门。

我们几个都停下了脚步。李涛小声嘟哝了一句，那人是不是王小檬？他的话音刚落，亮亮已经一个箭步冲上前。

你快回家，这儿没你事了。亮亮对王小檬说。

小地主收敛了笑，把烟蒂扔在地上。他盯着亮亮的眼睛，说，你谁呀？你算哪棵葱啊？

亮亮看着王小檬离开的背影，说，她是我对象。

亮亮说完这句话，看到王小檬的脚步停顿了一下，接着她的脚步就加快了。

亮亮一定是沉浸在一种温暖和感动当中了，不知今夕何夕。小地主抢前一步，啪！给了亮亮一个光芒四射的大耳光。

亮亮回过神来，照着小地主的脸就挥出了一拳，打没打着就不清楚了，反正接下来小地主一脚踹在了亮亮的肚子上，亮亮惨叫一声，趴在了地上。我们傻站在一旁。

小地主说，下回别让我再看见你。之后，他浮皮潦草地看了一眼我们，就转身走了。

我们急忙将亮亮搀起。亮亮捂着肚子，呻吟着说，没事，我没事。说第二个没事时，亮亮差一点又趴在地上。

小龙说，下次再见到他，我们一起上，不信打不过他。李涛说，真的，刚才我就想冲上去了。小喇叭说，这回王小檬要是还不理你，她就太不讲究了。

这件事过后，可能是因为进了拘留所，也可能是到别的学校发威去了，小地主很长时间没出现在我们校门口。而王小檬呢，仍旧不理亮亮。不理亮亮也就算了，王小檬还转学了，不知去了哪个学校。

操，王小檬真不讲究。李涛小声嘟哝。亮亮的脸红得都要崩出血来似的，他抡圆了胳膊，在李涛的后脖颈抽了一巴掌。

5

小地主再次出现在校门口，是我们快要期末考试的时候。

说来真的很奇妙，前后也就一个多月的时间，小喇叭变了。原本一个不起眼的小黄毛丫头，仿佛一夜之间就变成了漂亮的少女，而且是那种大肆铺张的漂亮，害得我们几个男生都不大敢正眼看她，她好像也开始有意无意疏远我们了。

小喇叭疏远我们的结果，就是这天放了学，小地主在校门口劫住了她。我们几个赶过去的时候，小喇叭正在哭，也不知道是气的还是吓的。

亮亮攥紧了拳头，呼吸加重了很多。李涛悄悄捡了块砖头，递给了亮亮，亮亮没接。小龙小声说，咱们一起上？苹果用袖口抹了把鼻涕，什么也没说。我突然尿急，都要憋不住了，想去厕所。

就在我们迟疑的时候，二强从我们身后跑了过来。

二强跑到小地主面前，他一个字也没有说，就从怀里抽出一把一尺多长的刀子。二强左手拽下刀鞘，右手抡刀就向小地主的头上砍去。夕阳不够坚定的光线打在刀身上，瞬间就溅出一大蓬刺骨的冰冷，整个天地似乎都一哆嗦。

小地主急忙闪开，整张脸一下子褪去了血色。二强的刀子没砍到他，他还是惨叫了一声，紧接着磨头就跑。

李涛就把手中的砖头朝小地主砸去。因为用力过猛，李涛摔倒在地，砖头扔到了小地主的前方至少五米开外。亮亮喊了一声，上！我们就叫喊着追赶小地主。骂声最高的当然是苹果，回想到了被小地主勒索去了二十元钱，他就把小地主所有的女性长辈骂了个遍。

小地主跑得太快了，我们追出了将近一百米，他没了踪影，我们也就返回了。

回到校门口，二强和小喇叭已经走了，只有李涛在等我们。

李涛哼哼叽叽地说，操，把我腰闪了。我们哈哈大笑，笑声把校门口那棵老杨树仅剩的几片枯叶都震落了，打着斜、慢镜头地飘了下来。

李涛说，二强的刀你们看清没？

我们说，没有。

李涛说，我看清了，指定是一把宝刀！

哦！我们异口同声弄出了这么个动静。一个个嘴巴大张着，忘了合拢。

我还看到刀鞘了，李涛说，真带劲！

哦！我们又异口同声弄出了这么个动静。一个个都把眼睛瞪得溜圆，灼热的目光唰唰唰地四下飞射。

按照李涛的说法，二强的刀鞘上，密密麻麻地刻满了古怪的线条和花纹，还有他不认识的篆字。李涛很想拿到手里细看看，但他没敢跟二强张口。

我以前跟你们说过，二强会武，你们还都不信。李涛说，这回你们信了吧？

信了。我们说。

撇了撇嘴巴，李涛接着说，二强的刀鞘上，指定是一部武功秘籍！不是武功秘籍，我把脑袋给你们！

亮亮说，脑袋你还是自己留着吧，我们没地方放你这玩意儿。苹果说，就是，当凳子使唤有点小，当玻璃球弹还太大。我因为憋了一泡尿，就说，当尿壶正好。

我们再次哈哈大笑。

李涛急了，说，咋的？操，你们不信是武功秘籍？

我们当然不信什么武功秘籍。也就是说，这个时候，二强还没有成为我们的老大。

6

是接下来发生的两件事，让二强成为我们老大的。

我先说第一件事。

二强打跑小地主的第二天，我们照常上学。一整个白天，我们每个人都被很多人问了大同小异的一个问题。问这个问题的人，既有我们三中的学生，也有一中的学生。除了李涛，我们每个人的回答，也是大同小异的。

这个问题是：听说昨天赵二强把小地主给收拾了，真的吗？这个问句中的核心动词"收拾"，也有使用"揍"或者"干"的。当然，用得最多的是东北土语"消"。"消"是记音，这个字的标准写法应该是"提手旁"加严肃的"肃"，意思大致是猛烈打击，可这个字，我无论用哪种输入法都打不出来。

真的。这是小龙和我的回答。

是的。亮亮在回答了这两个字之后，他接着说，我们一大帮人撵小地主，没撵上，让他跑了。

可不咋的？苹果以反问做了回答。他说，二强真猛。早知道他不惯着小地主，我那二十块钱说啥也不能喂狼。

算是吧。这是李涛的回答。李涛接着说，二强一刀下去没砍着他，是我一砖头子砸小地主脑门子上了。这小子嗷一声尥蹶子就跑，亮亮他们几个这顿追啊，愣是没追上，让他跑没影了。操，我老早就觉着小地主这个鳖犊子欠收拾，这回算是便宜他了。对了，你知道不？二强那把刀，刀鞘上面是一部武功秘籍。我可就告诉你一个人，你别出去给我瞎咧咧。

不管怎么说吧，二强这是一战成名了。在亮亮的建议下，我们初步有了让二强给我们当头儿的想法，并且打算在期末考试结束之后，正式向二强表明。也就是说，到了这个时候，二强仍旧没有正式成为我们的老大。

所以，下面我得接着说第二件事。

我们本来以为小地主一定会回来报仇，这样，我们就有机会再次看到二强的那把刀子。我们还商定好了，只要小地主一出现，我们就一哄而上，先打他个半死、大半死再说别的。可是，小地主再也没有出现在我们校门口。我们当时以为小地主这是吓破胆子了，多年以后，也就是上个月的月初，小龙去监狱采访，见到了小地主。小龙这才知道，小地主当年没来找二强报仇，是因为他被警察抓起来了，之后被判了无期。小龙所在的《涧河晨报》，有个旧案重提专版，采访完小地主和相关执法部门后，小龙在这个专版接连发了三个整版，竟然没能将小地主当年的罪行历数过来。当然，这是后话了。我还是先说当年。

期末考试的前一天是星期天。复习让我们的脖子都支不住脑袋了，晚上，我和亮亮还有苹果，一起去小喇叭家玩。

我们一进小喇叭家，就都屏住了呼吸、瞪大了眼睛。小喇叭家的电视开着呢，是省台的新闻联播节目。荧屏上，一个中年男子正将一把大刀施展得只见刀光不见人影，俨然一副大侠的气派。播音员的画外音不早不晚地来了：这就是我省武术冠军赵小乙，家住鱼县赵家庄……

老天！鱼县赵家庄，二强家不就是从那搬来的吗？二强他爸叫赵小甲，这个赵小乙肯定就是赵小甲的弟弟。

你们快看你们快看！苹果指着电视大喊，这人跟二强他爸长得贼拉拉像。

不用苹果提醒，我们都看出来了，这个赵小乙的模样的确跟二强他爸赵小甲有些相像，都是一张正宗猪腰子脸，上面胡乱摆放了大得离谱的眼睛、抠抠搜搜的蒜瓣鼻子和一笑就露出智牙的嘴巴。

7

我、亮亮和苹果，我们三个没来得及跟小喇叭打招呼，就转身跑到了二强家。一股子巨大的，并且正在持续膨胀的惊喜，就要咣的一声把我们的胸腔撑爆了。我们必须马上见到二强，马上告诉他，你是我们老大。我们连一秒钟也等不了了。我们还都特别想看看，甚至是亲手摸一摸老大的宝刀。

可是二强没在家。二强他爸赵小甲正斜歪在沙发上喝酒，一瓶五十二度的北大荒，只剩下一个底儿了。

我们一进屋，二强他爸赵小甲扑棱一声站起身，碰倒了酒瓶子，酒瓶子砸坏了一个咸菜碗，咸菜碗弹飞了一双筷子，稀里哗啦、丁了丁当。

我们一下子愣住了。

赵小甲谄笑着说，三个小兄弟，俺家二强是不是惹你们生气了？你们多担待，等他回家来，我往死揍他。说这些话时，赵小甲还冲我们点头哈腰的。

老天！我们老大的爸爸称呼我们为兄弟！老天！他要揍我们老

大，而且还要往死揍！

我们说，赵叔，你可不能打二强，他是我们老大，我们都听他的。

赵小甲挠了挠鬓角，磕磕巴巴地说，真，真的？

我们说，那是！

赵小甲就问我们为什么，我们一句半句讲不清，就是能讲清，我们也不好意思说出口。我们就问二强怎么没在家，赵小甲说二强下午被老师找去了，好像是老师要单独给他补习一下。

苹果说，赵叔，你弟弟是不是会武术？

赵小甲说，也就是个半拉架。我们老家那疙瘩，谁都能多少比划几下。

我说，你弟弟是不是叫赵小乙？

赵小甲一愣，说，嗯那，你咋知道的？

我们说，刚才我们看电视了，你弟弟是全省武术冠军！

赵小甲说，不能吧？

我们说，能！就能！

我们就问赵小甲，二强说没说什么时候回来，还缠着赵小甲，让他教我们武功。二强支支吾吾但又很肯定地拒绝，他说他小时候学的那点武艺早已经就酒喝了，之后哗啦哗啦尿进了茅坑。

亮亮说，赵叔，你家是不是有一把祖传的宝刀？

我说，上面还有一部武功秘籍。

赵小甲说，谁跟你们说的？扯淡，没有。

我们正要接着追问，我们的家长来找我们了，扯着我们的耳朵，让我们马上回家复习功课。

期末考试那三天，去学校和回家的时候，我们就紧紧跟在二强身后。苹果不时地跟身旁路过的学生挥手打招呼，之后指着二强的背影，告诉他们，赵二强是我们老大。李涛接着对这些认识或者不认识的人说，操，以后有啥事就吱一声，都是家里人，好使！说这话时，李涛挥了一下拳头，大有说一不二的架势。

二强就跟什么也没听见一样，侧棱着肩膀，头也不回地走在前面。

8

很明显，这次期末考试，除了小喇叭，我们都齐刷刷考砸了。结果，除了小喇叭，我们就被各自的家长送进了补习班。

在这儿，我还想多说几句，就是五年之后高考时，我们竟然都被说得过去或者说不过去的本科大学、专科院校录取了。就连改不掉用袖口抹鼻涕的苹果，也上了电大。唯独小喇叭落榜了。我在前面说过，小喇叭一夜之间出落成了漂亮的少女，但当时小喇叭自己不知道，或者是不太知道。后来小喇叭就知道自己漂亮了。女孩子漂亮无疑不是什么坏事，但她要是太知道这一点，就可能走向反面了。当然，如今的小喇叭是我们当中学历最高的，硕士研究生。小喇叭说过，我们大家可以在她的学历里面洗手。但小喇叭做生意的本领着实强悍，她家的小吃店在她父母手中被折腾成了中档酒店，她本人接手以后，几经炒作和扩张，就成了北岸宾馆。“集餐饮、娱乐、休闲、住宿于一身，北岸宾馆你的家我的家”——这是小龙帮着写的广告词，很是写实，雷打不动地趴在《涧河晨报》的报眼。

接着说那年寒假。

补习班一放学，我们就都跑到二强家了。

二强又没在家。二强他爸赵小甲斜躺在沙发上，轰隆隆的鼾声，伙同飞扬跋扈的酒气，就要将房盖掀飞。

我们先是小声后来喊破嗓子那样叫了十万八千声赵叔，赵小甲总算将眼皮嵌开了一条约等于没有的缝隙。李涛当机立断，把苹果从家里偷来的一瓶半斤装的泸州老窖，特写那样杵在赵小甲眼前。

这是我，我们孝敬赵叔的。李涛说。

是啊是啊。我们说。

赵小甲拖拖拉拉地接过酒瓶，一看商标，扑棱一下坐了起来，紧接着，他又倒在了沙发上，搂着泸州老窖，继续用鼾声和酒气掀房盖。

我们就去了小喇叭家。

小喇叭告诉我们，寒假第一天，二强他妈张素云又把电话打到她家来了。二强接完电话，告诉小喇叭，他要去看他妈。

二强在他妈家待了整整一个寒假。这一整个寒假，我们就过得没精打采又火烧火燎。我们原本以为能够先从二强他爸赵小甲身上下手，学来一身武功。可赵小甲白天工作很忙，晚上回到家，他总能迅速而果断地醉倒在沙发上。

当然，这个寒假还是有几件事需要说道说道。

第一件事是王小檬的爸爸找到了亮亮，向亮亮强烈表达了感激之情，弄得亮亮只会说，我，我我，我。跟赶驴车似的。

王小檬的爸爸拍着亮亮的肩膀，说，不错嘛，你这小伙子确实不错嘛。不过你喜欢我家小檬这件事，我看还是过几年再研究，你们现在年纪还小嘛，要把主要精力放在学业上才对嘛。

亮亮连赶驴车都不会了，只是一个劲地点头，没点出脑震荡实属万幸。

王小檬的爸爸临走前，把电话号码给了亮亮，让亮亮有事就给他打电话。若干年之后，小龙辞掉了工作，窝在家里写长篇小说。在就要被饿死的节骨眼，抱着有枣没枣来一竿子的想法，他给王小檬的爸爸打了电话，结果他的两部长篇呼啦一下全都出版了。小龙顺势成了一个职业作家。

9

这个寒假需要说道说道的另一件事，发生在苹果和李涛身上。

一个星期天，他们的父母开恩，也或者是觉得整天逼着孩子学习，良心上实在过不去了，就给了他们每人十元钱，让他们去玩一下午。

苹果和李涛就去了桥旗路中段的旱冰场去滑旱冰。在这儿，我还得多说一句，这家旱冰场如今早已不存在了，取而代之的是一家大型服装商场。商场里面生意最火的，是二楼靠西侧的一个某品牌专卖店。我认得老板娘，她是李涛的儿子的亲妈，但她如今已不是李涛的妻子。更详细的情况，我就不讲了。

李涛当时滑旱冰的技术勉强说得过去，前仰后合、侧侧歪歪，溜边并扶着栏杆那样慢慢地滑，好歹不出洋相。苹果就不成了，跟头一个紧接一个地摔。苹果偏偏还来了犟脾气，摔倒就爬起，爬起就摔倒，在哪摔倒在哪爬起，在哪爬起在哪摔倒。

旱冰场的老板就想上前阻止苹果。一来，老板的确被苹果执着的也或者说是不要命的精神头折服了；二来，老板担心啊！这可是他刚刚盘下来的旱冰场，马上就要被苹果的身体砸烂砸碎了。

老板刚要走上前，苹果又摔了个跟头，还捎带着划拉倒了旁边的一个男孩子。男孩子爬起身就要打苹果，却被一个戴眼镜的小伙子拉开了。老板就没再往前走，想观看一下事态的发展，再决定采取什么相应措施。

赵二强是他们老大！戴眼镜的小伙子小声对这个男孩子说。

哦。男孩子说了这个字，就急忙把微笑四四方方地摆到脸上。他俯下身子搀起苹果，说，你没摔坏吧？快起来，我教你滑。

男孩子就真的教会了苹果滑旱冰。为此，男孩子的两个膝盖都磕掉了皮，之后的几天一直在家躺着。

而李涛也很快就跟戴眼镜的小伙子混熟了，知道了小伙子和男孩子分别是涧河六中和涧河八中的学生。李涛当然也让这两个人明确知道了，全省武术冠军是我们老大的叔叔，我们老大有一把祖传的宝刀，刀鞘上有一部武功秘籍，只要学会其中的十分之一，就能打遍天下无敌手，而我们的老大，如今已经学会了百分之八十。

旱冰场的老板，后来成了苹果的岳父。而戴眼镜的小伙子，我后来没有见过。教会苹果滑旱冰的这个男孩子，我要不要再介绍一下他呢？他姓师，这是个不大常见的姓氏。好多年之后，他成了我们涧河市很有名气的先锋诗人。他追过小喇叭，还在他自费出版的一部诗集的扉页，用笨呵呵的加粗综艺字体，竖排印上了四个字：喇叭吹我。

捧着散发着劣等油墨气味的诗集，小喇叭感动得完全觉不出自己的身体里长有骨骼。小喇叭就铁下心来要接受师诗人，可就在这个关键时刻，也不知是怎么搞的，小喇叭知道了师诗人的这部诗集，原来同时自费出版了三个版本。这三个版本里面，收录了内容完全相同的九十九首诗歌，只是另外两个版本的扉页上，分别印有“蔷薇香我”、“小鱼游我”，也是竖排的笨呵呵的加粗综艺字体。小喇叭毫无章法地大哭了一场，从此不认识师诗人。当然，这些都是闲话了。

10

寒假结束那天，二强回来了。

二强的人看上去比以前更加愣怔了，他的目光更像两把冰凉冰凉的刀子。

我们围在二强的身旁。李涛说，你回来了老大。亮亮说，回来就好。我说，老大，我们都可想你了。小龙说，是啊。苹果说，你再不回来，我指定得疯。

二强大喊，你们都别烦我！二强气急败坏的声音和狰狞扭曲的表情，让我们灰溜溜地离开了他家。

真的，二强这样对待我们，有些过头了。这之后，我们就不那么主动靠近二强了。

可是，我们和二强毕竟都住在北岸街，而且在一个学校上学，所以我们和二强就时常脚前脚后地走在路上。于是就总有人热气腾腾地跟我们打招呼，并且把嘴俯在我们耳边，请我们向二强转达诚挚的问候和良好的祝愿。这让我们心里很烦。有一回，李涛就忍不住骂了一中的一个小个子男生，他说，操，少来烦我！给我滚一边拉去。

时间说慢不慢、说快不快地走着。快要放暑假的时候，我们一连好几天没见到二强。我们就去了二强家，而他爸赵小甲也在找他，他爸也不知道他去了哪里。

小喇叭突然回忆起了一条重要线索，她说前几天二强他妈又往她家打电话了，让她找二强来接电话。二强接电话时说，嗯，我知道了。就说了这么一句。二强就是接完妈妈的电话之后失踪的。

二强他爸赵小甲就去了山东。从此，这父子二人就没了消息。

可二强的威风仍旧护佑着我们。直到我们上了高中，甚至是上了大学，也没有人敢欺负过我们。特别是李涛，觉得自己要吃亏了，就马上把二强搬出来：操！我们老大下个礼拜就回来……

11

从二强消失到如今，时间没心没肺地过去十几年了。这期间，至少我本人没有真正想过二强的下落。但上个月的月初，也就是小龙在监狱采访小地主的同一时间，我见到了二强他爸赵小甲。

起因是作家亮亮的一个朋友。这人叫木子还是牧子，我一直没弄清。我只在亮亮的第四本长篇小说首发式上见过一次他，知道他是写中短篇小说的。这人可能是吃得太饱，也或者是脑袋被门框挤了，就张罗了一个笔会，地点定在了鱼县赵家庄。这人打电话给我，说亮亮外出采风赶不回来，让我去给他捧个人场。我不感兴趣。我说我一不会说话，二不会喝酒，更要命的是我根本没有名气，我去干什么？我还告诉他，他如果真需要装点门面，我可以帮他联系某某教授、啥啥主编。可这个木子或者牧子，偏偏就盯住我了，一天八遍电话追我。我再回绝，就显得不识抬举了。

笔会的主题出离不靠谱：先锋小说与传统武术的契合。木子或者牧子提供的创意，一个五十岁开外的中年男人提供全部费用。

木子或者牧子向我介绍这个中年男人，他说，这是赵家庄镇的赵镇长，当年的全省武术冠军。

中年男人就紧紧握住我的手说，你好你好，我姓赵，赵小乙。

我差一点就跌坐在地上。我说，我知道，我真知道，你哥哥赵小甲一家，以前跟我们家住过邻居。

中年男人笑了，说，你弄混了。我叫肇晓倚，肇庆的肇，春晓的晓，倚天屠龙记的倚。

我没法不懵住，木子或者牧子就上前打圆场，但他具体都说了些什么，我没听清。

肇晓倚说，不过你说的赵小甲、赵小乙我都认识，是亲哥俩，都住在我们镇。

我长吁一口气，说，太好了。

笔会刚一结束，我就去了赵小甲家。我不但见到了二强他爸，还看到了二强他妈张素云。

我们见面的具体情形，我就别细讲了。捞干的，只说关键情节。

原来，二强他妈张素云找的第三任丈夫，叫于庆怀，有点喜欢喝酒，每个月都要醉上三十二三天。于庆怀有个人生理想：要有儿子，越多越好。二强他妈给于庆怀生了一个女儿以后，她每天吃到的拳头就超过她吃到的大米饭粒。在跟二强通电话时，二强他妈真的也不是故意的，但的确多次说到了自己挨打，结果那年快要放暑假的时候，二强就去了山东，用一把一尺多长的刀子杀死了于庆怀。二强他爸去山东找二强时，于庆怀已经火化了。二强的爸妈，就又再次组成了家庭。

我问，二强呢？

二强的爸妈都哭了，说，不知道啊，到现在也不知道他逃到哪疙瘩去了。

我不知道说什么才好。

就是这时候，一个看上去十三四岁的小女孩，背着书包走了进来。二强的爸妈急忙擦去眼泪。

三强，快，快叫哥哥。二强他妈张素云指着我，对小女孩说。

白丝巾

1

这个世界上，总有一个人，是你最想见又最不敢见的。

我曾在采写的一个凶杀案件稿子的前端，加了上述这个题记。如果说那个凶杀案件是风的话，这个题记就百分之两百是马牛了。我之所以这样不着四六，还以一顿麦德仕为代价，让编辑用不小于二十磅的黑体来编排它，是因为采写这个稿子时，我刚刚跟朱小林分手不久。那段日子，也不知道因为什么，我突然就挺想魏欣宁的。

魏欣宁，就是这个世界上我挺想见又不敢见的人。

凶杀案件稿子见报时，这个题记被一张手铐的图片替代了。是总编审大样时给删掉的。这让我有一点郁闷，好在编辑送给我一个MP3，并且下载好了我喜欢的那些网络歌曲。

说来有些不可思议，也就是在稿子见报的这天，我见到了魏欣宁。

2

我见到了魏欣宁，这在很大程度上，也许要感谢朱老板。

那天下午，我一边听着 MP3，一边在北岸超市选购胸衣。我正拿不准主意，是买有蕾丝花边的，还是没有蕾丝花边的，总编给我打来了电话。

王位，你现在就到香江路一百五十号，去采访朱老板。

我本来想问问朱老板叫什么名字，他那有什么新闻点可采，是不是要做软广告啊，还有就是来不来车接我，可总编说完那句话就撂了电话。

我就小声嘟囔了一句，你娘的狗尾巴。

我就打车来到了香江路一百五十号。原来是家并不起眼的民营企业。企业全称是叫亿鑫什么什么有限公司，还是叫鑫亿什么什么有限公司，我如今已记不清楚了，总之听起来黄澄澄的就是了。

我记得挺清楚的是，这家公司的产品，真是有点神叨叨的啊。

是将风化煤和强碱，放在一个叫釜的容器里，加热和搅拌，再放到一个叫甩盘的烘干塔里烘干，之后的那种黑亮亮的粉末，就是成品了。在生产车间，朱老板告诉我，这种成品可以做家禽家畜的饲料添加剂，也可以做水稻增长剂，还可以做石油助剂，销往大庆、大港、日本以及东南亚。但至于是怎么个石油助剂法，朱老板本人也说不清楚。除此之外，朱老板说他的产品还可以治疗脚气和急慢性胃肠炎什么的。

我们公司产品的医用价值，还有待于进一步开发。朱老板说。

而我已明显感觉到自己的头皮有点发炸了。

朱老板是个身材矮胖的秃顶男人。秃顶使得实际年龄三十五岁的他，看起来五十三岁还不止。他的秃，是四周有头发，头旋儿那里寸草不生的那种。在他的办公室里，他笑着说，我这种发型好，地方支持中央。

我靠，好个屁！他的脑袋，老实说我怎么看怎么像马桶。我就也笑。

朱老板说他找我来，是因为他资助了十个贫困学生，他每个学年给那十个中学生每人二百元钱。他还承诺，那十个学生将来要是考上大学的话，学费他将一包到底。

我说，两百，欧元吗？要不是美元？

朱老板说，人民币。说完，他又笑了。

我没有笑，只是哦了一声。

看来朱老板也不过就只是作秀罢了。我到涧河晨报做记者快三整年了，这种花针尖这么大的钱，就买来斗那么大的名声的事，我遇到已经不是一次半次。老实说，每次遇到这样的事，我都厌倦得简直死翘翘，但每次都得咬紧牙关去采写。除了抬轿子、吹喇叭，我真不知道我这所谓无冕之王的颜面，是不是早已丢尽了。

朱老板点了根烟，说，王位记者，我也没什么好隐瞒你的。帮这十个穷学生，一年下来才两千块，对我来说这不算个什么。我这么做，是想树一树我的公众形象，不光是要经济效益，社会效益我朱启元也要。

他接下来又说了些什么，我就听得不太真切了。

采访了朱老板将近一下午，直到这个时候，我才知道他叫朱启元。朱启元这三个字，让我一下子想起了朱小林，也想起了一个叫于二宝的农民工。

我还是先说于二宝吧。

于二宝是吉林九台或者德惠的农民，上一年年初时，他来到我们涧河市打工。于二宝没什么学历和手艺，就去了一家建筑工地做力工，搬砖、运瓦，承受各种责骂。转过年来，春节将至，于二宝一分钱工钱也没领到。这时候，老家来信了，他母亲病危，让他马上赶回家。于二宝就去找老板讨要工钱。找一次，老板不在。再找一次，老板还不在。第三次，于二宝终于见到了老板，可他讨来的却是一顿暴打。紧接着，老家又来信了，于二宝的母亲病逝了。于二宝就一瘸一拐地来到了涧河市中心的一座楼顶，跟他的身体一起跳下来的，是他的一句声嘶力竭的咒骂：朱启元，我操你八辈祖宗！

当时我的一位同事急吼吼地要将这件事情曝光，却被总编压了下来。

我这位同事就给省报的一个同行打了电话，又将于二宝横尸街头的图片和相关材料传了过去。之后，我这位同事就辞职了，由我来养活。我这位同事接下来就鼓励、怂恿乃至威胁我也辞职。我没有听他的。真的，我理解甚至敬佩这位同事的辞职，但我知道，愤怒本身是不能当饭吃的。

我这位同事说，那我们就分开吧。我长长地叹了口气，说，那好吧。

我这位同事，就是朱小林，我的前任男朋友。

眼前这位朱老板，原来就是当初做建筑包工头的朱启元啊！我的身子就不禁猛地后仰了一下。我的胸口憋闷得不行，就急促地喘息了几口。

朱启元问我，你怎么了？

我说，没，没什么。

按说接下来我应该让朱启元带我去见他资助的贫困学生，再诱导那些学生声泪俱下地说出让人鸡皮疙瘩落满地的话，比如朱叔叔比我亲爸还亲；比如好好学习，长大后做个像朱叔叔一样对社会有用的人。这是记者的惯用伎俩。但我选择了结束采访，也拒绝了朱启元要请我吃饭和送我回家。

朱启元就送我到他总经理室的门口。我一脚门里一脚门外的时候，朱启元突然在我屁股上摸了一把。

这个出门就被蚂蚁踩死的败类！

我头也不回地往外走，朱启元居然觍脸一迭声地说着再见。看来于二宝跳楼时的那句咒骂，真的没有半点不妥之处。

我就在心里大骂朱启元不得好死。结果呢，你猜怎么样？朱启元真的就没得好死。就在这天晚上，朱启元在家中被人用刀子几乎捅成了筛子，同时被捅死的，还有他的妻子和他八岁的儿子。当然，这些都是我后来才知道的。

当时的气愤和恶心，让我的步子没法小下来，结果一出朱启元公司的门口，我突然脚下一滑，右鞋跟崴掉了。我一边在心里狂骂朱启元，一边一踮一踮地向道路对面的一个修鞋摊走。

就这样，我见到了想见又不敢见的魏欣宁。

3

很多时候，我经常想一个问题，这就是如果魏欣宁没有成为瘸子的话，我和他是不是真的就早已结婚了呢？我想应该是的。

那是我来涧河晨报做记者的前一年，当时我在一家化工厂做化验员，与魏欣宁是同事，他是跑供销的。我和魏欣宁已经相恋一年了，到了谈婚论嫁的地步。可是有一天晚上，我赴他的约会，迟到了十分钟，结果魏欣宁就成了瘸子。

我至今仍很清晰地记得，那是个秋夜，魏欣宁将约会地点定在了涧河北岸。那是一处僻静又荒凉的所在，魏欣宁的一个叫小黑的朋友，在那儿包了两个养鱼池。为了照看鱼池，小黑就在那盖了间大约二十平方米的小屋。我和魏欣宁曾去看望过一次小黑，小黑给我们做的清水煮鲫鱼，是我至今也忘不了的美味。

那天快要下班的时候，魏欣宁告诉我，小黑出门了，他让咱俩帮他看着点鱼池。

魏欣宁的两道灼热的目光，就像两把饱蘸了颜料的刷子，把我的脸涂红了。我说，先买票再上车哦。说完，我就对他吐了下舌头。

晚上七点，天色刚刚有点要黑，我出了家门。想到晚上将要发生什么事情，我就忍不住将满是汗水的掌心，紧紧地按在胸口。

我本来可以在七点二十分准时赶到小黑的那间小屋的，可走了将近一半路程时，我以往很规则的例假却提前来了。我就分不清自己的心情是扫兴还是庆幸了，就又转身返了回去，买了卫生巾。

当我终于赶到涧河北岸，小黑的那间小屋已经映入我的眼帘时，一个人远远地迎面向我跑来。当时天色已经黑了，我看不清这人，就以为是魏欣宁来接我了。

可是，这人不是魏欣宁。

是个披头散发的女人。

女人跑过我身边时，我看见了她的脸上满是血迹。

我吓得啊地大叫了一声，差点瘫坐在地上。女人也哇一声哭了，然后就向我来时的方向狂奔而去。

我正分不清是怎么回事，前方又传来一声惨叫。我一下子就听出了这是魏欣宁的声音，尽管他的声音已经变形得很是扭曲。

我撒腿就往小黑的那间屋那跑。刚跑出二十几米远，一个男人迎面向我跑来，他的手里握着一把尖刀。

男人不由分说，挥刀砍向我，我哭嚎着躲闪。

这时候，魏欣宁一瘸一拐地跑来了，边跑边喊，抓住杀人犯！你站住！你跑不了了！

持刀男人狂奔而去。

魏欣宁跑到我近前时，扑通一声倒在了地上，他的两条裤腿上满是血迹。

我挓挲着双手，大张着嘴巴，说不出话来。

魏欣宁喘息着说，阿位，快，快报警。

我下意识地一摸衣兜，没摸到手机。我这才想起，为了约会不受打扰，我和魏欣宁白天时已商定好了，都不带手机的。

总算手忙脚乱地把魏欣宁送到了医院，并且拨打110报了警，我才大致知道了事情的经过。

魏欣宁见我没有及时赴约，他就出了小黑的那间屋子来接我。结果就赶上了一个男人正要强暴一个女人，也就是我在路上遇到的那个披头散发的女人和那个持刀男人。

魏欣宁就上前制止那个男人。两个人厮打的时候，那个女人却逃走了。后来，那个男人渐渐处于下风，他就抽出了刀子，砍伤了魏欣宁，他转身逃走。剧烈的疼痛使得魏欣宁倒在了地上，可他害怕迟到的我会正好与这个歹徒走个对面，歹徒可能会伤害我，他就又爬起身来。

一个月后，魏欣宁出院了。可是，他的左腿残了，成了瘸子。

魏欣宁说，王位，我们还结婚吗？

我哭了。我说，你说呢？

魏欣宁说，不结了。

我哭着跑开了。

魏欣宁出院之后就休起了私伤。再之后，我就应聘到涧河晨报做了记者。除了两年前听说我和魏欣宁当初所在的化工厂倒闭，魏欣宁得了点下岗费之外，我再没有他的任何消息。而当初的那个持刀男人，据说至今也没有落入法网。

我承认，是的，我承认我当初不该离开魏欣宁。我也承认，特别是跟朱小林分手之后，我更是想念魏欣宁当初对我的好。可我并没有后悔放弃跟魏欣宁的这段感情。怎么说呢，我各方面还都说得过去的女子，凭什么非要嫁给一个瘸子呢？凭什么呀？

4

魏欣宁会沦落成了街边的修鞋匠，这真的出于我的意料之外。

我说，嗨。之后，我就不知该说什么了。

魏欣宁的惊慌是显而易见的。他看了我一眼，就急忙将目光移开。他低下头来翻找着什么，却碰倒了掌鞋的机器，碰翻了摆放着鞋鱼子、锉、胶水和小钉子的木板。

魏欣宁的惊慌，老实说真的让我心痛，但同时也让我庆幸，庆幸当初离开了他。我的丈夫会是个路边的修鞋匠？这是我所不可想象的。

我说，你不会说已经不认识我了吧？

魏欣宁很艰难地笑了一下，说，认识，认识。就又低下头，给我上鞋跟。

我说，我就不用给你钱了吧？

魏欣宁没有看我，他说，那是，那是。

我说，走吧，我请你吃饭去。

魏欣宁急忙摆手，结果他右手攥着的锤子就砸了他的左手。他吸了口气，说，不用，真的不用。

但我还是拉他来到了涧河南岸大酒店，点了四菜一汤。魏欣宁吃得谨小慎微的，话也不多，几乎是我问一句，他答一句。我就知道了，他的父母已经在一年半以前相继病逝了。本来有人给他介绍了一个有点斜视的女朋友，可结婚钱都给父母看病用了，斜视女朋友就离开了他。

我问他，你修鞋，一个月能赚多少啊？

他笑着摇了摇头，说，够吃饭就行了呗。

我就盯着他的眼睛，突然问他，你还恨不恨我？

他没有回避我的目光，他说，恨？我从来就没恨过你呀。

我的眼里就一下子有了泪水。

我和魏欣宁一出涧河南岸大酒店门，正好遇见朱启元和另外三四个人往里来。这个阴魂不散的败类！

朱启元远远地就笑了，一边伸着他那只咸猪手向我走来，一边说，你好王位，也来吃饭啊？

我冷冷地说，是的，我还有事，我先走一步。

朱启元上上下下地打量了一番我身边的魏欣宁，问我，这位老板是？

我没有理朱启元，抬步就走，魏欣宁有些慌乱地跟在我身后。出了酒店，我叫了辆出租车，把魏欣宁塞进去，又扔给司机十元钱，我就上了另一辆出租车。

我的心情郁闷极了。

可我真的没有想到，这天夜里，朱启元一家三口都被人杀死在了家中。

我更没有想到的是，朱启元的被杀，居然跟魏欣宁有一定关系呢。牵一发而动全身，这世间的很多事情，微妙得你没法解释。

5

我采写的稿件从来都是交给编辑的，而采写朱启元的这个稿子，总编却要求他先审一下。

在总编的一再催促下，五天后，我交了稿子。看完稿子，总编就拉下了他那张晚娘脸，说，缺东西你知道不？

我说，学生。

总编说，知道那你怎么不写进去？

我说，我这就加上去。

我就去了涧河四中，那有朱启元资助的五个学生。

校长把这五个学生领到我面前，我就有点傻眼了。五个学生，竟然三个有智障，占百分之六十强啊！剩下的那两个学生呢，他俩同心协力，也没能将一道一百以内的加法数学题弄明白。

校长看起来是真的生气了，他拍着桌子说，净他妈的整景！出什么大学学费？他们要是能考上大学，我就给猪买件貂皮大衣。

我就灰溜溜地去了涧河六中。还好，在计算器的帮助下，那五个学生的四则混合法运算，都得了七十分以上。

学生甲说，那两百块钱，早让我爸偷去打麻将了。学生乙说，我那两百块钱也是，我不给，我爸就揍我。学生丙说，我绝不会用朱叔叔给的钱去上网，也不会用这钱买烟。学生丁说，阿姨，我那二百块钱丢了，你让八戒叔叔再给我二百吧，要不一百也行。

我真的要晕倒了。我把最后一名学生领到了走廊。

我说，你不想对朱启元叔叔说声谢谢吗？

学生低着头说，谢谢朱启元叔叔。

我说，朱叔叔给了你学费，你想没想过应该好好学习呀？

学生说，想。

我转身就往校门外逃跑，但这个学生的一句话还是赶上了我。这个学生高声大喊，可我就是学不好。

回到报社，我就直奔总编办公室。我进门就说，这稿子我没法写！没法写！

总编叹了口气，说，不写就不写吧。

我愣住了，这可不是总编的风格呀，他应该大骂我一顿才是。

我就小心翼翼地说，总编，我刚才是在气头上，我这就去把稿子写出来。

总编说，真不用写了，他都死了，你还写什么？

总编随即把一张通缉令递给了我。他说，公安局刚送来的。

被通缉的人名叫李宝库。在姓名、性别、年龄、身高、脸型、体型、口音、身份证号以及一张寸照的下边，罪行描述那栏写着这样的字样：2005 年 9 月 7 日晚 11 时，李宝库潜入被害人朱某家，将朱某一家三口人杀死。公安机关将对提供重大线索的举报人，或将逃犯抓获的单位或个人，分别给予 5—10 万元人民币的奖励。希望广大人民群众积极举报，拨打 110 向当地公安机关报警。

我就叹了口气。尽管我讨厌朱启元，也诅咒过他不得好死，可真的得知他死时，我还是后背直出冷汗。毕竟生命是可敬可畏的啊！不是吗？

总编却笑了，他说，你叹什么气呀？那小子本来也不是只什么好鸟。

看来，总编对朱启元还是比较了解的。

我说，这个李宝库———对了，范伟演的那个药匣子就叫李宝库吧？

总编说，对。然后就学着药匣子的语调说，一般人儿我不告诉他。

我就笑了。我说，这个李宝库，他，他为什么杀死朱启元一家啊？他疯啊？

总编说，具体情况还不知道。不管怎么说，这人是死路一条了，三条人命啊。王位，你跟着点这案子。

我说，好的。

之后我就去了市局刑警队，找王队。王队对我说，我现在还不能告诉你什么，一旦我们捉获逃犯，我第一时间通知你。

6

一个又一个的日子，就像一滴又一滴的水，平淡地流逝了。

这期间，朱小林给我打了电话，他终于到省报做记者了。他说，省报的力度就是不一样啊，该曝光的绝对曝光，不像你们，前怕狼后怕虎的。

我长长地吁了口气。朱小林说的“你们”二字，就像一把刀呢，尽管很钝，但还是切开了我对他的藕断丝连。

我也去修鞋摊见过一次魏欣宁。我看到在他修鞋摊边的电线杆上，也贴了一张通缉李宝库的通缉令。

魏欣宁说，我恍惚记得这人来我这修过鞋，他烟瘾很大，浑身都是烟味。他干嘛杀了那么多人？

我说，谁知道呢？

之后，我们就是有一搭没一搭地闲聊了。

接下来的几天，我就跑了民政啊工商啊几个部门。这几个部门很给我面子，在北岸超市的后门那儿，帮我给魏欣宁搭建了一间简易小房。这地方客流量虽然也不是很大，但毕竟还是比魏欣宁摆摊的地方强。再者说了，这间简易小房，好歹能够挡风遮雨呀。天儿一天比一天凉了，魏欣宁不能总蹲坐在露天地里啊。哦，对了，我忘了说了，这期间我还见到了小黑，魏欣宁的那个承包养鱼池的朋友。小黑如今还在经营着养鱼池，我帮魏欣宁要下来的这间简易小房，是小黑帮着做了内部装整。

魏欣宁搬到了这间简易小房后，给我买了条白色的丝巾。这年月，谁还戴这老土的东西呀？但我还是收下了。我得给他个表达感激的机会，否则他憋在心里，会很难受的吧。

零五年的第一场雪，没像刀郎唱的那样比以往时候来得晚。雪停的时候，市局刑警队的王队给我打来了电话，李宝库被捕了！

我急忙赶到公安局，市内其他媒体的记者也都陆续赶来了。让我没有想到的是，省报记者朱小林，也来了。

案情的经过看起来异常简单。

李宝库和他妻子郑敏，都在朱启元的亿鑫什么什么或者鑫亿什么什么有限公司打工。朱启元在他的总经理室，把郑敏强暴了。郑敏留下封遗书，说对不起丈夫，就自杀了。李宝库夜里撬开朱启元家的房门，冲进去，捅了朱启元三十七刀仍不解恨，就又把朱启元的妻儿也杀死了。

王队说是一个青年人帮助警察抓获李宝库的，可那些记者对这个青年人都不感兴趣。在我看来，这个青年才是更大的新闻点。我怀疑这些记者的不感兴趣都是假装的，他们一定像我一样，打算私下采访王队，详细了解那个青年人，从而获得独家新闻。

这些记者就一边议论李宝库的可悲，一边跟王队来到了看守所。

先是录像和拍照，乱哄哄的。接着，是朱小林问了李宝库一个很弱智的问题，杀人时你是怎么想的？李宝库低着头，一言不发。

电视台的一个女记者有点沉不住气，她对李宝库说，哥们儿，你来一嗓子吧，就喊二十年后爷还是条汉子。李宝库还是低着头，一言不发。

其他记者陆续离开了，我对王队说，王队，我想单独问李宝库几个问题，最多也就十分钟吧。

王队说，行。之后他让另外几个警察送那些记者回去，他留下来陪我。

我对李宝库说，我有点不明白，朱启元是该死，可他妻子和儿子，没做错什么吧？

李宝库哭了，我掏出沓纸巾给他。他一抬手，手铐就露了出来。他就歪头，扭动脖子，把眼泪往肩头蹭。

他说，是，我现在最后悔的就是杀了他的老婆孩儿，我当时杀红眼了。

我想起魏欣宁说过李宝库烟瘾很大，我就跟王队要了根烟，放到李宝库的嘴里，又帮他点着。

李宝库一个劲地点头，说，谢谢，谢谢。

我说，我再问你个很没劲的问题吧，如果，我是说如果，如果事情能够重来一次的话，你还会杀朱启元吗？

李宝库说，我还会杀。

我就叹了口气。

李宝库抬起戴了手铐的双手，狠狠吸了一口烟。他说，我觉得我对得起我媳妇，也对得起魏欣宁。

我腾地一下站了起来，李宝库吓得头猛地后仰。

我说，你说的魏欣宁，是不是以前在你们公司门前修鞋？

李宝库说，是啊，你认识他？

天啊！这到底是怎么一回事呀？魏欣宁怎么也搅到这案子里了呀？我狂晕。

王队说，这下魏欣宁脱贫了。

接下来，我自然是要弄清事情的原委。

7

李宝库的妻子郑敏在自杀前留下的遗书中告诉李宝库，他们二人尚未相识之时，有一天晚上，她在涧河北岸差点被一个人强暴，多亏了一个男人把她救了。可那个男人跟歹徒厮打时，她却逃跑了。她逃跑时，听到了一声惨叫，她估计是救她的男人受伤了，但她当时已吓破了胆，只想着逃跑。她说她后来又见到了救她的男人，就是单位门口修鞋的魏欣宁。她一直想报答魏欣宁，但一直没能报答成。她嘱咐丈夫李宝库一定好好活着，一定要报答魏欣宁。

李宝库得知妻子郑敏是被朱启元强暴才自杀的，他心中就只有亲手杀死朱启元的这一个念头了。杀人之后，整日整日提心吊胆的逃亡，让李宝库想到了自首。自首是死，不自首也是死，他就想，干脆我让魏欣宁把我抓住好了，这样魏欣宁不就可以得到一笔奖励，也圆了郑敏的遗愿吗？

李宝库就偷偷撕下了一张他见过多次的通缉他的通缉令，偷偷返回了涧河，费了九牛二虎之力才找到了魏欣宁。

李宝库刚一出现在魏欣宁的面前时，魏欣宁就认出了他。李宝库怕魏欣宁不相信他是逃犯，就扇了魏欣宁一个耳光，又把魏欣宁推出了门外。

魏欣宁假装要进屋跟李宝库厮打，李宝库却在里面将门挂上了。魏欣宁就将门锁上了，然后赶忙拨打了110……

我的眼泪就止不住地流了下来。我很想告诉李宝库，四年前那晚发生的事情，我知道，我全都知道。可我一句话也说不出。

王队说，你认识魏欣宁？

我说，是的，是的。

8

离开看守所，我就打车去找魏欣宁。半路上，魏欣宁却给我打来了电话。

这是他第一次给我打电话。他说，王位，你能不能来我这一趟？我有个事想跟你商量一下。

我就来到了魏欣宁的简易小房。

魏欣宁说，那个逃犯李宝库，我帮警察给抓住了。

我说，我已经知道了。

魏欣宁不好意思地笑了，他说，公安局说要奖励我六万块钱呢。

我也笑了，说，恭喜你。

魏欣宁说，可是我要这些钱有什么用呢？你认识的人多，你帮我个忙，帮我找几个学习成绩确实优秀，家庭状况又确实贫困的学生，我把钱捐给他们。

我张大了嘴巴，却说不出话来。我的老天呀！天底下真有这样的傻蛋呀！他就没听说过北京有家骨科医院吗？那家医院，只要你有足够量的钱，就是没腿的人，他们也能给治出一百一十米栏运动员那样的腿呢！何况魏欣宁只是左腿比右腿短一厘米。

我刚要回答魏欣宁，我的手机就响了。

是朱小林打来的电话。

他说，我们省报又招编采人员了，你来吧，我已经跟总编打过招呼。

我异常肯定地说，不去。之后，我就挂了电话。

将手机往背包里放时，我看到我的胸前，有一片洁白。

老天呀！怎么搞的呀？魏欣宁送我的那条老土的丝巾，我是什么时候戴上的呀？

悬　念

1

阿朱和刘笑的故事，由我来讲真是再合适不过了。至于为什么由我来讲才合适，嘿嘿，我先隆重地卖个关子。讲故事嘛，一开篇就得弄个悬念撂那唬人。这是刘笑告诉我的。刘笑还说，悬念解开的时候，故事就到结尾了，要结得意料之外又情理之中，等等。

可是刘笑他并没有告诉过我怎样进行肖像描写，所以我只能含糊地说，这小子的模样，长得稍微有点对不起观众。阿朱第一次见到刘笑的时候，确切地说，是阿朱第一次见到刘笑的照片时，她就在心里这么念叨了一句：瞧人家这五官长得，嘿，挺能分散人的注意力呢。可能是怕走在大街上遇到刘笑却没认出来，阿朱就将刘笑的照片做了电脑的屏保。

刘笑的五官挺能分散人的注意力，他却有别的吸引人的地方，这就是他的码字才能。

工作之余，刘笑不喝酒也不泡吧，不打麻将也不炒股，就爱写些小小说、小故事、小随笔什么的，每篇三五百字，最长的也就千八百字，就是写着玩。后来，刘笑偶然在网上看到本地涧河晨报副刊的征稿启事，附了电子邮箱，刘笑就申请了一个新浪箱子，随便电邮去了五个稿子。

一觉醒来，刘笑早把这事忘脑后了，却接到了一个陌生人打来的电话。

你好，是刘笑吗？听声音，打来电话的是个女孩子。

刘笑说，嗯，我是刘笑。

女孩子突然哈哈大笑，说，你好刘笑，你的稿子哥们儿我收到了。

刘笑一时间没反应过来，就说，啊，那个，啊。

你感冒了怎么的？女孩子说，哦，对了对了，我忘告诉你了，我是阿朱，涧河晨报副刊编辑。

刘笑这才明白是怎么回事，就急忙客气了一句，给你添麻烦了。

阿朱说，行了吧你呀，我这儿正没米下锅呢。你手头还有稿子没？

刘笑说，有。

阿朱说，还有几篇？

刘笑说，不清楚，七八十篇怎么也能有吧。

我靠！电话那头，阿朱大喊一声。电话这头，刘笑差点吓了个跟头。

接下来，阿朱就告诉刘笑，她要给刘笑发个专版，还让刘笑以后每周三之前，都寄一篇稿子给她。

刘笑说，行。

阿朱说，嘁，你也不说声谢谢我？

刘笑说，你不说你等米下锅呢吗？

阿朱哈哈大笑，说，哥们儿，我喜欢你的性格。

上面我讲的这些，是五月初的事。到了六月，刘笑就收到了涧河晨报的样报和稿酬。刘笑那五篇稿子发在了第九版，下边是房地产广告，上面的多半版全给了刘笑。阿朱还配发了编者按，什么我市蹿出个熠熠闪光的文学新星之类，“按”得挺肉麻，后来才知道编者按是涧河晨报副总编辑杨帆写的。别管怎么说吧，自己的稿子首次发表，总是一件让人高兴的事，刘笑甚至觉得挺有成就感呢。而且，稿酬数目也很有说道的，不在二百五十元之上，也不在二百五十元之下，刚好二百五。刘笑这才知道，自己写着玩的东西，原来可以换钱呢。随即刘笑就想起，这差不多一整个月的时间里，除了每个周一给阿朱电邮过去一篇稿子，他再没跟阿朱联系过。

刘笑就拨打了阿朱的办公室电话，说，阿朱你好，我是刘笑。

阿朱说，嘿，收到我们报纸没呢哥们儿？

刘笑说，收到了。我给你出个谜语，两个刘笑，打一个台湾歌星的名字。

阿朱说，哥们儿你先等一会儿。我才想起来，我们杨总编也特别喜欢你的文章，想在我们报上给你开个专栏，你看行不？

刘笑说，行啊！谢谢你。我打电话给你，就是要请你吃饭。我先声明，我不会喝酒。

阿朱说，不会喝酒？好啊好啊！请我吃饭？行了吧你呀。咱们谁也别感谢谁，用我们杨总编的话说，这叫双赢。哦，对了，专栏叫刘笑工作室你看行不？

刘笑说，行。

阿朱说，那你这两天有空就给我发几张你的照片过来，美编说设计专栏名字得用。

刘笑说，好的，谢谢你，不，是双赢。

阿朱又哈哈大笑，说，你刚才说两个你，打一个歌星名字？什么呀？

刘笑说，伍佰。

2

我不清楚你是否知道，洞河市文联办了个文学双月刊，叫《北岸文艺》，内部资料、免费赠阅那种，但办得挺有声势。省内外的一些名家，也时常将自己的二手中篇小说拿这来发表，估计是看在《北岸文艺》千字八十元稿酬的面子上吧。在纯文学期刊中，这个稿酬标准据说说得过去。

七月的最后那个星期日，《北岸文艺》编辑部搞了个笔会，地点选在了北岸大酒店，旗号是庆祝建军节。刘笑也去了。

我知道刘笑其实是很不喜欢参加这类聚会的，因为他真的不能喝酒。不要说白酒了，就是啤酒，刘笑喝上小半杯，心脏就跳得查不过来个数，浑身上下就满是那种痒得要命的小红疹，而且还冷得受不了。但参加这类聚会，酒一定是躲不过去的。“初次见面，我敬你一杯。”“咋的？瞧不起我咋的？瞧得起我，这杯酒你就整下去。”“是爷们儿不？是爷们儿咱就再干一个。”这类酒场狗屁话，刘笑一想就头大。

但电话中，阿朱一再让刘笑参加。

一来，《北岸文艺》要给你发个小辑。人家想见见你，这要求不过分。阿朱说，二来，我也去，我也想见见你本人。光看你照片，我就总惦记你本人是不是长得更难看。

刘笑就笑了，说，认识你三个月了，每周还都给我发稿，一直没去看你，真挺过意不去。

阿朱说，所以说后天的笔会你得来。

刘笑说，好的。

阿朱说，这两天晚上，你多看看鬼片。

刘笑说，我这还真没有鬼片牒，下班我去租几张，我看它干什么？

阿朱叹了口气，说，我怕我们见面时，我吓着你。

刘笑又笑了。

阿朱也笑了，说，看看，看看，马上就开始笑话我了不是？

刘笑说，我没笑话你。

阿朱说，笑话就笑话吧，咱长得丑，也不能强迫人家不笑。

刘笑说，我真没笑你。

阿朱说，上个星期周迅来咱们这儿演出，你看没？

刘笑说，我看转播了。

阿朱说，周迅长得怎么样？

刘笑说，用咱们东北话说，嗷嗷漂亮。

阿朱就叹了口气，说，完了完了，跟周迅比，我不过就只是漂亮那么一点点而已。

刘笑哈哈大笑。

阿朱说，还笑！还笑！再笑后天见面我掰掉你门牙。

刘笑就乐颠颠地去参加了笔会。到了那，刘笑左右一看，只有五六个中年妇女，其他的就都是些中老年男人，哪有什么不过就只是比周迅漂亮那么一点点而已的女孩子？刘笑就想，阿朱的声音听起来是个女孩子，可能本人已到中年了。

刘笑就来到一个中年妇女近前，说，请问哪位是阿朱？

这个中年妇女翻了个白眼，说，Oh，MyGod！孩子，这儿只有阿姨，没有阿朱。

一个有些拔顶、身材长宽高基本一个尺寸的中年男人快步走了过来，握住刘笑的手，笑眯眯地说，你是刘笑吧？

刘笑点了点头，说，嗯，我是。

男人说，我是杨帆，阿朱上午有个紧急采访，下午家里还有点别的事，赶不过来了。。

刘笑就轻轻叹了口气，说，杨总编，阿朱在电话里跟我说过，是你给我开的专栏，谢谢你。

杨帆就夸奖刘笑的文章写得好，还问了刘笑的一些基本情况，在哪工作啊、多大年龄啊、结没结婚啊，等等，刘笑一五一十地做了回答。

接下来的会议和酒局，刘笑总想找机会溜走。但他知道真溜走的话，太没礼貌了，也显得自己狂傲，就硬着头皮留了下来。别人哇啦哇啦地高谈阔论，他左耳听右耳冒。有人跟他说话时，他就最简洁地应付，嗯，是的，对，我觉得你说的真有道理。

坐到饭桌前时，杨帆主动坐在了刘笑的身旁，拍了拍刘笑的肩膀，说，怎么样？还能挺住不？

刘笑就笑了下，说，没事。

上菜的时候，杨帆跟刘笑说起了阿朱。原来，杨帆和阿朱不止是领导和下属的关系。杨帆的妻子是涧河一中的外语老师，是阿朱当年的班主任。杨帆的女儿跟阿朱同桌，两个人好得都让别人议论她俩是同性恋了。可高考刚结束没多久，杨帆的女儿意外去世，阿朱就认了杨帆的妻子做干妈。去年七月，阿朱大学毕业，杨帆让她到涧河晨报做了副刊编辑。

酒很快就上来了，杨帆也很快就喝得走了样子。但他知道刘笑不能喝酒，就一直护着刘笑。

先前用英语跟刘笑说“哦，我的天啊”的那个中年妇女，笔名叫筱英。她向刘笑举杯，说，你的文章我看过半篇，还可以吧。来，我敬你一杯。

刘笑没有理她。

杨帆就拍了桌子，说，筱英大妈，我可以告诉你，自从我们报纸开了刘笑专栏，发行量每周都在上涨。筱英大妈，我还可以告诉你，你自费出版的那些小说诗歌散文，书号没一个是真的。我要是说半句假话，我把你头给你。

筱英的脸，瞬间就红了，白了，又红了。

《北岸文艺》执行主编可能真的是为了缓和一下气氛，他说，杨大哥，你别把头给筱英，你把龟头给她，我看就蛮好。

大伙哄堂大笑。

筱英一扬手，把杯子里的酒泼在了执行主编的脸上。

执行主编噌一下站了起来，大骂筱英，你跟我装什么犊子？我操你妈的。谁请你来了？你自己觍脸来，还不老实在一边待着，滚！

筱英号啕大哭。女士就劝筱英，男士就劝执行主编。

涧河市文学艺术界联合会热烈庆祝建军节暨《北岸文艺》和北岸大酒店合作签约仪式，草草收场。

3

刘笑真的很后悔参加这个笔会，没见到阿朱不说，那伙子中老年之所以不欢而散，似乎他也脱不了干系。刘笑就耷拉着脑袋回到了家，想给阿朱打个电话，却不知道阿朱的手机号码。

第二天的上午，刘笑往阿朱办公室打了电话，是个男编辑接的。

阿朱今天没来上班。男编辑说。

刘笑说，我是刘笑，你能不能把她手机号给我，我找她有点急事。

男编辑说了阿朱的手机号码，紧接着又说，我告诉你也没用，她手机落在办公桌上了。

刘笑就叹了口气。

这时候，经理来到刘笑的办公室，刘笑就挂断了电话。

经理说，你马上准备一下，车票已经买好了，十点十二的车，你陪我去北京出趟差，可能得一个星期以后回来。

刘笑就急忙登陆邮箱，给阿朱寄去了两篇稿子，本来要附上封信，告诉阿朱他一周后回来，但一看时间来不及了，就没写信，点了发送。

刘笑在北京具体都做了什么，我不清楚，只知道十天以后，刘笑回到了涧河，一到单位，就收到了七八张取款单。刘笑一愣，一看这些取款单，只有一张是涧河晨报的，是他六月份的稿酬。其余的，都是外省的报纸杂志寄来的。刘笑就懵住了。除了涧河晨报，他从没向别的报刊投过稿。

刘笑正想不明白是怎么回事，阿朱打来了电话。

天哪！天哪！天哪！阿朱大喊，我以为你不在了呢！你知不知道这些天我给你打了多少遍电话？就是打不通。

刘笑说，我也不知道小灵通出省不能漫游，在北京这些天，我电话就当表使唤了。

阿朱说，那你不能给我打个电话啊？

刘笑说，怎么不想打？可我想不起来你办公室电话号，以前都是看着报纸上的号码给你打。

唉！阿朱长叹一声，说，你这个笨蛋呀！

刘笑说，不对吧？我是笨，可你怎么能够才知道我笨？

深吸了一口气，刘笑接着说，去北京那天，我往你办公室打电话了，一个男的说了你手机号，一着忙，我又给忘了。

唉！阿朱又叹了口气，说，谁要是敢嫁给你，天哪！她得多大胆子？

刘笑就笑了。

阿朱说，行了，哥们儿我原谅你了。说正事，你收到稿费没？

刘笑说，收到了，收到了，六七张吧，全是外地的，我正纳闷呢。

阿朱就告诉刘笑，并不是所有的报纸杂志都要求稿件必须原创首发，而只需做到同省或同市独家就可以了。阿朱告诉了刘笑几个写手论坛，让刘笑多去那儿转转，那儿的知名并且擅于经营的写手，一个稿子能在十几家甚至几十家报刊发表，所以一个七八百字的稿子赚来千八百元稿酬绝不是不可能。

刘笑说，我不信，抢劫也没有这么高的效益。

阿朱说，你不信什么呀？你现在就把稿费单拿过来，算一算是多少。

刘笑就算了下，告诉阿朱，不算你们报纸的，是一百九十六块。

阿朱说，这不就明白了吗？这些都是你那篇《星期二下午》的稿费，还得有没寄来的呢。

刘笑说，《星期二下午》，我没给他们寄过。

哎呀呀呀！我的天哪！天哪！阿朱说，是我，是哥们儿我给你寄的。

刘笑就大笑起来，阿朱，我真的很感谢你。刚才你一问我收没收到稿费，我就知道是你帮我寄稿了。我还想听你说天哪天哪天哪，特别好玩。谢谢你，我现在就请你吃饭。

阿朱说，等会儿，你等一会儿，你把我气糊涂了。对了对了，我想起来了，我是闲出病来了，想给你提个醒。

刘笑说，你说。

阿朱说，你以后稿费会越来越多，稿费你能不能寄到家里一部分？都寄到单位，时间久了，领导和同事会眼气，会说你不务正业。

刘笑说，我家在北岸小区十八号楼四单元608室，再寄稿，你写这个地址好了。

天哪！我该你的欠你的？阿朱叫喊了起来。

你不是刚刚说过我是笨蛋吗？刘笑说，跟笨蛋讲不出道理。你等我，我马上打车去报社，请你，还有你干爸杨总编吃饭。

阿朱说，行了吧你呀，你又不喝酒。

刘笑说，我喝还不行吗？

阿朱说，喝也不行。

刘笑说，那我就也喝也不喝。

阿朱说，哥们儿，我跟你说句最最实在的话吧，我这人别的毛病没有，就是太有魅力了。我怕你见到我就要喜欢我、追我。

刘笑说，我还就不怕这个。

我怕。阿朱说了这两个字，就挂断了电话。

刘笑急忙回拨过去，是个老头接的电话。

我这儿是话吧，刚才打电话那闺女走了，刚进东北亚商场。老头说。

4

第二天的上午，刘笑去了涧河晨报社。他是真的想见见阿朱，但没见到。

阿朱开会去了，全省报纸副刊优秀稿件评选。杨帆说，我让她顺便也休休假，多玩几天。她把下两期的版面都编出来了，我估计怎么也得十天八天以后她能回来。

刘笑就叹了口气，说，真不巧。

杨帆说，那天文联那个笔会，你别往心里去，没谁怪你。那个筱英，唉，其实也挺不容易的。

刘笑说，我那天去，其实就是想见见阿朱，今天又没见到。我真很感谢你们，发了我那么多稿子。我说过要请阿朱吃饭，她没在家，我就请您吧。

杨帆就板了脸，说，刘笑你这么做就不对了。我们报纸，光是固定作者，没有一百也得有八十，要是都请我们吃饭，我们还干不干别的了？

刘笑说，别人我不管。您总得给我个表达感谢的机会，要不我心里太压得慌。

杨帆笑了，说，那，好吧。但有两个条件，一是不能喝酒，二是只能去小吃店。

刘笑就带着杨帆来到了自己家对楼的绿色农家饭庄。刘笑在这儿吃过几次饭，味道很不错的，价格也还适中。

那个就是我家。刘笑指着自己家的窗口，对杨帆说，一会儿吃过饭，到我那坐坐。

杨帆一边说以后有机会一定来，一边抬头，顺着刘笑手指的方向看。看到刘笑家对门的窗子上贴了房屋出租出卖的纸条，下边还注了电话号码，杨帆就小声地把电话号码读了出来，又说，这个号码好记，就最后这个数跟我的不一样，我是9989，这个是9980。

刘笑就拿过自己的小灵通，存上了杨帆的手机号码，又问，阿朱的是多少号？

杨帆说，她呀，昨天刚把手机丢了。

刘笑说，怪不得昨天她在话吧给我打电话。

进了绿色农家饭庄，杨帆只点了一盘韭黄炒鸡蛋、一盘尖椒干豆腐和两碗米饭，酒也没点。刘笑过意不去，但杨帆很坚持，还说要是再点菜的话，就得他请刘笑，不是刘笑请他。

刘笑说，那我给您要瓶好酒吧。

杨帆说，不喝，下午还有工作。你不知道，阿朱特别反对我喝酒。

饭菜很快就上来了，杨帆告诉刘笑，文联举办笔会那天，他喝得走了样，是因为那天是他亲生女儿的祭日。

饭吃完时是午间十一点半多一点，杨帆回了报社，刘笑也回了自己单位。

晚上下了班，回到楼下，刘笑无意中一抬头，发现对门607窗子上贴的房条不见了。上了楼，刘笑看到607搬来了一对夫妇。夫妇的年纪看上去都是四十七八岁的样子，正在门口拖地。刘笑知道对门空着有三个多月了，出租出卖房条贴出去也有一个月了，今天看来是租出去或者卖出去了。

小伙子，今后咱们就是邻居了。夫妇中的丈夫笑着跟刘笑打招呼。

好啊！今后还要请您二老多多关照我。刘笑说。

相互客套了几句，刘笑就进屋了。

接下来的一周，没什么好讲的。除了上班、看书和写稿子，刘笑就是吃饭和睡觉了。

所以我要讲的是第八天和第九天。

第八天这天的傍晚，刘笑下班回家，来到五楼半时，就看到一个女孩子坐在六楼的台阶上，双手抱着脚脖，下巴垫在膝盖上。

刘笑就问了句，你找谁？

女孩子白了他一眼，说，你管得着吗？我谁也不找。女孩子的嗓音很沙哑。

刘笑就摊了下双手，没再说什么，侧身从女孩子身边走过，开了自家房门，进了屋。

刘笑刚刚随手带上了门，就听见女孩子咚咚咚地敲他的门。喂喂！你懂不懂得什么叫怜香惜玉啊？我在找我的钥匙，我进不去屋了！女孩子在喊。

刘笑又打开房门。

女孩子指了下607房门，说，我爸我妈不知去哪了，我进不去屋。我想我家阳台窗户没有关，你从你家阳台爬到我家，帮我把门开开，我不用谢你是不是？

刘笑就笑了，说，你能不能先去公安局开个证明，证明你不是小偷。

女孩子撇了撇嘴巴，说，嘁！小偷有长我这么漂亮的吗？

刘笑就认真打量了一番女孩子。女孩子长得真挺漂亮的，很像演员周迅。他说，那你能不能先给120打个电话，让救护车在楼下接着我？

你这么大个男人怎么这么啰嗦？我要是你，我马上买块豆腐一头撞死。女孩子说，你让开，我自己爬阳台。这年月，求人办事可真难！

刘笑闪开了身子，说，你不用怕你进来我就把门锁上，真的，我才单身二十多年。

女孩子后退了一步，说，我告诉你，我可练过跆拳道，都戴黑腰带了，黑腰带你懂不？女孩子说到这儿，啊的喊了一声，同时做了个侧踢。

两个人又说了一小会儿话，607 的那对夫妇上楼了。

女孩子说，爸，妈，我都要饿死了！

女孩子的母亲说，姑娘，你嗓子怎么哑了？

嫁不出去上火了呗。女孩子说。

一家三口就进了家门，走在最后的女孩子的父亲向刘笑摆了摆手，算是打招呼。

5

下面我接着讲第九天。

这天傍晚，刘笑回到家时，607 那女孩子又坐在了楼梯台阶上。

刘笑就笑了，说，又在等钥匙？

女孩子说，不是，我在等小偷。

刘笑一愣。女孩子就指了指她家的门，门上贴了张 A4 白纸，上面写了两行大字：主人出国旅游，梳妆台上没有现金 300 万（美元）。

刘笑说，总能把自己弄得进不了家门，也不挺容易的。没事，你慢慢等，要不要我再给你加个 0？

女孩子说，你别幸灾乐祸好不好？我出来倒垃圾，钥匙放屋里了，门它自己就关上了，我有什么办法？除了等小偷。

刘笑说，我回家了，反正你爸你妈一会儿就能回来。

你这人真够自作聪明的。我告诉你，我爸我妈去青岛旅游了，一个月回来是早的。女孩子说。

刘笑哈哈大笑，说，这有什么关系？我进屋给你拿个小板凳，你坐门口慢慢等。要是饿了，我那还有点剩饭剩菜，反正扔了也是扔了。

女孩子跳了起来，说，冷血！冷血！冷血！你就不能请我住你家，你坐门口等？

刘笑说，我害怕，我又没学过跆拳道。刘笑边说边打开他家房门，然后转身下楼了。

喂喂！你干什么去？女孩子喊。

我去请小偷。刘笑说。

大约半个小时以后，刘笑满头大汗地回来了，领来了一个开锁老头。女孩子正倚在刘笑家门口，左手拿着半个面包，右手里是一根刚剥了皮的火腿肠。

刘笑说，冰箱里还有两盒牛奶，别噎着你。

女孩子嘻嘻一笑，说，放那你怎么能放心呢？女孩子边说边将面包放到右手，腾出左手，拍了拍自己的肚子，说，放这里才把握。

刘笑就叹了口气，说，那我晚饭，还有明天的早饭怎么办？

女孩子又咬了口面包，边嚼边说，你这么大的男人，别连鸡毛蒜皮的小事都让别人给你拿主意好不好？人家会瞧不起你的，也就是我好心提醒你。

两人说话间，老头将女孩子家的门打开了。女孩子问了工钱，进屋拿了钱给老头，她就进屋了，带上了门。

刘笑就敲她的门，说，你就不能说声谢谢我？

女孩子哗的一声打开门，将半个面包和少半根火腿肠塞到刘笑手里，说，快拿去吃吧，反正我扔了也是扔了。

咣！女孩子关上了门。

哗啦啦，女孩子锁上了锁。

刘笑揭下“梳妆台上没有现金 300 万（美元）”这张 A4 纸，仔细端详，接着就大笑起来。

第二天，到了单位，刘笑又收到了两张外省寄来的稿酬单，他就想，阿朱应该回来了吧？他就给杨帆打了电话，杨帆告诉他，阿朱回来了，可能是累着了，有点感冒，但带病坚持工作。

刘笑就去了涧河晨报社，一进副刊编辑部，就看到他家对门 607 那个女孩子，正坐在电脑前改稿子。

刘笑一愣，说，你？

女孩子说，你什么你？

刘笑哈哈大笑，说，阿朱！原来你就是阿朱！

怎么的？不行啊？阿朱说。

这时候杨帆也走了进来。他告诉刘笑，阿朱家那一片要动迁盖新楼，得暂时租个房子住。他说刘笑请他吃饭那天，他看到 607 贴了房条，就给阿朱的父母打了电话，阿朱的父母当天下午就搬过去了。

6

阿朱和刘笑接下来的故事，我就不细讲了。我要交代几句的是，他们两个在这次正式见面后的第十个月，也就是上个周日，结婚了。

婚礼还算热闹。本来是该由刘笑的经理主持，却被《北岸文艺》执行主编和那个筱英抢去了。这对中老年手挽着手，还不时嘴对耳地小声嘀咕着什么，样子相当可疑啊。

亲人朋友都散去了，刘笑问我，你那天真是出来倒垃圾，门就自己锁上了？我怎么不信？

我嘻嘻笑了。

我说过的，阿朱和刘笑的故事，我来讲很合适。

私家侦探

1

还是先说说我第二次见到杨飞扬时的情形吧，当时的场面，我觉得真就挺好玩的。

那天是一个周五还是周四，我如今记不太清楚了。我只记得那个午后，我喝了两瓶啤酒。你要知道，我酒量的上限是一瓶啤酒，还得说是 500 毫升而非 630 毫升的那种。被采访对象连哄劝带要挟地灌下两瓶啤酒之后，我的心中不说豪情万丈吧，豪情三四米还是有的。

从酒桌上撤下来的时候，我的采访对象要开车送我回报社。我说，不用，我回家，我自己走回去就行。我的采访对象说，你家在哪？上车，我送你到家。我没有同意。饭店到我家，只隔了一条街，铆大劲也就 300 米的样子。我的采访对象就开车走了，临上车前还拍了拍我的肩膀，语重心长地说，兄弟，你得抓紧把你酒量整上去啊，要不多耽误事。

我的这个采访对象是个年近 40 岁的男子，和我同一个姓氏，但他叫李什么宏还是李宏什么，我一直没记住。如果不出什么意外的话，在这个故事的结尾，我还会提到他。现在，我还是按照当时的时间顺序往下讲吧。

因为喝多了酒，急着回家睡觉，我很快就来到了北岸街。走到北岸街和桥旗路的交汇口，也就是离我家还有大约100米的地方时，我遇到一伙人在打架。具体说来，是三个十八九岁的男孩子在打一个小伙子。三个男孩子动手的同时，嘴也没闲着，我估计被打小伙子的三代以内的女性长辈，都被这三个男孩子的语言逐一暴力了。而被打的小伙子，他可能是为了节省体力吧，就一言不发，一五一十地招架和回击，但还是有点落了下风。当时是下午两点半左右，气温接近40摄氏度，所以街上的车辆和行人都不多。仅有的十几个路人都远远地站着，在看热闹，其中一位老兄半蹲在地上，用左手托着右肘，右手托着下巴，俨然山寨版的思想者。

按说以往遇到类似的事情，我总是一走了之的。我可不是个爱凑热闹的人，我们总编就说过我需要加强训练一下自己的新闻敏感。但你不要忘了，这会儿我心中的豪情正经好几米呢。我就想，我靠，三个打一个，真不讲究。这样想的时候，我已经一个箭步——也或者是弓步？待考——冲上前。我大喊一声，住手，警察！这样喊时，天知道因为什么，我竟然顺风顺水地就摆出了一个半蹲的马步造型，同时左手攥住右腕，右手则比量出了一个枪的样子，不是一般地雷人啊！

而更加雷人的是，那三个打人的男孩子听我一喊，就头也不回地跑掉了，跑得追风逐电，跑得一往无前，转眼就没了踪影，而我也该回家睡我的觉去了。这倒不是说我觉悟高，惯于做好事不留名。而是经过这番短暂的折腾，我似乎是有些清醒了。我隐约觉出我刚刚的举动，百分之一百二十五涉嫌冒险，而先前看热闹的那十几个人正围上前来，我可没心思答对他们。

我刚刚走出没几步，被打小伙子在我斜后方突然喊出了三个字：李晓宇。

我就猛地站住了。我靠，这小子怎么知道我的名字？

紧接着，我就转过身来，上下左右地打量他。这人身板很壮，肤色古铜，很粗的眉毛呈八字形，是，我以前的确应该是见过他，可他到底是谁呢？

小伙子说，咋的？想不起来我了咋的？

我试试探探地说，沸，沸羊羊？

小伙子哈哈一笑，露出了被打得出血的牙龈，说，是啊是啊，我是沸羊羊。

2

沸羊羊的原名是杨飞扬，沸羊羊是他的网名。你要是看过动画片《喜羊羊和灰太狼》，你就会发现，杨飞扬长得真就挺像沸羊羊的。而如果把他名字中间的那个字提到前边，读音就更像沸羊羊了。也就是因为这两个缘故，杨飞扬就把沸羊羊做了自己的网名。

而说到我和他的最初相识，就有点更加不靠谱了。

应该是去年年底的一天，总编第 N 次批评我新闻敏感不强，总也采写不来像样的稿子。我很郁闷。我知道，总编所说的新闻敏感是借口，他认为像样的新闻稿子，其实就是给商家写的软广告罢了。但我没法反驳总编，人在屋檐下，你忍着就是了，不忍也得忍。

那天下班，我的脖子就总是支不住脑袋。我低着头往家走，走着走着，就咣的一声撞在了路灯杆子上。眼前的一堆星星磨磨蹭蹭地消散之后，我总算把捂着脑门的双手撤了下来。紧接着，我把路灯杆子当成了总编，毫不犹豫地使劲踢出一脚。总编疼没疼，我不知道；我只知道自己的冷汗决堤一样涌了出来，我的嘴巴、鼻子、眼睛也不再安守在它们该在的位置了。呼哧呼哧喘了几口恶气，我突然就忍不住笑了。真是犯不上啊，跟路灯杆子较哪门子劲啊？万一被哪个唯恐天下不乱的人拍下视频，传到网上，妥，又多一个撞路灯门。

也许就是因为心情平静了下来，我发现路灯杆子上原来贴着一张电脑打印的不干胶小广告，名片一样大小，右下角被撕掉了一条。小广告上面的五分之四幅面，写着“私家侦探”四个字，是那种笨呵呵的综艺字体，还加粗了好几级，难看归难看，视觉冲击效果还是不错的；下面的幅面是两行字，第一行是一个 QQ 号码，竟然是个 7 位数的，蛮拽；第二行应该是一个电话号码。我拿出手机，记下了这个

QQ 号码，但没记下电话号码，因为“电话号码”后面的具体数字，已经被撕掉了。

我觉得这是个不错的新闻线索，第二天一上班，我就打开电脑，登录 QQ，加这个私家侦探为好友。对于侦探这个行当，我是很有些好奇的。我想知道他们的工作是不是有很大的风险，雇用他们的都是一些什么人，他们的收入状况如何。我尤其想知道他们工作的细节，包括他们使用的技术手段。

QQ 资料显示，这个侦探叫沸羊羊，年龄那项注明是 102 岁。没了，就这些。我是看过《喜羊羊和灰太狼》的，知道片中沸羊羊很听美羊羊的话。为了能让接下来的采访博个好彩头吧，我在正式加沸羊羊为好友前，把自己的 QQ 名改成了美羊羊。

——你好，我是美羊羊。

——嗯，你也好。

——我在北岸街看到了你贴的广告。

——嗯。广告？

——是啊，侦探。

——嗯。

这样打过招呼，我就觉得没有必要绕什么圈子了。我正想直接告诉他我是记者，如果他方便，我打算采访一下他，他发过来一个憨笑的笑脸表情。而他接下来发过来的一段话，让我吃惊不小，我的整个后背都唰地一凉。

——你姓李，叫李晓宇，润河晨报的记者。

——你真强！不愧是侦探。

接下来我就告诉他我想采访他，并且一再声明不会泄露他的身份。我以为他一定会拒绝的，他却爽快地答应了。他说他刚刚接了一个大活，干完这个大活，他就来找我。我问他我要等多久，他说最快一周，最慢一个半月。

就这样，我和沸羊羊取得了联系。而待到我真的见到他时，已是今年的春天了。

3

现在，我接着说我和沸羊羊第二次见面时的情形。

我挺担心那三个男孩子真把沸羊羊打伤了，他年纪轻轻的，身体缺了什么零配件都不好，我就建议他去医院检查一下。他却用右手掌啪地拍了下自己的胸口，说，啥事没有，就咱这体格，军用的，钢钢禁造。沸羊羊的话里有东北土语，还好，我听得懂，他是在说自己的体质很好，特别能够禁得起击打。

我就问他为什么挨打。我说，怎么搞的？是不是偷拍被人家发现了？

他停止了拍打身上尘土的动作，说，那不可能，那咋可能呢？就咱这手法，累死他他也发现不了。

接下来沸羊羊就告诉我，他刚才只是经过这里，看到一个中年男人指使三个男孩子打一个女子。沸羊羊上前劝阻，中年男人摆了摆手，三个男孩子就上前打沸羊羊，而中年男人一把扯住女子的手，上了一辆黑色的奥迪 A8，开车走了。

我操他个瞎妈戴眼镜的。沸羊羊大骂，那三个小崽子下手都挺狠。你要是再晚来一小会儿，我备不住真得交代到这疙瘩，我操他妈的。

这时候，那十几个看热闹的人已经围上来了，想要向我和沸羊羊表达诚挚的问候和良好的祝愿，但又好像不好意思开口。那个山寨思想者就抢了先，他是个结巴，他问我和沸羊羊，咋，咋咋咋，咋回事？当时路边的一块广告牌上，刚好贴有电影《唐山大地震》的宣传海报，我就说，拍，拍拍拍，拍电影呢。之后我就说一不二地对这十几个人挥了下右臂，我说，好了好了，散了吧，下一组镜头明天再拍。那十几个人就走了，山寨思想者却又问，啥，啥啥啥，啥电影？我说，涧，涧涧涧，涧河大热闹。

撂下山寨思想者，我和沸羊羊就往我家住的那个小区走。边走我边问沸羊羊，那个中年男人，会不会跟那个女子是两口子？人家要是在闹夫妻矛盾，你往里掺和，不是主动找挨打吗？

沸羊羊撇了撇嘴，说，你可巴能扯。那女的长啥样我没看清，但年纪也就 20 刚出头那样；那个老爷们儿，咋也得小 50 了，给她当一个半爹都拐弯。再说了，有在大街上打老婆的吗？就算有，自己不动手，让三个小崽子打自己老婆，你信？

我说，我不信。

这样说着话，我们就来到了我家小区门口。我邀请沸羊羊到我家坐坐，他说，不聊了，哪天的吧，哪天我请你喝酒，今天要不是你帮我……

我打断他的话，说，把你手机号码给我。

我们两个交换手机号码的时候，我问沸羊羊，你说实话，当初我在 QQ 上联系到你，你怎么知道我的名字和身份？

沸羊羊有些不好意思地嘿嘿笑了，还抬手挠了下后脑勺，说，这个，这个，下次见面我保准告诉你，谁撒谎谁是王八犊子。

我说，也行。

之后，他走他的，我回家睡下了。

4

沸羊羊说请我喝酒，他说到做到。大约两个星期以后，如果我没记错的话，就是今年立秋的前一天，他给我打来电话，让我去桥旗路中段的第八感觉酒店找他。

不用掰手指头计算，我知道这是我第三次见到沸羊羊。这次见面，沸羊羊突然告诉我，他不再做私家侦探了。至于原因是什么，我三五句话说不清楚，索性就等一会儿再说。现在，我还是先讲一讲，我第一次见到他时的前后情形吧。

前面我已经说过了，在 QQ 上，沸羊羊同意接受我的采访，他还说最快一周、最慢一个半月就跟我联系。我就等，眼巴巴地等，傻呵呵地等，最焦急的时候，挠墙的心思我都有，可他一直不跟我联系。我在 QQ 上给他留过几次言，他一次也没有回复。后来我就不急了，我知道沸羊羊这是拒绝我了。我猜想，沸羊羊应该是有所顾忌的，毕竟他干的是个具有保密性质，并且不能完全摆到桌面上的行当。

而在这期间，我的工作也稍有变动。总编一定是确信我没有能力给商家写软广告，不能让商家有钱捧个钱场，没钱就借钱捧个钱场，他就让我做了编辑，每天编一块社会新闻版，也就是每天浏览各大网站，专门划拉 18 岁小伙迎娶 100 岁老妇，或者儿媳嫁给公爹，以及木乃伊顺产下龙凤胎这类的小道消息，转载到报纸上。许是怕我大材小用，总编就又给我安排了一项工作，每周再做一块口述实录版，说白了就是找那些在情感上有波折的人，让他们讲讲自己的经历，然后，我根据他们的“口述”，每周“实录”下来四千字左右的一篇文章。

到了今年春天，我已经忘了曾在 QQ 上跟一个私家侦探有过联系的时候，沸羊羊在 QQ 上找到了我。

——你好李晓宇。

——哦，还行，你也好。

——我是沸羊羊，你找过我。

——哦，是吗?

——我是那个私家侦探，想起来了吧?

——哦，想起来了，想起来了。

我和沸羊羊就在我们报社后身的茶座见了面。因为当初急着采访的热情早就冷却了，我就有点打不起精神来。而更让我犯困的是，我发现沸羊羊并不是那种严格意义上的私家侦探，他至多是个侦探票友罢了。他的真实身份是一家物业公司的保安。去年底，他打算在业余时间做侦探，他的预想是一旦运气好，瞎猫碰上死耗子，接上几单大生意，他就会哗啦一下脱贫。他就制作了一些不干胶小广告，四处张贴，怕城管或者公安部门追查，他就把广告下方的电话号码撕掉了。当然了，他也配备了 DV 机、相机、录音笔、摄像头、望远镜这类家什，但基本从没有派上过用场。

我问沸羊羊，除了我，难道就没人找你？

他说，有，咋没有呢？找我的人老鼻子了。沸羊羊说的老鼻子，还是东北话，意思是特别多。

之后沸羊羊就给我讲，一个女人雇用他去跟踪她的丈夫，找到她丈夫婚外情的铁证。这也就是我第一次跟他 QQ 联系时，他说的那个刚刚接手的大活。我让他讲一讲经过，他却支支吾吾。我就问他，这个大活你赚了多少？他果断地伸出右手掌。我说，五千块？他摇头。我说，五万？他还是摇头。我说，五百？他仍旧摇头。我说，五十？他点头，说，嗯哪。我强忍着，总算没笑出声来。

在感叹了几句侦探不好干之后，他说，钱不钱都是次要的，主要是我稀罕侦探这活儿，嗷嗷刺激，动不动就整得我浑身一激灵一激灵的，贼拉拉过瘾。

我说，对，那是那是。

说完这句废话，正好有个女士打电话给我，要向我“口述”她的情感经历。我就跟沸羊羊告别，并且告诉他，我没法把他的事情见报。我谎称我们涧河晨报刚刚出台了新规定，对于敏感的新事物，暂时不予报道。

沸羊羊很失落，说，这扯不扯？这扯不扯？早知道这样，一开始我就该麻溜来找你，你说我端啥臭架子吧？

我就劝他，就算报社没这规定，为他的安全考虑，我也不能写他。

沸羊羊说，兄弟，别管咋样吧，我谢谢你。以后有用得着我的地方，你喊一嗓子，保准好使。

5

有的时候，这个世界真就是小啊。我和沸羊羊第一次见面时，打电话给我，要向我诉说情感经历的那个女士，当天下午我采访了她。

这个女士说她复姓轩辕，自称 26 岁，而这显然应该是她三女儿的年纪。轩辕女士讲起话来出离后现代主义，拼贴、重叠、意识流、文本套文本，总之就是啰里啰嗦和东一榔头西一棒子吧，砸得我脑子里面乱成了一锅粥。但我还是听懂了她的情感经历，简单地说，就是两个字：出轨；要是详细点说呢，就是她出轨之后赫然发现，在她出轨之前，她丈夫原来已经出轨了。这显然就有些无聊了。

可就在我打算放弃这次采访时，轩辕女士的一句话，让我全身过电一样激灵一抖。她说，我为了全面抓住我家先生的把柄，我雇了一个私家侦探，叫什么沸羊羊。

我说，那请你详细讲一讲沸羊羊吧。

轩辕女士说，他有什么可好讲的，蛮乎傻呵的。

我说，还是讲一讲吧。

轩辕女士就讲了，而且讲得还算有条理和层次。于是，在轩辕女士的偏现实主义的讲述中，我看到沸羊羊拿着 DV 机，慌里慌张地上了一辆红白相间的千里马出租车，远远地跟踪轩辕女士的丈夫。轩辕女士的丈夫进了北岸宾馆，沸羊羊也跟了进去。欸？轩辕女士的丈夫进哪个房间了？对，准是 208。沸羊羊就屏着呼吸、顶着一脑门汗水，蹑手蹑脚地来到 208 门口，刚把耳朵贴在门板上，门哗啦一声打开了。里面出来的两个中年男子很不懂江湖规矩啊，二话没说，抢过沸羊羊的 DV 机，就啪啦一声摔碎在地上，沸羊羊还没回过神，就被这二人打倒在了地上。沸羊羊问，你们凭啥打我？换来的是这二人的又一顿暴踹。在沸羊羊五光十色的呻吟的伴奏下，这二人相互搂着对方的脖子，哼着悠扬舒展的小调，迈着四四方方的步子，走了。

要不是看他眼睛肿得睁不开，轩辕女士说，怪可怜的，那 50 块钱我都不给他。

我说，嗯，善良的人都会有好报的。

说这句话的时候，我几乎可以百分之百确定，当初我在 QQ 上跟沸羊羊取得联系以后，他迟迟不来找我，应该是在养伤。

6

现在，我接着前面的话头，讲第三次见到沸羊羊时的情形。

在第八感觉酒店最东边的那个单间，沸羊羊真可谓容光焕发，笑得让我都要看见他的智牙和会厌软骨了。

我说，咱们就开门见山，你当初怎么知道我的名字，还有我的工作单位？

沸羊羊说，那天你一跟我说话，我就在百度上搜你 QQ 号，搜出来了。

我就忍不住苦笑。这之前，我一直以为沸羊羊好歹是侦探啊，无论如何也得有点超常规的手法和技能。我靠！我怎么就忘了我们报纸有电子版，我们这些编辑记者的各种联系方式都挂在网上呢？

我说，今天怎么这么高兴？又接到大活儿了？

沸羊羊竖起右掌，又把左掌平放在上面，他说，No！什么侦探！以前我是脑袋让毛驴子给踢了，今后我再也不扯那个王八犊子了。

我说，嘿！太阳打东西南北一起出来了？

沸羊羊说，你这么说也行。

我说，你别跟我绕弯子，直说吧，碰到什么好事了？

沸羊羊的脸红了，说，那个，那啥吧，我，我处对象了。

接下来，沸羊羊就跟我讲了他的恋爱经过。

就在我和沸羊羊上次街头重逢之后的第三天，有个网名叫美羊羊的人加他为 QQ 好友。一开始他以为这个美羊羊是我，但聊了几句后，知道对方是个女子。他们两个人在网上具体都聊了些什么，我在这里没有必要细讲，只说结果吧，就是两个人聊得格外投机，几天后就火烧火燎地见了面。

这个美羊羊，名叫余纯。

余纯长得嗷嗷带劲！沸羊羊用东北话向我直抒胸臆，翻译成普通话，就是余纯长得特别漂亮。

沸羊羊和余纯见面之后，两个人就来到了我们现在所在的第八感觉酒店的这个单间。两个人话越说越投机，酒也就越喝越多。我在前面说过，我的酒量不上台面。沸羊羊的酒量呢，最多也就比我高出一毫升或者两毫克的样子。当他醒过来时，就发现自己以净重的方式躺在一家宾馆的床上。而余纯呢，正在扎实稳健地结束他的童子生涯。沸羊羊既惊又喜，既喜又惊，紧接着就哼哼唧唧地哭了起来。余纯就安慰他，还说他是她梦中的王子。至于他们二人之间还说了些什么话，我在这里不便过多引用，因为那些话语，当事人听来沉醉、舒坦、过瘾，局外人听来却有鸡皮疙瘩落一地的麻烦。

沸羊羊就和余纯过起了同居生活。余纯建议他别做私家侦探了，沸羊羊就理所当然地不做了。

沸羊羊说他约我，一来是表达一下谢意，感谢我上次对他的帮助；二来呢，他是想把他的幸福也向我“口述”一下，让我给他“实录”一下。

挺好一张报纸，你别老整那些哭叽尿嚎的婚外恋，沸羊羊说，你也整一点像我这样阳光灿烂的。

我说，行，没问题。

接下来，我就问问沸羊羊，他对余纯的过往了解多少，她多大年纪、做什么工作、家庭背景如何。可这个时候，沸羊羊接了一个电话，然后就告诉我，电话是余纯打来的，她已经到了酒店的门口。

我说，那快让她进来啊。

余纯看上去应该是25岁左右吧，小小的嘴巴，大大的眼睛，长发，肤色很白。我得承认，余纯长得不难看，虽然不见得像沸羊羊说的那样嫩嫩带劲，但配沸羊羊，实在是过于宽裕了。

余纯像个乖孩子那样不多言，偶尔说上一句半句的，是那种很嗲的童音。我是有些受不了这种音质的，而沸羊羊显然很受用，他幸福得就像一块奶酪，已经化开了、摊开了，甚至流淌开了。

我们三个客套了三两分钟，沸羊羊正要向我正式口述他的阳光灿烂，总编给我打来了电话，说我编的那块社会新闻版出错了，让我马上回报社。总编的声音声嘶力竭的，我觉得我那块版十有八九是犯了导向性的错误。

我就急忙赶回报社，原来只是一个小标题里出现了一个错字，被罚款 5 元就摆平，害我白白紧张了一场。

7

这之后，我没有联系沸羊羊，而恋爱中的他，自然也没闲工夫主动找我。

待到秋天快要结束，干枯的树叶满大街撒欢的那天，沸羊羊又给我打来了电话。我就去了他说的老窝子，也就是我们上次见面的第八感觉酒店的那个单间。

这是我第四次见到沸羊羊，也是我最后一次见到他。

沸羊羊的脸色阴得一把攥得出水。我问他，怎么了？沸羊羊摇了摇头。我又问，余纯她惹你生气了？沸羊羊又摇了摇头。

我就有点压不住火，大声说，有什么事，你直说！

沸羊羊用两只手掌使劲揉搓前额，说，我，我还想干侦探！

我说，余纯不是不让你干了吗？

沸羊羊说，是啊，我还没敢告诉她，我想让你帮我拿拿主意。

我说，那我就实话实说了，你不适合做那行。

沸羊羊说，我也知道我笨，但这活我得接，我就再干这一次。

接下来，沸羊羊就告诉我，他很想跟余纯结婚，可他根本拿不出这笔费用。而就在两天前，有个男人 QQ 联系上了沸羊羊，想雇用沸羊羊找寻他妻子的下落。男人说，他可以先支付给沸羊羊 1 万元钱，如果沸羊羊能够找到他的妻子，他再奉上 10 万元。

我说，你已经见到那个男人了？

他说，还没呢，这不跟你商量呢嘛。

我说，我是不相信天上掉馅饼，还正好热乎乎地掉我嘴边。

他说，我也不咋信，可是……

我说，你不是让我给你拿主意吗？我的主意就是从现在开始，你把你那个 QQ 号扔掉，有多远扔多远。那个男人，他说不定给你设了多少陷阱和圈套。

沸羊羊很慢地点了点头，说，嗯，嗯哪。

但是事后我才知道，沸羊羊第二天还是去见了那个男人。男人 30 多岁的样子，一张正宗猪腰子脸，上面胡乱摆放了大得离谱的眼睛、抠抠搜搜的蒜瓣鼻子和两颗果断地伸出嘴唇之外的门牙。

男人没有食言，预先支付给沸羊羊 1 万元钱。

沸羊羊双手哆哆嗦嗦地接过钱，脸上的表情像笑又像哭，他的呼吸和心跳呢，事先商量好了似的一起在造反，忽而慢到没有，忽而快得数不过来个数。而当男人将他妻子的照片递给沸羊羊时，沸羊羊差一点就像一摊烂泥那样瘫在地上。

照片上的女子，原来是余纯！

8

老实说，故事讲到这儿，我就不想再往下讲了。一来，将悬念大把大把地送给读者，这种慷慨是我的强项；二来，故事接着往下讲，沸羊羊就真的死了，这实在不是我想见到的局面。

在讲沸羊羊死去之前，我得先说说他认识余纯之前接手的另外一个大活。这段经历，就是我第四次见到他那天，他在第八感觉酒店讲给我听的。老实说，要是没有这段经历，沸羊羊给我的印象，不过就只是一个不够聪明但足够倒运的愣小子而已，我也不会有心思来写下这个故事。

那次雇用沸羊羊的，是涧河一中一个在读初二的男生，15 岁。男生也是通过 QQ 联系上沸羊羊的，他给了沸羊羊 100 元钱，让沸羊羊帮他找到一个男人的家。

沸羊羊挠了挠后脑勺，说，你找这个男的，干啥呀？

男生翻了个白眼，说，你管那么多干什么？

沸羊羊说，我，我。

男生说，你我什么我？你不能干就拉倒。

男生的话就像一个火种，腾一下点燃了沸羊羊心中的万千豪情。沸羊羊说，咋的？瞧不起我咋的？别说就是找个人，就是三条腿的蛤蟆，你让我找，我都能给你找来一大帮。

男生用鼻子哼了一声，说，吹牛谁不会啊？

沸羊羊把 100 元钱塞在男生手里，转身就走。

男生喊住了沸羊羊。男生说，你别生气啊你，我是心情不好，还感冒了，才跟你发牢骚。说着话，男生一边咳嗽一边又将那 100 元钱塞回沸羊羊手中。沸羊羊没再拒绝，因为此前的一连几个晚上，他都在潜心研究侦探知识，结果白天上班时睡着了，就被他所在的物业公司的经理臭骂了一顿，并且扣掉了他半个月的工资。

接下来，男生给了沸羊羊一张照片，说，就是这个人。

接过照片，沸羊羊的脑子里就轰隆一声。男生要找的这人，原来就是沸羊羊所在物业公司的经理。随即沸羊羊就笑了，因为他就算闭着眼睛，也能找到经理家的。他就在心里小声念叨，他娘个狗尾巴的，这 100 块钱捡得腰都不用哈。

男生说，你估计要几天能找到他家。

沸羊羊假装皱眉思索，说，要说快，明天就差不多；要说慢，还不得十天半拉月啊。

男生说，行，我就给你十天时间，事成之后，我再给你 200 块。

沸羊羊嘿嘿一笑，说，嗯哪，就这么定了。

跟男生分手以后，沸羊羊就想，经理这人除了爱骂人，除了爱占点小便宜，除了有些好色，总是勾搭一些不三不四的女人，再除了其他杂七杂八的毛病，他还真就没什么毛病。男生要我找到他家，到底想干啥呀？唉，我想那么多干啥，先用这 100 块钱买点肉、买点酒，犒劳自己一下吧。结果呢，因为酒喝得有点过量，沸羊羊崴伤了脚脖子。傍晚的时候，沸羊羊去北岸医院看病，就又见到了那个男生和男生的妈妈。

男生偷偷对沸羊羊做了个鬼脸，沸羊羊对男生吐了下舌头，两个人都没有说什么。

沸羊羊的脚脖伤得并不重，第二天他就坚持上班。午间快要吃饭的时候，一个女人来找经理。这个女人，就是那个男生的妈妈。男生的妈妈不认得沸羊羊，她说她是来找经理洽谈一个合作项目，可他们之间的眉来眼去，让沸羊羊知道了什么是此地无银三百两。他们二人走出房门时，经理飞快地在她的屁股上摸了一把，沸羊羊就更加知道他们二人的关系了。

沸羊羊就想，男生让我找到经理的家，到底想干啥？

几天之后，男生再次约见了沸羊羊。

沸羊羊说，你那天咋也去医院了？

男生说，发烧，去打静点。你别问这些没用的，你到底什么时候能找到他家？我恨不得现在就把他家炸了！我让他给我爸戴绿帽子！

沸羊羊慌忙掏出 100 元钱，递给男生，说，那个，那个，对不起啦，你这活我接不了了。

男生说，你玩我呢？有你这么办事的吗？

沸羊羊站起身，撒腿就跑。

接下来的几天，沸羊羊总是想找个机会跟经理好好谈谈。你家都要被人炸了，你还整天咋咋呼呼抖搂个什么啊？但沸羊羊同样清楚，他要是找经理谈，最直接的结果很可能就是他被炒鱿鱼。而不跟经理谈呢，他心里这块大石头就总是心惊肉跳地悬着。我他妈的操这些闲心图个啥呀？这样问自己的时候，沸羊羊的牙疼就犯了，两个腮帮子肿得锃亮，夜里可以财大气粗地勒令 100 瓦的节能灯泡下岗。

再后来，沸羊羊费了一些周折，从经理的手机里找到了男生的妈妈的手机号码。沸羊羊就去了公用话吧，拨打男生的妈妈的手机。

电话通了，沸羊羊照着他前一晚熬夜写出的草稿，字正腔圆地说，我是涧河市国家安全局的首席侦探，我知道你叫王水妹，你的15 岁的儿子在涧河一中初二（3）班。我代表国家安全局通告你，请你今后不要再跟北岸物业公司的赵长海经理有任何来往，因为我们有足够的证据证明，如果你仍旧跟赵长海来往，你的儿子就会去赵长海家制造爆炸案。

沸羊羊写的草稿其实还有至少 200 字，但说到这儿，他就挂断了电话。因为他的心脏跳得都要从他的嘴巴里扑棱一声飞出来了，他无论如何也做不到字正腔圆。再就是，电话那头，男生的妈妈一个劲地说，是，是，我错了，我知道我错了。男生妈妈的声音里，满是水汪汪的哭腔。

这之后，沸羊羊果然再没看到男生的妈妈与经理有所往来。沸羊羊这才把憋在胸口的那口气，缓缓地长吁出来。

9

沸羊羊的死，我是后来从北岸公安分局那里知道的。

沸羊羊的死，显然和余纯有关。余纯其实并不是她的真名，她的真名，沸羊羊到死都不知道，那我们就还是叫她余纯吧。

据北岸公安分局刑警介绍，余纯是一家夜总会的小姐，被一个男人包养了。这个男人，就是当初在北岸街上指使三个马仔殴打沸羊羊的那个人。为了讲起来方便，我姑且称呼这个男人为老板，事实上他也的确是一家小煤矿的老板。

老板那天之所以在大街上让他的手下打余纯，是因为余纯提出结束包养，并且偷偷逃了出来。就在余纯被打得绝望的时候，沸羊羊经过那里，上前制止。当时沸羊羊没有看清余纯的长相，余纯却把沸羊羊牢牢记在了心里。余纯再次从老板那里成功逃出来之后，她就找到了沸羊羊。至于她是怎么找到沸羊羊的，警方也不是特别清楚，反正一个人真心想找到另一个人时，办法总会有的。

而雇用沸羊羊，说要寻找自己妻子的那个男人，他其实是老板的手下。老板命令他找到余纯，他找不到，就辗转联系上了沸羊羊，还拿出了余纯的照片。

沸羊羊自然很是惊恐，但后来，他还是把有人雇用他来找寻余纯这件事，跟余纯说了。余纯呢，哭着向沸羊羊说了自己的过往。两个人商量来商量去，最终决定双双离开涧河，去沸羊羊的老家绥北县。两个人带着简单的行囊，乘坐 18 路公交车去了涧河火车站。刚一下公交车，老板的奥迪 A8 就从斜后方撞向他们二人。沸羊羊一把推开了余纯，他自己就倒了下去。

我问刑警，老板怎么知道沸羊羊和余纯要离开涧河？

刑警说，就是巧合，该着。

按照刑警的说法，老板那天是自己开车去参加一个什么宴会，车子行驶到火车站，他看到了沸羊羊和余纯。老板这样想，原来他们俩这是早就串通好了啊！老板很是生气，就狠踩一脚油门，想要把余纯和沸羊羊全都撞死。

故事到这儿，似乎就真的讲完了。可我分明记得，在故事的开头，我说到了一个叫李什么宏或者李宏什么的人。当时我只是说他是我的一个采访对象，其实他还是我那块口述实录版的冠名赞助商。

除了前面说过的年近 40 岁，我不想过多介绍李什么宏或者李宏什么了。我只想说，第一场大雪将涧河市装点得过分干净的那天，上午 10 点整，他给我打来了电话。他说，兄弟，你现在就来第八感觉，给我捧个人场。

我就去了沸羊羊当初的“老窝子”，李什么宏或者李宏什么原来是在这里举行二婚，也或者是三婚。

新娘看上去漂亮又幸福，像花一样在绽放。我仔细一看，是余纯。

北涧头

1

周五下午四点四十几分，我就要下班的时候，彭永强给我打来了电话。彭永强是我一个写诗的哥们儿，三年前吧，他在我们涧河晨报做过半年见习记者，我是他的责任编辑。我还记得，做见习记者的那前五个月，他还算刻苦，采写了大约三十篇新闻稿件，消息啊通讯啊特写啊什么的。彭永强的稿件有个共同之处，那就是一篇比一篇更蔑视语法、更放肆抒情、更错别字泛滥，终于使得我早已治愈的偏头疼再次发作。还好，接下来的那个月，他突然就知道什么是用事实说话了，那些锃亮锃亮的晃得我头晕的错别字，也没了踪影。我转过头去，偷偷地出了足有两个长城那么长的一口气，知道他名字前面“见习”这两个碍事的东西，终于可以去掉了。可就是这个时候，彭永强起高调了，辞职，去了南方。没多久，他发电子邮件给我，告诉我他进了一家大型国有企业，做了该企业文学内刊的执行主编。我靠。

彭永强这次打电话给我，是想跟我约个中篇小说。彭永强告诉我，我们这里的稿费涨了。别人是千字一百，你的我给你千字两百好的啦。

我说，我靠，这么高。

他嘿嘿干笑两声，说，一般般的啦。

我就问他，我最晚什么时候把稿传给你？

他说，最好是十天之内吧，我这里马上要截稿的啦。

我说，行。随即我就骂他，你赶紧把你嘴里的鞋垫捋平乎了！

撂下电话，我来到隔壁的总编办公室。我得请假，安心把小说比划出来。

总编正在抽烟。我说，老大，下礼拜我请五天假。这段日子我腰疼，撒尿总撒不利索，滴滴拉拉的，我去哈尔滨检查检查。

总编把烟蒂摁灭在烟灰缸里，斜了我一眼，他说，你不是撒尿撒不利索，你是撒谎撒不利索。我还算不过来这点儿账怎么的？你直说你请一个礼拜假不就行了？

我说，我没撒谎，不信你自己看看。我边说边将腰带松开了一小截。

你拉倒吧你。总编向我摆了摆手，说，谁没有那零配件怎么的？紧接着，总编就拉下了他那张晚娘脸，说，你爱去哪去哪。我可跟你说好了，就一个礼拜假。这期间要是赶上个什么急事，我一个电话，你马上给我回来。

我说，靠，也行。我边说边将腰带系紧。

又跟总编闲侃了几句，就到下班时间了。我一出报社大门，就看到了吴老二，推着一辆倒骑驴。我也是最近才知道这种人力三轮车叫倒骑驴，这东西说白了就是前边有并排两个轱辘的自行车，两个并排的轱辘间是车厢，装载三二百斤货物应该还是没问题的，前提是车主得有一把实实在在的力气。

吴老二的倒骑驴上，压满了大理石、地板块和石膏线，好像还有水泥、沙子什么的，跟一座迷你的山峰似的。正赶上一段上坡路，吴老二的腰就几乎弯成了直角，汗水把他满是灰尘的刀条脸冲得黑一道白一道的。而在上坡的顶端，一个看上去二十岁左右的小崽子，左手插兜，右手夹了根烟，正在很不耐烦地催促吴老二，快点，你能不能快点！

我就急忙跑上前，帮吴老二推倒骑驴。吴老二扭头一看是我，他就咧嘴笑了，露出夹在门牙缝里的一根韭菜叶。

我说，二哥，你这趟活儿他给你多少钱？

吴老二气喘吁吁地说，二，二十。

我说，你把这车破玩意儿卸道边，你就走人，我给你五十，你看行不？

吴老二说，那哪行？刘笑你，你净瞎扯淡。

说话间，我就帮吴老二把倒骑驴推到了坡顶。吴老二把车停下，趴在车的横梁上，喘得像头牛。

我就来到这个小崽子近前，我说，兄弟，知道老河口不？

小崽子横了我一眼，说，听说过，是监狱。

我说，兄弟，你听说过就好，我刚从那儿回来。

小崽子就愣了一下，马上媚笑起来，说，哦，那个，大哥。

我说，我有三年没把人打残废了，这两天手总痒痒。说到这儿，我拍了下他的肩膀，说，兄弟。接着，我指了指吴老二，说，他是我二哥，以前总是他罩着我，这两年他金盆洗手了。

小崽子说，大哥，我明白你的意思。刚才兄弟做得不对，哥你多担待。哥你放心，一会儿我自己把车推回去。

我嘴上说，兄弟，行，爽快。我心里想，靠，我还镇不住你？

我对吴老二说，二哥，我有事先走一步。明后天我去北涧头，得在那儿住几天。你上大毛愣那儿找我就行，我请你喝酒。说完，我转身就走。我知道吴老二这人好像心眼挺直，我怕我吓唬这个小崽子的话，被吴老二当场揭穿。

我刚走出也就五六步吧，吴老二追了上来。他一把拽住我的手，说，刘笑！你啥时候蹲笆篱子了？你啥时候下道了？吴老二说的“笆篱子”和“下道”，是东北土语，翻译成普通话，是监狱、不走正路的意思。

我说，你上大毛愣那儿找我就行，咱可说好了，我请你喝酒。

刚好三十六路公交车驶来，我对吴老二胡乱摆了摆手，就上车回家了。

2

回头想想，我认识吴老二差不多有三年了，比认识彭永强晚不到四个月。

我在前面好像说过了，当初，彭永强的新闻稿子弄得我偏头疼。出于对自己小命的敬重，我就跟总编请了假，去了北涧头村，是想在那儿歇息几天，调整一下心态。我的高中同学王海涛，在北涧头村当村主任，他有个外号叫大毛愣。事实上，王海涛上高中时就已经比较稳重了，起码一个三岁的孩子看他一眼时，他不会上去就扇孩子三个耳光，最多也就扇两个而已。他小时候得的这个外号，就像一张揭不掉的狗皮膏药，一直牢牢地贴在他身上。

那次我去北涧头村，在村委会那间空闲的厢房，以彭永强作为人物原型，我用了不到一天的时间，将小说处女作完成了，竟然连草稿都没打。小说不长，八千字左右，名叫《诗人记者》。我至今仍在庆幸的是，我没把《诗人记者》投给哪个刊物。我当时觉得这个小说要是发出来的话，我就太不讲究了，也一定会伤到彭永强。后来我才知道，我就是把它投出去，它也不可能发表出来。那不过是一种泥沙俱下的宣泄而已，就像彭永强总说愤怒出诗人，我反驳他说，但愤怒本身不是诗。不管怎么说吧，我由此走上了小说写作这条损人阳寿的不归路。

完成《诗人记者》的第二天，我和大毛愣王海涛在他的村主任办公室闲聊。王海涛说他们北涧头有个人，名叫二粗腰，当过国民党兵，一九四九年去了台湾，就没了消息。年初的时候呢，二粗腰的孙子来北涧头村了。二粗腰的孙子本来是到哈尔滨洽谈一个什么项目，之后不知为什么，就来北涧头晃悠了一圈儿。这孙子觉得老家有山有水有树有田，环境很说得过去嘛，就随口说了半句话：要是在这里建个度假村的话。这孙子是上午九点到的北涧头，中午十一点就返回到哈尔滨了。这之后的大半年，王海涛天天梦想着度假村，天天等二粗腰孙子的电话，当然没等到。王海涛就问我，你说我这是不是傻老婆等茶汉子？

我没有回答王海涛。老实说，他这个不着调的话题，让我不是一般地犯困。

就是这个时候，门外有人敲门，声音很轻，心虚似的。我和王海涛赶忙把抬在桌面上的脚放下。

进来。王海涛说。

一个看上去四十三四岁的中年汉子就进来了。农历闰七月的晌晴天，中年汉子却穿了一件深蓝色的中山装，所有的衣扣，包括领口的挂钩，都系了个严严实实，前襟和后背满是灰白的汗卤，估计刮下二斤盐来不成问题。

王海涛看了中年汉子一眼，说，来了二哥。他边说边将双脚重又放在了桌面上。

我就一愣。我和王海涛都是离三十岁还有一小截的人，按年纪算，王海涛该管中年汉子叫叔叔才对。

中年汉子说，嗯哪。

我让中年汉子坐下来说话。他没有坐，只是看了我一眼，目光虚虚的。我就对王海涛小声说，嗯？同时用下巴指了指门口，意思是我要不要回避一下。王海涛的左手对我做了个下压动作，意思是让我坐这别动。随即他就拿过手机，低下头来，翻看短信。

中年汉子看来真的有些紧张，他的两只手合在一起，很慢但很结实地来回揉搓。他说，村主任，你说我大哥他是咋寻思的？他说话的时候，看着的是他自己的脚。

王海涛眼睛盯着手机屏幕，右手的拇指上下翻飞、左右舞动，他说，嗯？嗯。

中年汉子说，村主任，别人要租我地种就气我够呛，我大哥他咋也惦记我那块地？我大哥他是咋寻思的？中年汉子说到这儿，头就抬了起来，但目光仍旧虚虚地落不到实处。他接着说，我才不把地租给他，我咋能租给他？我谁都不租，给我多少钱也不行。

王海涛突然哈哈大笑，把手机递到我眼前，给我看一条短信。他对我说，你看你看，真带劲！他又对中年汉子说，嗯，那个，你接着说，你说你的。

我没看短信，但想来应该是黄色的。我觉得王海涛做得挺过头，也太不把这个中年汉子当盘菜了。我就对王海涛摆了摆手。

王海涛低下头来，接着翻看短信。

中年汉子说，反正我的地我不会租给别人，谁我都不租。中年汉子的语速突然提了起来，音量也大了。亲哥咋的？亲哥也不行！我咋能把地租出去？净瞎扯犊子。还说啥可怜我？我用不着谁可怜。净瞎扯犊子！真想帮我，春天他咋不帮我栽土豆？还说我缺心眼，咋的？我乐意，管不着！

王海涛把手机放在了桌面上，问中年汉子，二哥，你家二嫂嫁给你的时候，是大姑娘不？

中年汉子脖子一梗，说，是，处女，嘎嘎纯！咋的？

王海涛又哈哈大笑。

我起身去了厕所，我怕王海涛再这么人五人六地抖擞下去，我会忍不住扇他大耳光。

我从厕所出来的时候，就听见王海涛大骂了一句，给我滚犊子！紧接着，

我看到中年汉子红着脸、梗着脖子，快步往村委会外走。走到村委会大门口时，中年汉子脚没抬高，整个人被门槛绊了个大前趴。

这就是我第一次见到吴老二时的情形。

3

也正是第一次见到吴老二这天，我还认识了他的媳妇。

这天，吃过午饭，我让王海涛骑摩托车驮着我，去涧河边转转。路过村北一片基本农田保护区时，我看到吴老二正大哈着腰，在地里忙着什么。他上午穿的那件中山装，倚着地头一棵茁壮的蒿子，竟然能够站立不倒，猛一瞅，我还以为是吴老二坐在那儿呢。

我就让王海涛停车，王海涛很不情愿地停了下来。按照王海涛的说法，吴老二的这块承包地是两大亩，也就是两千平方米。我以为吴老二种的是那种我没见过的旱稻呢，王海涛说，什么旱稻！草，全是草。我就仔细看了下，发现这一大片草丛中，原来真的零零星星地长有土豆秧，其中个别顽强者还小心翼翼地开出花朵，那种四边淡紫、中间浅黄的花朵。

你看旁人家，土豆早收完了，都换成现钱了，他倒好。唉！王海涛长叹一口气，接着说，他哥吴老大想种他地，多给他钱，他还说啥不答应。我一想他就脑瓜仁子疼。

我就喊了吴老二一声，二哥！

吴老二直起腰，梗着脖子横了我和王海涛一眼，没说什么，就接着弯下腰忙他的了。

走吧。王海涛边说边拽了我一把，说，这套号的玩意儿，你可怜他，他就觉得你在坑他。

我就又坐上摩托车。

我和王海涛刚刚来到涧河边，总编给我打来了电话，说是有个过气的女歌星，到我们涧河来捡钱，牛皮哄哄的，腰都懒得哈一下，歌迷就送给了她一间房子，一块砖一片瓦那样送到台上的。歌星正在南岸医院抢救，总编让我马上赶过去采访。总编说，这事儿你就往大了折腾，安排别人采访我信不过。我说，老大，我信了，我信了还不行吗？

王海涛就驮着我急忙往南岸医院赶。说来也巧，这个过气的女歌星，是王海涛少年时的偶像。他说，当年我老稀罕她唱的歌了。我没心思听他说这些，就给我们报社的另外两个记者打电话，让他们带上录音笔和相机，马上到医院等我。

摩托车行驶到北涧头村的村口时，停了下来。王海涛上上下下左左右右地好一顿折腾，也没找出哪里出了毛病，反正就是打不着火。

我追他，快点，你快点！

王海涛说，我比你急，我还想跟我偶像在病床上来个合影呢！

我说，靠！你怎么不跟她睡一觉？

王海涛说，还真让你说着了。那些年我老梦着她，每回醒来裤衩子都湿了。

我说，你看你住这瘪地方，出租车都打不着。紧接着我就想起应该给总编打个电话，跟他解释一下，再让他派个车来接我。可我刚拿出手机，总编又给我打来了电话。

拧了，全弄拧了，根本没那么回事。刘笑你该玩就玩你的，不用采访了。总编说完就挂断了电话。

我急忙回拨，总编不接。我大骂一声，你要我呢？

王海涛也大喊，哎呀！哎呀！哎呀！

我以为王海涛是为见不到偶像惋惜呢，他却接着说，闹了半天是摩托没油了。

我长叹一声就一屁股坐在了地上。紧接着我就气乐了，我拿出烟来，点了一支。

就是这个时候，我看到一个孕妇由村子里走过来。我忍不住多看了她几眼，是因为她走路的姿势特别别扭。一般来说，人走路时都是迈左腿时右手在前，迈右腿时左手在前，否则怎么能掌握平衡呢？可这个孕妇不的，她迈左腿时左手在前，迈右腿时右手在前。而且，别的孕妇走路基本都是上半身稍稍有点后仰，一派理直气壮的气场，她却前倾着，喝醉了酒那样一抢一抢地往前走。

孕妇走到我和王海涛近前时，我看到她脚上竟然趿拉着一双棉鞋，那种毡底、黑趟绒鞋面的棉鞋。

王海涛说，干啥去呀大抓啦？这个“啥”字，在王海涛嘴里的发音是蛤蟆的蛤。

孕妇很害羞地笑了，但没有停下脚步，她一边一抢一抢地走，一边一字一顿地说，溜达溜。

王海涛哈哈大笑，小声告诉我，她是吴老二的媳妇。

孕妇走出十几步远时，又说了一个字，达。

我也忍不住笑了。看来，吴老二的媳妇是有很严重的语言障碍，溜达溜达这四个字，她得分两大次四小次才能说全。

我就问王海涛，你们村的承包地里是不是什么都不产，就产人才？之后我又问他，她怎么叫大抓啦？大抓啦是什么意思？

王海涛说，她原名叫李红啥还是李啥红我想不起来了，大抓啦是我给她取的外号。接下来，王海涛好一顿解释。所谓抓啦，是个东北土语，意思是一个人的嘴特别能说，还特别说不到要害之处，而且通常专指女性。

我就真的有些佩服王海涛了，他给人取外号的逆向思维能力都能称上一绝了。当初上高中时，我们下届有个男生，身高一米九十六，王海涛就给他取了个外号叫大矬。而有语言障碍的吴老二媳妇，他偏偏叫她大抓啦。

4

转过年来的二月底，吴老二和大抓啦的女儿出生了。而我没有想到的是，小女孩的名字，居然是我给取的。

我还记得那天是正月十五，一大早，王海涛给我打来电话，让我过去一趟。我以为王海涛是把我们的另外两个高中同学也约到了他家，再叫上我，就能以一场麻将来告别春节了。此前我跟王海涛通电话时，他多次表示过这个想法。

可我来到王海涛家时，却只有王海涛和吴老二两个人，王海涛的妻子也没在家。

吴老二嘿嘿笑了，两只手合在一起来回揉搓着。他说，刘笑，你文化高，我寻思让你给我闺女取个名。

我就知道王海涛准是在吴老二面前跳脚吹嘘我了。事实上我只是个小编辑，本科毕业证是自考混下来的。可王海涛向别人介绍我时总这样说，这是我高中同学，北京大学毕业，现在是报社总编。

在吴老二和王海涛你一句我一句的话语中，我知道吴老二的女儿一个星期前出生了。吴老二的哥哥吴老大给孩子取名叫吴冬梅，吴老二的岳母给孩子取名叫吴宝。王海涛也跟着凑热闹，他说，叫吴冬梅肯定不行，冷不丁一听还以为孩子呜咚一声没了；吴宝也不行，一听就像五保户的缩写。王海涛春节前刚刚买了电脑，充其量也就菜鸟一只的水准，他却灵机一动，给孩子取名叫吴. com。

这三个名字，吴老二都没相中，可他本人又想不出更好的。不但想不出，他还要求我给他孩子取的名字要符合三个条件：好听、洋气、有福。

我不能丢北京大学的脸啊，更不能给村主任大人丢脸。吭吭哧哧了好半天，我试探地说，叫吴天一行不？意思就是你吴二哥的女儿天下第一。

我得老实承认，天一这个名字不是我的原创，而是从彭永强那转载来的。这个时候的彭永强已经在南方做了执行主编，他儿子的小名就叫天一。

吴老二一拍大腿，说，中！嘿嘿一笑，又说，中！然后他就一把拉住我的手，说，走，上俺家我给你炖大鹅肉吃。

我急忙推辞，说，不用不用。二嫂在家坐月子，我们去不好。

吴老二说，她们娘俩回娘家了，我老丈母娘伺候她们。

我说，下次吧，下次再来我一定去你家，今天就不去了，一会儿我跟王村主任还有个事得商量一下。

吴老二说，咋也得上俺家认认门啊你。

我瞅了王海涛一眼，对他说，我上二哥家认个门就回来。

吴老二家跟王海涛家挺近的，也就隔了七八趟房的样子。路上，吴老二告诉我，我跟他第一次见面那天，王海涛把他骂了，但过后王海涛找了他哥吴老大，让吴老大别再惦记他那二亩地。吴老二笑得很开心，他说，我就知道村主任说话好使，我哥他不敢不听。

我没说什么。一片冰雪天地里，我的眼前却出现了一大片墨绿的草丛。我很想问吴老二上一年的收成怎么样，但没敢问。

吴老二的家是一间五米宽、六米长的砖瓦房。进了屋我才知道，他的房子外层是砖，里层却是土坯。我想象不出这种房子，是怎么盖起来的。

来时的路上，我其实就想到吴老二一定挺脏挺乱，但脏乱到这个地步，我没想到。一进屋，潮味、霉味、粪便的臊臭味，还有煤烟的辛辣味，就像一只斗大的拳头，哐一下砸在我的面门。烂糟糟的大白菜、鸡蛋黄那么大的土豆，还有几件衣服，就那么胡乱堆在地上。不知为什么，吴老二还在客厅里挖了个大约一米见方的坑，两只被泥水和粪便染成了深灰色的大白鹅，抻直了脖子卧在坑里，已不知死了多少天了。

坐呀，刘笑你快坐下。吴老二边说边随手扯过一条线裤，风风火火地擦着炕沿。

我说，不得了，我得赶紧去找王村主任。二哥你忙你的，有空的时候，我还会来你家。我说这些废话的时候，就看到了吴老二家唯一的家具，是一张叫靠边站的方桌，上面有几个没洗的盘子和碗，还摆着他家唯一的家电，一台十四英寸的黑白电视机。

吴老二很真诚地挽留我，我还是逃命一般逃到了王海涛家。

一进门，我就骂王海涛，你小子吃人饭不拉人屎，吴老二过得那叫什么日子你知道不？

王海涛说，你别站着说话不腰疼。你要是能帮他，你就写个稿子发你们报纸上，那不比我有力度？

王海涛的话，把我噎住了。

王海涛抖了抖右手，说，大过年的，咱不说他，说他我就脑瓜仁子疼。

可是，吃午饭时，我和王海涛还是聊到了吴老二。

王海涛告诉我，吴老二是三十七岁那年跟大抓啦结婚的，此前吴老二是光棍一根，大抓啦却有过一次婚史。不要说蜜月了，蜜周还没过完了，大抓啦就被前夫送回了娘家。后来，吴老二就喜地欢天地娶了大抓啦，宝贝似的供着。北涧头村有个叫于根顺的人，得过小儿麻痹。于根顺问吴老二，结婚那天晚上，你媳妇见红没？吴老二说，啥见红？见啥红？于根顺说，老二，你知道啥是处女不？吴老二说，咋不知道？我媳妇就是处女，嘎嘎纯！于根顺就笑得差点背过气去。吴老二愣了愣，说，整别的都没用，我媳妇好歹能说话。于根顺耷拉着脑袋，灰溜溜地走了。于根顺的媳妇是个哑巴。

王海涛还告诉我，天一不是吴老二的第一个孩子。吴老二的第一个孩子是儿子，长到三周岁时还不会说话，也不会走路，后来就死掉了。吴老大把这个孩子从窗口抱出来，扔到了山上。那一整夜，所有北涧头村的人，都听到了吴老二凄厉的哭嚎。

5

人只有享不起的福，没有遭不起的罪。这是彭永强当初做见习记者时，跟我说过的一句话。我反驳他，说，人要是犯贱，老天爷拿他都没办法。

当初，我手把手地教彭永强怎样写新闻稿子，可彭永强总是不上道。我就接二连三地数落他，但我不能接四连五地数落。我就咬着牙耐心接着教，我觉得我真的要疯了。我没有想到的是，彭永强去了南方以后，我竟然失意了。我本来应该跳脚欢呼几嗓子的，可我偏偏觉得心里空落落的。我们报社的其他记者将采写的稿子给我时，我的第一个反应是，那些风风火火的错别字哪去了？没找到错别字，我就想，那些盘根错节的语法错误哪去了？没找到语法错误，我就想，这消息怎么写得这么四平八稳？换个刁钻点的切入角度不是更好？如此一年下来，我们报社的记者就被我得罪了大半。我知道，我是真的犯贱了，老天爷都拿我没办法。但我得拿自己有办法，我得回到我当初的生活轨迹中。可就是这个时候，被我得罪的这些记者，事先商量好了一般，齐刷刷地原谅了我，还合伙出钱把我请到了北岸大酒店。我这才知道，他们的那些被我刁难过的稿子，大多在刚刚结束的年度全省好新闻评选中获了奖，其中两个人还因此晋了职称。我靠！这是哪跟哪啊？

说完这些没用的，我还是接着说吴老二吧。

那年的正月十五那天，我一边吃午饭，一边听王海涛给我讲吴老二的婚姻。王海涛讲到吴老二为儿子夭折彻夜痛哭时，吴老二来了，双手捧着一个罩着塑料袋的铝盆。

快吃，我刚炖好，还热乎呢！吴老二说着就把铝盆放在桌子上，哈哈地吹了吹烫疼的手，揭去塑料袋，是满满一盆鹅肉。

王海涛说，二哥，你别药着我们。这大过年的，医院都不上班。

吴老二白楞了王海涛一眼，说，你不吃就拉倒，我是给刘笑炖的。

老实说，王海涛的话也真就是我所担忧的，但我不能像他这样明晃晃地拒绝吴老二。我说，二哥，谢谢你，快，你快坐下，咱哥仨喝点。

吴老二就讪讪地笑，两只手合在一起揉搓。他虚虚地看着王海涛，说，这，这不好吧？这不好，我先回去了。他就转过了身。

有啥不好的？王海涛一把将吴老二按在了一把椅子上。

吴老二看来也就是二两的酒量，还得说是啤酒。王海涛给他倒了杯白酒，之后就连劝带灌地让吴老二喝了少半杯。吴老二的脸，红得让王海涛家屋里的温度都上升了好几度，他的话也多了起来，但没有逻辑和条理。这天我似乎也多喝了一杯，事后就不太记得吴老二都说了些什么。好在我在博客里找到了这天的日记，里面有吴老二语录，不妨复制几条。冤死不告状，穷死不做贼；老天爷饿不死瞎家雀。这两条是吴老二的原话。土地和老婆概不外借。这条是我帮他概括出来的，他的原话两牛车也装不下。还有一条就很反动了：把村主任这角给我，我也能当好。是吴老二的原话，让王海涛的脸一下子就拉长了二尺。

吴老二送来的鹅肉，王海涛一口没动。我呢，找了块毛少的吃。还好，我的牙齿没被硌掉。

那杯酒，吴老二喝了半杯，就说什么也不喝了。他说，我得上我老丈母娘那儿，看我闺女去。

我送他出了王海涛家院门口，给了他二百块钱。这钱本来是我打算打麻将输给王海涛的。我说，二哥，你拿着，随便给天一买点什么。

不行不行，这不行。吴老二没接钱，转过身就小跑着离开了。

我离开北涧头村时，让王海涛把这二百块转交给吴老二。可不久后，王海涛把钱给我送回来了，他说，操，吴老二不要，还说你给他孩子取名，该他感谢你。

也正是在王海涛把钱退给我这天，彭永强回涧河看望父母，我和我们报社的另外几个编辑、记者在北岸大酒店给他接风。点菜时，服务员一再推荐麻辣烤鹅，说是他们新上市的一道招牌菜。彭永强说，那就来半只吧。麻辣烤鹅很快就上来了，大家都说的确好吃。而我却觉得，还是……还是吴老二炖的有味吧？

6

给吴老二的女儿取名叫天一后，我有一年多时间没去北涧头村。上个周末，我家卫生间重新装修，缺一些贴墙用的釉面砖，我就去了位于内环路的装潢街。在一家叫鑫亿也可能是亿鑫的装潢材料店门口，我看到了吴老二，还是那件中山装，还是所有的衣扣都系着，只是右肩头和两个袖肘，多了三块补丁。

我说，二哥你在这干什么？

他说，拉脚啊。他边说边拍了下他身边的倒骑驴。

一小箱釉面砖，我可以自己抱回家的，但我雇用了吴老二。一路上，我问他这一年多过得怎么样，他说很好。之后他就夸他女儿，会喊爸爸妈妈了，会走路了，还不尿炕了呢。他还一再说我给他女儿取的名好。吴老二满足得不行的样子，笑得智牙都能拍出特写了。

而我的心却冰凉冰凉的。因为我知道，天一也许真的不是吴老二的亲生女儿。

且慢！天一可能不是吴老二的亲生女儿，这事吴老二不知道，我又是怎么知道的呢？这就有点说来话长了。

是在这个月初的时候，我们涧河晨报在社会新闻版，报道了记者小羽采写的一则消息，是河滨公安分局破获的一起案件。犯罪嫌疑人叫于根顺，家住北涧头村。这个于根顺，我在前面提到过一次的，就是那个小儿麻痹患者，他当初问过吴老二知不知道什么是处女，而他的妻子是个哑巴。这个于根顺，腿脚不利索也就算了，他偏偏手还不老实，偷盗了价值五万元的通信光缆。这就是我们报道的内容，仅占原稿的五分之一左右。

被我删掉没有刊发的那五分之四，是说警察审于根顺时，于根顺又交代了别的。他说他们村有对两口子，都傻。有一天晚上，他带了一斤猪头肉和一瓶白酒，去了这对傻夫妻家，是想让傻丈夫第二天帮他清理菜窖。傻丈夫埋怨他不该带酒带肉来，乡里乡亲的，互相帮个忙不算个啥。于根顺说，那哪行？喝。没用半个钟头呢，傻夫妻就都喝醉了，歪倒在炕上，一唱一和的呼噜简直要把房盖揭开。于根顺本来是想回家的，可他看到一只虱子在傻媳妇的脖子上爬。他想抓住它，可它爬到了傻媳妇的胸口，又爬到了傻媳妇的肚皮，接着就爬进了傻媳妇的裤子。于根顺不信自己抓不住这只虱子，结果真就没抓到，而是把傻媳妇奸污了。警察啪地一拍桌子，说，还有没有了？于根顺说，清理完菜窖，他又买了一斤猪头肉和一瓶白酒，去了傻夫妻家。警察又一拍桌子，说，还有呢！于根顺就又交代，傻媳妇后来就怀孕了，生了个丫头，现在快两生日了，模样越长越像他。警察就去了北涧头村，找到了这对傻夫妻。傻丈夫说他媳妇现在还是嘎嘎纯的处女，并且把他媳妇一条满是经血的内裤给警察看。

原稿中，这对傻夫妻被记者小羽使用了化名。但我知道，这二人一定是吴老二和大抓啦。我就把这五分之四内容齐刷刷地都删掉了。怕小羽恨我，我就狐假虎威吧，批评小羽犯了三个错误。第一，总编会认为你把我们报纸的品位降低了；第二，你把河滨分局得罪了，读者会认为警察办案不认真；第三，你侵犯了傻媳妇的隐私权，你让他们两口子今后怎么抬头做人？我把小羽唬弄得一愣一愣的。

正是因为有了上面这个稿件，吴老二向我夸奖女儿天一时，我才心里冰凉。

吴老二帮我把釉面砖拉回家时，我也不知道是出于怜悯、愤恨，还是别的一种什么样心理，我给了他一百块钱。

吴老二不接，说，你给我这么老多干啥？

我叹了口气，说，二哥，这点钱，你，你拿回去把你酒量好好练一练。

吴老二说，不年不节的，我喝那玩意儿干啥？刘笑我跟你说，要是别人雇我，这趟活就是五块钱。你要是非给我钱，两块五就行，多一分我这就走。我本来也不该管你要钱。

我就给了他五块钱，他接了。我说，二哥，你，你真挺不容易的！

吴老二说，啥容易不容易的？我闺女都这么大了。他边说边从左裤兜掏出几张零钱，抽出两张一元纸币，又从右裤兜摸出五个一角硬币，塞到我手里，他转身就走了。

7

现在，还是回头说说彭永强跟我要的小说吧。

彭永强约稿之前，我其实已经完成了初稿。主人公名叫小龙和阿秀，都是二十岁刚出头的年纪。两个人相爱快一年了，穷并快乐着。后来，阿秀的母亲病了，生命危在旦夕，急需一笔高得离谱的治疗费用。印有领袖头像的纸片子，就把他们两个实实在在地欺负住了。阿秀就偷偷离开了小龙，给一个叫大福的老男人做了二奶。一个偶然的机会，小龙认识了大福的女儿琪琪。小龙千方百计地追琪琪，以为这样就能骗来阿秀母亲所需的治疗费用。

彭永强打电话跟我约稿时，我跟总编请了一周假。我的打算是先到北涧头村玩一两天，换换脑子，剩下的那四五天再全力以赴改这个小说。

现在，我已经乘坐上了十八路小公交。一路颠颠簸簸的，小公交开到北涧头村的村口，就掉头往回开了。我呢，先到了北涧头村委会，见锁着门，就又去了王海涛家。王海涛的妻子告诉我，他在吴老二家呢。

我就往吴老二家走。刚进吴老二家院子，我就听见王海涛在大骂，啊？谁不说你傻？你咬屎橛子当麻花，还嘴犟！你都要气死我了！

我就急忙进屋，看到当初可能是用来养鹅的那个大坑已经填上了，接着看到吴老二正蹲在墙角，大抓啦愣呵呵地坐在炕边，她怀里搂着天一。这是我第一次见到天一，她正在一顿一顿地小声抽泣，泪水把满是灰尘的脸冲得黑一道白一道的。而王海涛站在大坑旧址上，脸红脖子粗地呼呼喘气。

我刚要问发生什么事了，王海涛不由分说地一把拽住我的手，他的另一只手指着吴老二，他说，摊上这套号的败家玩意儿，我上辈子得做多大损、缺多大德？人家看他可怜，给他两千块钱，他装清高，不要。

吴老二磨磨蹭蹭地站起身来，小声念叨，我不用谁可怜。我有房有地，有媳妇有闺女，还有倒骑驴，可怜我干啥？

我问吴老二，谁呀？谁给你钱你没要？

王海涛说，李云宇。两千块，少咋的？你就是把倒骑驴蹬到一百迈，一年下来你能挣几个屌钱？

吴老二说，反正我就是不要。说完，他又蹲了下去，使劲擤了一摊鼻涕，顺手抹在鞋帮上。

我问王海涛，李云宇是谁？

王海涛说，我以前给你说过，有个台湾人要在我们村建个度假村。

我说，我想起来了，他爷叫二粗腰，当过国民党兵，是吧？

王海涛说，对，就是他。王海涛有指了下吴老二，说，人家觉得他可怜，给他两千块钱，他说啥也不要，气得人家一拍屁股走人了，度假村也不建了。

吴老二和王海涛同时叹了口气，屋子里就静默了下来。

我来到炕边，说，天一都这么大了。

大抓啦很羞怯地一笑，一边抱着孩子往外走，一边一字一顿地说，溜达溜。走到院子里，大抓啦说，达。

两米半长的绳子

1

据说凡是去过涧河的人，都知道一家名叫“驿动的心”的酒吧。

这家酒吧，坐落在这座县级市的腹地，与北岸商场斜对过，营业时间是每天的上午十点到第二天的凌晨两点半。有那么一段日子，具体说来是 2010 年的春夏之交，也就是这家酒吧刚刚开张那会儿，只要工作不忙的时候，周德东就时常去那坐会儿，要一杯生啤或者咖啡，找个偏一点的座位坐下，耷拉着脑袋，一个人慢慢地喝，挺像那么回事似的。其实，如果是守着我们这些朋友的面，周德东是不敢摆出这副带死不活的样子的。我会相对婉转地说，嘿，你们发现没有，咱们这里多了一个流浪歌手，欸？不对，是先锋诗人。老白则会擂周德东一拳，大骂，你装个毛深沉？靠！

酒吧老板据说以前是卖鱼的，复姓欧阳，周德东跟他似乎挺熟的。后来，周德东在给我发来的 E-mail 里告诉我，这家酒吧开业之初的那两个月，除了欧阳和几只异常活泛的苍蝇，通常就一个顾客也没有了。会有哪个生意人开店就是为了赔个底朝天吗？对于这个问题，周德东就是用脚趾头或者头皮屑来想，也会得出否定性的答案，否则他也不会撇下我和老白，大老远跑去涧河开了家影楼。那段日子，老板欧阳都要瘦成一根稻草了，周德东也跟着着急。可是，周德东很快发现，欧阳似乎平静下来了。这个三十三岁的前鱼贩子，备好了一根绳子，正好有两米半那么长。然后，老板欧阳就哼着水唧唧的小曲，开始寻找一棵看起来顺眼一点的歪脖子树。

周德东的 E-mail 到这儿就结束了。我当时也是闲得难受，就给他回信，问他，后来呢？之后，我又问了周德东一个我有些好奇的问题：你怎么知道那根绳子正好两米半长？

过了大约三四天吧，周德东给我回信了。他说，是一个女子，拯救了欧阳和欧阳的酒吧。就这么一句。

应该说，“拯救”这个词，被周德东使用得很有嚼头，要是用个眼下流行的热词，就是给力。但在当时，周德东却把我惹毛了。这倒不是说我急于知道酒吧的具体经营状况，我是生周德东的气，有什么话痛快说出来就得了呗，有什么值得遮遮掩掩的？

我马上就给周德东打了电话，他却迟迟不接听。我就耐着性子听他的手机彩铃，是一个男歌手在唱：

曾经以为我的家
是一张张的票根
撕开后展开旅程
投入另外一个陌生
这样飘荡多少天
这样孤独多少年
终于又回到起点
到现在我才发觉
哦……路过的人我早已忘记
经过的事已随风而去
驿动的心已渐渐平息
疲惫的我是否有缘和你相依

我不知道这首歌叫什么名字，也不知道唱它的歌手是谁。但我觉得，这首歌起码不难听。这让我先前的火气小了不少。

这首彩铃歌曲唱完两遍的时候，周德东接了电话。

我说，德东，我求你件事行不？

周德东说，你客气什么？有什么事，说。

我说，从现在开始，你有屁就一下放出来，别零打碎敲行不？

周德东说，我也求你一件事，从现在开始，你有屁就一条直线放出来，别拐弯抹角行不？

我就笑了，说，那个女子是怎么拯救了酒吧和酒吧老板？

周德东也笑了，说，这事说来话长。

我说，没事，我刚交完电话费，有多长你说多长。对了对了，我还想问你，你是怎么知道那根绳子正好两米半长？就不能是两米四或者两米六？

周德东说，那我先问你，知道我手机彩铃是什么歌不？

我说，不知道。

周德东说，你问老白去吧。

之后，周德东就挂断了电话。我急忙再拨，这个败类死活就是不接，气得我当时都有把他拆巴零碎了拿去喂狗的心思。

2

我就真的去找老白了。老白是我们市名头很响的先锋诗人，还是作家协会的一个什么理事。据说他的代表作是一首刚好二百五十行的长诗，题为《肚脐以下》，其中最短的一行也要二十五个字，江阳韵一韵到底。我没有用看过，我也不想看。

除了诗人之外，说来也是有点巧合的，老白也经营着一家酒吧。老白的酒吧，名字叫第八感觉。我想，只要脑袋没被驴踢过的人，通常是想不出这样的店名的。但别管怎么说吧，老白的酒吧生意很火。这除了因为酒吧出售的洋酒掺水较少、价格也还没有黑得闪闪发亮之外，更主要的原因，是老白把这里办得更像艺术沙龙。一群自称是下半身北派的先锋诗人，每一个半月左右就来这里举行一场诗歌朗诵会，也有业余模特来这里展示时装秀，还有过气的歌星在这里举行新唱片首发式。诗人、模特和歌星都不来时，就会有夏天穿羊皮袄、冬天光着身子的人，来这里表演行为艺术。

我是写小说的，觉得这种乌烟瘴气的地方，应该要比别的地方故事多，所以每隔一段日子，我就来老白的酒吧坐上几个小时，渐渐地就跟老白成了朋友。而周德东呢，是搞摄影的，可能也是觉得这地方能给他带来创作灵感吧，就也常来。我们三个，就这样凑合到了一块，用老白的话来说，三个诸葛亮，怎么也赶上一个臭皮匠了。有的时候，我就不无自作多情地想啊，周德东去涧河发展之后，他常去驿动的心酒吧，也许就是因为想念我和老白吧。

这会儿，我来到了老白的第八感觉酒吧，正赶上一位女诗人在这里举行诗歌朗诵会。这个剃了光头的女诗人，竟然把眉毛也剃光了。女诗人朗诵的时候，总是一而再再而三地把右手举过头顶，然后猛地下挥。台下的二三十位观众，不时报以热烈的掌声和口哨，老白事先准备的几大束玫瑰花，都被这些观众买去送给了女诗人。

而我却听得两颊潮红、一脑门子汗水。我是真的不明白啊，女诗人的诗歌中，蕾丝内裤、席梦思和精液这几个词，为什么要反反复复地出现？

我就把老白叫到一边，问他，周德东的手机彩铃是什么歌？你最近跟他联系没有？

老白说，有联系，他的彩铃是《驿动的心》，驿站的驿，动荡的动。

我说，第一句是不是曾经以为我的家是票根？

老白说，对，曾经以为我的家，是一张张的票根。整首歌词，也就开头这句有那么点意思，其余的都没什么意思。

我想笑，但没笑出来。写诗的人瞧不起写歌词的，这应该不算意外吧。就像我，写中短篇小说，就不把小小说放在眼里。这里面当然也没什么一定站得住脚的理由，就那么回事吧，没什么好去认真的。

我说，周德东可能是抽风，给我发邮件，说涧河有个酒吧，生意不好，后来好像又好了，因为出现了一个女人。

老白说，对，这事他在电话里也跟我讲了。那个酒吧就叫驿动的心，用歌名做店名，一看老板就白痴。

我说，哦。

老白说，说那老板是白痴，我这都是高估了他的智商。你就说吧，他店名叫驿动的心，他却不知道这是首歌名。最要命的是，他以为这首歌是移动公司做的什么广告。我靠！

毫无疑问，老白的话，又听得我一头雾水。我说，这些都是周德东告诉你的？

老白说，是啊。你以为我像你一样，总把母鸡虚构成凤凰？

3

为了少出现几个老白的口头语“我靠”，也为了尽可能客观一些吧，接下来，我用我自己的语言，复述一下周德东给老白讲的那些事情。

拯救了欧阳和酒吧的这个女子，是欧阳雇佣的一个服务员。女子二十一二岁的样子，长了一双超大的眼睛，有些像日本明星滨崎步。周德东见过她几次，只是知道她姓赵，但没记住她叫赵小单还是叫赵小双。私下里，周德东就管她叫赵滨崎步。

据周德东讲，赵滨崎步也是无意中拯救欧阳的，换句话说，就是瞎猫还真有碰见死耗子的时候。那天，赵滨崎步本来是要向欧阳讨要薪水的，但她想先过渡一下，她就叹了口气说，要是姜育恒能来咱这儿就好了。

欧阳抡起苍蝇拍，啪的一下拍在墙上。那声啪简直光芒四射，但那只苍蝇却轻盈又曼妙地躲闪开来，大有四两拨千斤的韵味。之后，欧阳说，姜什么什么恒，是谁？

赵滨崎步就将黑眼仁上翻，做出一副就要晕倒的样子。她说，姜育恒！姜育恒是谁你都不知道！台湾歌星，嗷嗷有名，不过这几年看不到他了。

欧阳的目光从赵滨崎步的脸上移开，重新寻找那只苍蝇的下落。

赵滨崎步接着说，咱们酒吧叫驿动的心，姜育恒的成名歌曲也叫《驿动的心》。之后，她就唱：

曾经以为我的家
是一张张的票根
撕开后展开旅程
投入另外一个陌生……

紧攥着苍蝇拍，欧阳一动不动地立在那儿，傻了。这首歌，欧阳以前的确听过，但直到现在他才知道歌名叫《驿动的心》，与他的酒吧店名一字不差。在这之前，欧阳一直以为歌名叫《移动的心》，是给移动通信做的广告。

欧阳就死盯着赵滨崎步。足有两分钟后，他猛地拍了下大腿，指代不明地骂了句，他奶奶的。

在接下来的三天里，欧阳锁上了酒吧的大门，只让两个服务员站在酒吧的大门外。凡是想进酒吧消费的顾客，都被她们挡在了门外。对不起先生（女士），我们这儿今天顾客爆满。一个服务员说。另一个服务员说，欢迎您明天早点惠顾我店。

这三天中，有一次周德东来找欧阳，同样被那两个服务员挡在了门外。周德东隐约听见里面传来了歌声、掌声、喝彩声和口哨声，他就来到窗前。可玻璃是透明性很差的茶色玻璃，里面又严严实实地挡了一层厚厚的窗帘。周德东不知道欧阳的酒吧里面发生了什么，就回家看电视去了。周德东看的是一家外省卫视的一档现场直播综艺节目，姜育恒演唱了《再回首》和《女人的选择》这两首歌。

三天后，涧河市起码有百分之八十的市民都知道，著名歌星姜育恒来过了，在一家名叫驿动的心这么个酒吧，演唱了他的同名成名曲，还唱最新专辑中的主打歌。凡是在那三天中去了该酒吧的顾客，都得到了姜育恒的亲笔签名照片。而另外一些市民还获得了幕后新闻，比如涧河是姜育恒的原籍，北涧头村老彭家或老李家的房子，要是上溯到嘉庆年间，那可是姜育恒家的牛圈；比如驿动的心这个酒吧，其真正老板就是姜育恒本人，而在《驿动的心》这首歌中，姜育恒实际表达的是他对原籍的真切怀恋，等等。

周德东听到这些时，就忍不住笑了。他急忙打电话给老白，说，老白啊，人家欧阳的酒吧，比你的酒吧火多了，火得欧阳和赵滨崎步在休息间里都穿不住衣服了。老白说，我靠，这招真高……

给我讲完这些后，老白问我，最近这几年，获诺贝尔文学奖的有诗人没有？

我说，我不清楚，好像是赫塔·米勒吧。

8 1 3 A 7 3 9

老白说，是那个德国女的？好，等哪天我这里生意不好，我就把她请来，保准比请歌星有效果。

我笑了笑，刚要说话，那个女诗人走下台来，坐在了老白的大腿上。她在老白的脸颊上很响地亲了一下，然后对我说，Oh，mygod！老白则对我耸了下肩膀，同时摊了一下双手。

我知道我该离开了，就抓紧时间问老白，周德东跟你说没说，那个欧阳准备过一根绳子，不长不短，正好两米半那么长？

老白拍了拍女诗人的屁股，说，我靠，老周那是说了句形象化的语言，意思就是那个白痴老板赔得想自杀。

我恍然大悟，之后就笑着离开了老白的酒吧。

4

老实说，离开老白酒吧之后的很多天里，有几个问题还是在我心里纠结着的。如果我没记错的话，我在前面说过我是写中短篇小说的。可实际情况是，写小说不能让我吃饱饭，所以我还有个职业，在一家小报做记者。做新闻首要的一点就是得较真，所谓用事实说话。我就觉得，有几个问题其实是应该再推敲一番的。比如，欧阳曾经听过《驿动的心》这首歌，却不知道歌名这件事，周德东是怎么知道的？再比如，欧阳和赵滨崎步在休息间里穿不住衣服，是周德东亲眼所见吗？

在之后的电子邮件和电话联络中，我没问周德东这些问题。但是，我问了欧阳酒吧店名的由来。周德东说，店名是欧阳当初花钱请一个算卦瞎子取的。欧阳不知道是什么意思，瞎子就说“驿动的心”这四个字中，饱含着无数重美好的寓意。瞎子引经据典、口吐白沫地解释了十好几分钟，欧阳只听懂了其中的一点：叫了这个店名，他就一定发财。周德东还告诉我，我上次打电话给他，他不接听，是因为他正和欧阳、赵滨崎步在一起，说话不太方便。他说他当时正跟欧阳商量呢，要以赵滨崎步为模特，拍一组照片，准备参加一个什么摄影展。我问周德东，照片拍得怎么样？周德东说，别提了，没拍成。之后，周德东就挂断了电话。

时间转眼就到了 2010 年的 7 月，我又给周德东打了电话。一来是我想问问他，到底因为什么没能给赵滨崎步拍照；二来呢，我刚刚采访完我们市的高考状元，我想问问周德东稿子怎么写才能更有一点新意，毕竟他当初是我们市的高考文科状元，大学里学的还是新闻。

可我没想到，周德东的手机竟然停机了。我发了电子邮件给他，又在他 QQ 上留言，他都没有回复我。

我就急忙去找老白。老白说，我也挺长时间没跟他联系了，那小子十有八九是跟一个叫什么赵小双的女孩子私奔了。

我说，你别开玩笑。

老白说，我没开玩笑。

老白接下来告诉了我周德东可能私奔的理由，我当然不相信。可是，到了 2010 年冬季的时候，我认识了一个叫肖黑的男人。我就真的相信，老白没有骗我，周德东真的是跟一个叫赵小双的女孩子私奔了，起码是他们二人同时没了下落。

至于这个肖黑到底是谁，我过一会儿一定会讲到的。我还是先讲一下周德东私奔或者失踪的过程吧。当然，我必须说明的是，周德东私奔或者失踪的过程，我是从老白和肖黑的讲述当整理出来的，其间掺杂了一点点我的想象。

5

我想，应该是 2010 年 6 月最后那个周六的早上，吃过早饭，周德东想给欧阳打电话。因为近来影楼生意很忙，周德东已经差不多有一个月没去欧阳的酒吧了，他想问候欧阳一声。但欧阳的手机已停机。周德东就想往酒吧打电话，但考虑到欧阳每天都要忙到后半夜，此时应该是正在睡觉，他就没打电话，想吃过午饭后直接去酒吧看欧阳。周德东就把手机放回包里，随手打开了电视机。

赵小双就是这个时候，敲响了周德东的房门。

三下很轻的叩击传来，周德东以为是有人在敲他家对门的房门呢，但他还是用遥控器减了电视机的音量。

周德东先生在家吗？赵小双在门外大声说了句。

周德东就来到门前，隔门问，谁呀？

赵小双说，我，赵小双。

周德东想不起赵小双是谁，赵小双的声音他也是陌生的。他就又问了句，谁？

赵小双说，我是赵小单的妹妹。

周德东也没想起赵小单是谁，他就没有开门。

赵小双接着说，欧阳，驿动的心老板欧阳，是……

赵小双说到这儿就停了下来。周德东就一下子想起了赵滨崎步。他想，这个赵小双应该就是赵滨崎步的妹妹了，而赵滨崎步的原名原来是赵小单。可是周德东实在想不出赵小双为什么要来找他，他和她以往可是没有任何往来的，他和她姐姐赵小单也只是在酒吧见面时打个招呼而已。

周德东就有些犹豫地打开了房门，嘿！赵小双果然跟赵小单长得很像。

我姐在哪？在沙发上坐下之后，赵小双一脸焦急地问周德东。

周德东就点愣住了，张了张嘴巴，没说出什么话语来，就顺手用遥控器将电视机关掉。。

赵小双接着问，我姐和欧阳现在在哪？

周德东挠了挠后脑勺，他说，在酒吧呀。

赵小双的眼泪就流了下来，她说，我去过了，酒吧十天前就兑给别人了。这半个月，我天天在找我姐，让她回家，我妈病了，想看她。一开始，我打电话，她还接，她总说明天就回家，明天就回家。后来我再打，她就不接了，总关机。我就去酒吧了，才知道酒吧兑出去了，我姐和那个欧阳也不见了。

周德东就去洗手间给赵小双拿了条毛巾，递给她让她擦擦眼泪。欧阳和赵小单眉来眼去的，人前人后都扳不住搞点小动作，这些周德东都知道。周德东本来以为欧阳和赵小单在一起只是玩玩，一场游戏而已，当不得真的。而听了赵小双的话后，周德东知道欧阳可能真是动真格的了，闹着玩下了死手。

周德东说，这怎么可能呢？就算你姐和欧阳那个，那个不见了，你找我又有什么用呢？对了，你怎么知道我在这儿住？

赵小双止住抽泣，她说，我姐上次回家时跟我提到过你，她说你说她长得像滨崎步。

周德东说，你家不在涧河吗？

赵小双点头，说，嗯，我家在河滨镇。我姐说你和欧阳是最好的朋友，你一定知道他们俩现在在哪。

周德东就点了根烟，说，其实我和欧阳也有一个多月没联系了。你敲门的前几分钟，我正给他打电话，他手机停机。

赵小双说，也给我一支烟行吗？

周德东递给她一支烟，帮她点着，又把烟灰缸往她那边推了推。

抽了一口烟，赵小双就笑了，说，你好厉害呀，我随便在大街上问了几个人，他们都说认识你，说你照片拍得可好了。

6

故事讲到这儿，我想插进一小段基本没有的文字。我记得我在前面说过，周德东是个摄影师，去涧河开了一家影楼。应该说，周德东的拍照水准还是说得过去的。就是在前年吧，有一天，《涧河晨报》一个记者的相机坏了，这个记者就带着周德东一道去采访。周德东到那，随随便便地拍了三张照片。结果这三张照片，竟然在年度全省新闻评选中获得了最佳新闻图片奖，为《涧河晨报》实现了这方面零的突破。有关这件事的详细经过，我写过一个短篇小说《明星照》，有兴趣的人可以找来翻翻，没兴趣当然就算了。

被赵小双夸奖照片拍得好，周德东就觉得挺受用的。他笑了笑，说，那些人可能都是我的顾客。

赵小双说，我就这么找到你家了。以后你也给我拍几张照片呗，我觉得我比我姐漂亮。

周德东含糊地说，行。

赵小双用两个手掌支着下颏，眼睛看着墙壁上周德东妻子的照片，说，你妻子好漂亮。

周德东说，行。然后他看了看表，九点五十分了。

赵小双突然就用手拍了下周德东的头，说，你总行，行，行什么呀？你妻子怎么没在家？

周德东的脸就红了，说，她去省城参加面授。你先别急，我给欧阳家打个电话。

赵小双的脸色看上去就又焦急和沉痛了，她说，好吧。

电话打过去，没人接，再打，还是没人接。周德东说，可能他家没人。

赵小双说，那我怎么办？

周德东被问住了。这实在不是件简单的事，而他又不想给自己找什么麻烦。他说，我也不知道你该怎么办，我还能帮你的，就是把欧阳家的地址和电话告诉你，你自己去找。

赵小双说，好吧。她的眼里又有了泪水。

赵小双接过写有欧阳住址和电话的纸条，起身往外走。

周德东说，我送送你。

赵小双孩子似的噘着嘴巴说，不用。

但周德东还是替她打开门，跟在她后面出了房门。

赵小双头也不回地往楼下走。

周德东说，再见。

话音刚落，赵小双突然脚下一滑，跌倒，滚下楼梯。

周德东急忙跑过去扶起她。怎么样？摔坏没？他问。

赵小双就紧紧抓住周德东的手，她哭着说，没关系，没关系，我可能是太饿了。从昨天到现在，我一口饭也没吃。我的手是不是很热？我病了。

周德东试着抽回自己的手，但没抽回。他说，为什么不吃饭？

赵小双说，找我姐找得，钱都花没了。

这时候，住在周德东家对门的肖黑，正要去菜市场买菜。肖黑刚一出门，看到周德东和一个女人拥抱着，他就又轻轻退回屋里，轻轻带上门。在门关上的同时，肖黑听到周德东无限怜爱地说了句，你呀。然后，肖黑又把门轻轻开了个缝隙，看到周德东扶着那个女孩子下了楼。

肖黑其实兴致没有跟踪周德东和赵小双，但因为菜市场和驿动的心酒吧在同一条街上，肖黑就只能跟在周德东和赵小双的身后。

周德东和赵小双进了酒吧，肖黑才发现，这酒吧怎么改了名字？原来不是叫“驿动的心”吗？如今怎么改成了“移动的心”？紧接着，肖黑看到周德东和赵小双又走出了酒吧，周德东的手里，多了一条白色的尼龙绳子，长度应该是在两米半左右。肖黑没心思管这些闲事，就进了菜市场。

这之后，周德东和赵小双就没了消息。

7

很遗憾，故事到此没有结束。

2010 年的第一场雪飘落下来的时候，从前住在周德东家对门的肖黑，搬到我所生活的城市来了，而且跟老白家做了对门。我就是这样通过老白认识了肖黑。老白又说了那句话，咱们三个诸葛亮，怎么也赶上一个臭皮匠了。

2010 年的第一场雪下得出离不靠谱，竟然整整下了三天三夜。雪停下来的时候，一个自称叫赵小三的大眼睛女子，来到老白的第八感觉酒吧。当时，我和肖黑也都在场。对了，在场的还有那个剃光了头发和眉毛的女诗人。按计划，老白和女诗人的婚礼，将在半个月后举行。

赵小三一进来，肖黑就悄悄告诉我，这个女子，跟去找周德东的那个女子，长得一模一样。

我一愣，就听赵小三在问老白，你是白先生吧？你认识周德东吧？

老白说，我姓白，我认识周德东，他去涧河了，我们和他已经有半年多没联系了。

赵小三接下来说的话，让我差点瘫倒在地上。

赵小三说，是这样的，我大姐的男朋友——我叫他欧阳大哥，欧阳大哥和周德东关系也不错。我欧阳大哥让我二姐去找周德东，来酒吧小聚一下，可周德东把我二姐拐跑了。

老白说，我靠！原来是这样啊。可是，我，你找我有什么用？我有什么办法？

赵小三说，我知道你和周德东关系特别铁，你保准知道我二姐和周德东现在在哪。

紧接着，赵小三的眼泪唰唰唰地流了下来。她说，我妈病了，特别想见我二姐。

我、肖黑和老白都沉默了。只有女诗人把右手举过头顶，猛地下挥，同时大声说，Oh，mygod！Oh，mygod！

作为老白和周德东的朋友，我是不应该在这样的情况下离开的，但我又不得不离开。因为我采写的一个稿子，出现了很严重的失实，总编咆哮着命令我马上赶回报社。

稿件事件平息下来，已是三天之后了。我匆忙赶到老白的酒吧，却发现酒吧改了名字，不再叫“第八感觉”，而是更名为“黑白两道”。

我一进酒吧，就看到女诗人在哭，肖黑正在安慰她。

我问，店名怎么改了？

肖黑说，啊，老白把酒吧兑给我了。

我说，老白呢？

肖黑用右手轻轻拍着女诗人的后背，说，他跟赵小三一起不见了。

肖黑说这句话时，女诗人的哭声，火苗子一样蹿高了一大截。

我说，这怎么可能呢？怎么可能呢？

肖黑说，哦对了，我才想起来，老白让我把一个东西送给你。他边说边走向吧台，从那里取出一条白色的尼龙绳子，不由分说地塞进我的手里。

我跟肖黑要了一把尺子，认真地量了三次，每次都是两米半长。

蝴蝶效应

1

1979 年 12 月 29 日这天，对于黄一敏来说真的很重要。原因一是黄一敏出生在这天；原因二呢，是很多年之后，黄一敏才知道，就在她出生的这天，有个叫洛仑兹的气象学家，在美国科学促进会上做了一场著名的演讲。

洛仑兹宣称，一只蝴蝶在巴西扇动翅膀，几天后会在得克萨斯引起一场龙卷风。

洛仑兹的这一论断，怎么看都不是特别靠谱，但人们却习惯称之为蝴蝶效应，用来说明看上去风马牛不相及的两件事情之间，原来有着意想不到的关联。而另一些时候，蝴蝶效应也用来表明微小的细节，会带来巨大的变故，这就多少有点像那句俗语——针尖大的窟窿斗大的风。

黄一敏第一次听说蝴蝶效应，大约是在 2003 年的 6 月。那天的傍晚，天空飘起了小雨，小雨若有若无的，有点没事找事的意思。黄一敏吃过晚饭，不知怎么打发饭后到睡前的这段时间，那就看电视吧。黄一敏正在一下下地按遥控器，想找到重播电视剧《还珠格格》的频道，她的寻呼机来了信息。那时候，寻呼机在涧河已经没有更多的市场了，但手机还没有完全普及开来。

我正在北岸广场喷泉等你，江洋。黄一敏的寻呼机上来了这样一条信息，没有留下回电号码。

黄一敏拿着雨伞就跑出了家门。到了楼下，马上就要来到小区门口时，可能是因为走得太急了，黄一敏的左脚猛地崴了一下，疼得她倒抽了一口气。这里要交代一个很重要的背景，这就是在黄一敏十五岁那年，她的左脚曾经受过伤，具体说来是一片碎玻璃把她脚心扎了一个很深的口子，伤口好了以后倒是没有落下伤疤，但从这以后，每逢走路走急了，或者脚下踩了个小石头之类的东西，她的左脚就会隐隐作痛。

黄一敏就停下了脚步，脚下很清晰的疼痛，如同一只多爪的虫子一样，飞快地往上爬行。正是这股疼痛，让黄一敏突然想到了一个比较严峻的问题：江洋是谁啊？谁是江洋啊？在黄一敏的记忆和印象当中，从来就不曾有谁名叫江洋。

但黄一敏的脚步只停了一下，她就忍着疼痛，直奔北岸广场去了。

北岸广场自然坐落在涧河的北岸，距离黄一敏家至多十分钟的路程。广场其实只是个街心花园，七八百平方米的样子。广场大体呈圆形，或者说是五个同心圆套在了一起。圆心处是一个音乐喷泉，用白钢的栏杆围着，要赶上节日才会喷水。喷泉栏杆的外围是空地，铺了浅褐色的步道板。再之外的第三圈是花池，池里密密匝匝地植满一种红色的草本花，开得有一搭没一搭的，它们的名字是不是叫串红，黄一敏有些吃不准。花池的边沿部分，贴了乳白色的瓷砖，就成了一些游人的座椅，也算是一种一专多能吧。广场的第四环又是空地，铺的步道板颜色要深得多，已经接近了棕红。广场的最外一环是草坪，西北、西南、东北、东南这四个方位，都植了那么三五株白桦树，树下呢，摆了几只白色的长条椅子，分布得看似随意，实则刻意。

一定是因为下雨的缘故，黄一敏赶到北岸广场，这里显得有些冷清。

在广场的南入口，黄一敏站了下来，不远不近地望着喷泉。

有五个人在那儿逗留。一个似乎是迎宾小姐，身前斜披了一条彩带，上面写着北岸宾馆你的家。要不是哈欠一个紧接着一个，迎宾小姐也许会把随身携带的微笑，放到脸上的。站在喷泉近前的那两个人看来是情侣，正手拉着手、脑门顶着脑门，在悄悄地说着什么，男子还偷偷亲了下女子的脸颊。剩下的两个人，一个蓄着怒气冲天的络腮胡子，斜靠喷泉的栅栏，正在打电话，这人没拿手机的右手，触了电一般胡乱抖动着，还不时地指着天空或者狠拍大腿；最后的那个人是个大约二十三四岁的男子，黄一敏刚一打眼，还以为他是个小男孩呢。这人嘴里叼着一根香烟，正在四下张望。他的身高也就一米六多一点点的样子，而且瘦得有点离谱，以致黄一敏在一瞬间里有一种担忧，这就是把这人扔进锅里，能不能炸出多半碗油来？

黄一敏就想，他们五个当中，哪个是江洋呢？

2

这个扔进锅里炸不出半碗油的男子，就是江洋。这是黄一敏第二天才知道的。

因为弄不准这五个人中哪个是江洋、有没有江洋，黄一敏就转身回家了。可是第二天，还是晚饭过后，江洋又给黄一敏打来了寻呼，还是说在广场喷泉等她。黄一敏首先是感觉很烦，接着就起了好奇心，想要看看江洋到底是个什么样的货色，不认不识的，总给我打传呼干什么！

这个傍晚就像黄一敏在中学作文里写的那样，不但晴空万里，而且万里无云，广场上的游人熙熙攘攘。还是站在广场的南入口，黄一敏更加弄不清谁是江洋了。

黄一敏就仔细盯着喷泉附近的游人，很快她就又发现了昨天那个蓄着络腮胡子的中年男人。这男人仍旧在打电话，大张着嘴巴、舞动着臂膀，正在呼喊着什么。黄一敏就想，这个人会是江洋吗？我要不要上前打个招呼？黄一敏正在犹豫，男人突然大骂了一句。接着他就狠狠地将手机摔碎在了地上，吓得周围的人都停下脚步，黄一敏也下意识地捂住了胸口。

男人迈着大步离开了广场。他的两只脚，就像两个大锤子一样，每走一步，似乎都要将大地砸出个坑来。男子经过黄一敏身边时，黄一敏紧忙往旁边侧了侧身。

黄一敏就觉得真是有些无聊了，打算回家看电视，或者找个网吧上网。就是这个时候，江洋来到了黄一敏面前。

请问，你，是不是要，找，要找一个叫，叫江洋的人？江洋磕磕巴巴地问。

你怎么知道？黄一敏白了江洋一眼，随即就记起了，昨天这个时候，这人也在喷泉近前出现过。

我就是江洋。江洋赶忙把笑容四四方方地摆到脸上，话也说得顺溜了。

江洋还慌忙将记者证递给了黄一敏，以表明自己不是坏人。不知道是江洋放手放早了，还是黄一敏伸手接晚了，总之记者证掉在了地上。江洋赶忙哈腰去捡，一只宠物京巴狗不知从哪窜了出来，一口叼起记者证，撒腿就跑。江洋围着广场追了两圈半，把自己累得像条落水狗，总算将记者证追回来了。

而黄一敏就一直看着江洋撵狗。开始时，她是将两只胳膊盘在胸前，脸上是淡淡的笑。可是很快，黄一敏开始大笑起来，边笑边鼓掌，笑得肚子都要抽筋了。

江洋来到黄一敏面前，用手捋着自己的胸口，说，气，气死我了。

黄一敏笑得抱着肚子蹲在了地上。

江洋是《涧河晨报》的记者，他要做一个有关寻呼机退市的报道，就在昨天和今天，随意给几个寻呼机号码发了信息，但没有一个人来见他。昨天，黄一敏出现在广场南入口时，他就注意到了，但他也拿不准黄一敏是不是来找他的。今天，当黄一敏再次出现，他就忍不住走上前来了。

江洋要做的新闻报道，主要观点是寻呼机不该退市，寻呼机给百姓带来了极多便利，政府有义务扶植这一行业。

黄一敏说，你有病啊？便利个屁！有钱谁用传呼？有钱谁不用手机？

江洋抬起左手挠了挠鬓角，说，嗯，也是啊。

黄一敏又白了江洋一眼，她说，你怎么不写写宠物狗，都要比人多了。你看那些养狗的，管狗都叫儿子，叫得多亲多恶心，你怎么不写这个？

江洋说，是啊，我怎么没想到这点呢？

黄一敏又白了江洋一眼，懒得再说什么。

这时候，有一只墨绿色的蝴蝶，不知道是不是大老远从巴西飞了过来，绕着黄一敏的头飞来舞去的。可能是为了打破有些尴尬的气氛，江洋说，一只蝴蝶在巴西扇动翅膀，过几天就能在得克萨斯引起一场龙卷风。

有病。黄一敏小声嘟哝了一句。

江洋看着飞远的蝴蝶，说，这不是我说的，是洛仑兹说的。

黄一敏说，我管你什么兹不兹的。

江洋说，那，那这样吧，既然已经把你约出来了，我这采访也泡汤了，那我请你喝咖啡去吧。

两个人就去了桥旗路中段的那个名叫第八感觉的酒吧。除了咖啡，江洋还点了腰果、薯条，都是些中看不中吃的东西。

两个人就这样认识了，只不过是那种最平常的朋友而已。

黄一敏怎么也不会想到，江洋，这个模样和个头都让她打不起精神的小个子，有一天会成为她的丈夫。

3

黄一敏再次听说蝴蝶效应，已经是 2005 年的夏天了。这次给她讲蝴蝶效应的人，名叫张怀恕。

张怀恕和黄一敏的关系，你要是真的细究起来，是有些说不清道不明的。我们可以说张怀恕是黄一敏的男朋友，却不一定能说黄一敏是张怀恕的女朋友。

张怀恕不是涧河当地人，至于他是多大年纪，他从哪里来到涧河，以及什么时间来的，已经无从考证了，黄一敏也不在乎这些。2003 年初春的时候，黄一敏到一家小吃店，应聘做服务员，小吃店的老板就是张怀恕。两个人就这样认识了，并且很快过起了同居生活。江洋当初给黄一敏打寻呼，黄一敏之所以冒冒失失就去见江洋，正是因为那段日子张怀恕不在她身边，她就回到了父母家里，横竖不知道应该怎样打发时间，就多少有了些无事生非的念头。

这里还要交代一下，黄一敏和张怀恕同居后，张怀恕就把小吃店关了，据他本人讲，他是到涧河下辖的绥北县开了家木器加工厂。他们的同居的房间，是张怀恕租的一户楼房，位于桥旗路的中段，是顶层，站在阳台上，黄一敏可以清晰地看到第八感觉酒吧的门脸，就是江洋第一次请她喝咖啡的那个酒吧。同居的生活聚少离多，张怀恕一般是每周末从绥北赶回来，剥香蕉那样把黄一敏从衣服中剥出来，动作稳准狠，事后交给黄一敏零到一百元不等的票子，睡一觉后就赶回绥北了。两个人平时并不见面，电话也很少打，黄一敏更多的时候是斜躺在父母家的长条沙发上，手握遥控器，一下接一下地按，按到播放电视剧《还珠格格》的频道，就一五一十地观看起来。

日子就这样不知不觉地过去了七百多天，回想起来的时候，黄一敏偶尔也有吓一跳的感觉。

当然，在这期间，每隔一两个月或者三五个月，黄一敏也会跟江洋见上一面，一起去大力士牛吃冷饮，或者到北岸商场后面的大排档，就着烤肉喝扎啤。每次都是江洋抢着结账，黄一敏先前是有些难为情的，但很快就习惯了。渐渐地，黄一敏就发现了，江洋是有些喜欢她的，只是从来不曾表白过，黄一敏也懒得挑明。她觉得，有一个张怀恕就够了。不过，能被人喜欢，总归是件提神的事。因为张怀恕炒股，黄一敏就对股票多多少少知道一点皮毛。有的时候，黄一敏觉得江洋会是她的潜力股。这样想时，她甚至会偷偷笑出声来。

2005 年夏天的一个傍晚，并不是周末，张怀恕却回来了，浑身

沾满泥土和草屑，整个人看上去也像一根干枯的蒿草，随时能被风吹折吹飞的样子

黄一敏就问，怀恕你这是怎么了？

张怀恕长叹了口气，点了根烟，恶狠狠地吸了一大口，说，以后，以后我就不再过来了吧。

黄一敏说，什么呀？你说什么呀？我是问你，你身上怎么这么埋汰啊？

张怀恕说，以后，我们以后还是分开吧。

黄一敏这下似乎看出有点苗头不对了，她说，为什么呀？

张怀恕说，赔了，我的股票都赔进去了。

黄一敏说，哦。

接下来，张怀恕讲了他的炒股失败，用他本人的话来说，是血本无归。在反思炒股失败的原因时，张怀恕说是某某国家的领导人有一天晚上失眠，心情不好，就用手中的权力对另一个国家进行经济制裁，而这另一个国家就削减或者增加了原油出口量，于是整个世界石油价格大幅波动，股市受到严重冲击，他就血本无归了。

张怀恕最后总结道，这是蝴蝶效应在作怪。

看黄一敏一脸迷惑，张怀恕就给她讲了1979年12月29日、洛仑兹、蝴蝶、龙卷风。

黄一敏恍惚觉得蝴蝶效应这四个字，她一定是在哪看见过或者听说过，是电视剧《还珠格格》里面的台词吗？可能是吧？黄一敏不再想这个问题，而是拿出自己的钱包，打开，递给张怀恕。

你看，我这还有两千五百多块呢，都是你给我的，我没舍得花。说到这儿，黄一敏大笑起来，接着说，对了对了，我想起来了，我家里还有一个存单，也是两千五百块，年底才能到期。给你，给你呀。黄一敏边说边把钱包中的钱一把抓出来，往张怀恕手里塞。你拿着呀，拿着！

张怀恕把其中二十张百元面值的放到自己兜里，起身，说，那我走了。

黄一敏说，你这么着急干什么呀？

张怀恕的脚步停了一下，但没有回头，紧接着就快步走掉了。

接下来的周末，黄一敏又去了他们同居的楼房，却发现里面住进了新的房主。她急忙拨打张怀恕的手机，可张怀恕的手机已经停机了。

4

张怀恕消失之后，黄一敏这面发生的事情可以说是应接不暇。

首先是黄一敏嫁给了江洋，这一件事就足以忙得人四脚朝天啊。结婚之后，黄一敏到北岸宾馆做了迎宾小姐，那条写着“北岸宾馆你的家”的彩带，就斜披在了她的身上。可是很快黄一敏就辞职回家了，原因似乎是因为她怀孕了，就接着在家看电视，却再没有哪个电视台重播《还珠格格》，她索性就把这部剧的碟片买了回来。

转过年来，黄一敏做了母亲，是个女孩，江洋给她取名叫江彤彤。江彤彤满百天的时候，黄一敏的继父南井章去世了。

女儿江彤彤出生和继父南井章去世这两件事，似乎让黄一敏生平第一次知道了什么是欲哭无泪。有几个睡不着觉的夜里，黄一敏就想，如果她的生日不是1979年12月29日，如果她能够出生在1980年的1月底或者更晚一些，那么她的人生，也许就会是另外一种样子了。

想到了自己的生日，黄一敏自然也就想到了蝴蝶效应。黄一敏知道，蝴蝶效应在她身上切实发生了。而她十五岁那年遭遇的一块碎玻璃，应该就是引发了龙卷风的那只蝴蝶。

看来，有关黄一敏的故事，我们还得从头开始讲啊。

5

现在出场的两个人，一个名叫王秀杰，一个名叫黄文成。前者女，二十四岁，后者男，二十三岁。时间是 1979 年 4 月中旬的一个星期天。按说日子应该定在五一劳动节那天的，但王秀杰不同意，理由是不跟那些人凑热闹。黄文成当然举双手赞成，他的额头和鼻子上已经布满了粉刺，颗颗饱满、粒粒欲滴，显然是盼望这一天盼的。

在黄一敏的想象中，这一天的王秀杰身穿一套大红的衣装。但王秀杰的脸色跟服装反差很大，冰冷得能刮下冰碴来。同样是出自黄一敏的想象，黄文成这一天穿了一套藏蓝色的中山装，脸上的笑容风起云涌，无疑是从一个开心的傻瓜脸上原封不动地转载过来的。

长话短说，夜色搭乘一弯新月款款降临了。亲戚、朋友、同事、邻居，放下礼金、礼品和啰里啰嗦的祝福话语，带着或深或浅的醉意离去了。王秀杰和黄文成也该来到床上了。这应该说是重要的一刻，古人甚至说过能值千金。千金显然是有些虚拟的，远不如黄文成的话语来得直接。

黄文成说，打一小，算命瞎子就说俺长大能娶个漂亮媳妇，真准。

王秀杰叹了口气，眼睛一眨不眨地盯着天棚。她没说什么，但把黄文成搭在她胸上的手，肯定地拿开了。

黄文成说，秀杰，你嫁给俺，你也没吃多大亏。俺爹说了，等咱俩歇完婚假，再上班，你就去坐办公室，俺去二车间当车间主任。

王秀杰还是没说什么，黄文成已将自己处理成了净重。

在黄一敏的想象中，王秀杰一定是拒绝黄文成了的，就像她本人第一次跟江洋在一起时，她也半真半假地拒绝了江洋一样。在黄一敏的想象中，王秀杰大概跟黄文成说了今天实在太累这类的话。而她本人对江洋说的话是，我害怕，你轻一点。黄一敏想，王秀杰的衣服一定是黄文成连脱带撕给褪掉的，黄文成在找寻了好一会儿后，终于进入了王秀杰的身体。黄一敏想不出，王秀杰和黄文成第一次做爱之后，王秀杰是怎么做的善后工作。她本人是把事先垫在身下的一块白色丝巾给了江洋，丝巾上的血迹让江洋把她紧紧搂在怀里。黄一敏就缓缓地长吁了口气，心想真是十指连心啊，划破了哪根都是钻心的疼。

还是接着说王秀杰和黄文成。

婚假结束之后，果然像黄文成说的那样，他本人由涧桥化工厂的电工成了该厂二车间的车间主任，王秀杰也不再是一车间的配料技工，而是进了办公室，好像是负责团委或者工会工作吧。

再之后就到了 1979 年 12 月 29 日，王秀杰生下一个女孩。

没错，就是黄一敏。

6

王秀杰 4 月中旬结婚，当年的 12 月底就生了黄一敏，这似乎不是特别符合常规啊，黄文成曾经也是有些怀疑的，但从没深究过。

涧桥化工厂生产的北岸牌胶水，大约是在黄一敏两周岁的时候成为省优和部优产品的。直到 1995 年，也就是黄一敏十五岁的时候，北岸牌胶水仍旧省优部优，而且还成了国家免检产品。

但让人不能理解的是，就在黄一敏十五岁这一年，涧桥化工厂倒闭了，据说所有的家底都划拉出来，还抵不上欠银行贷款的一个零头。王秀杰和黄文成，就双双下岗了。两个人都是三十八九岁的年纪，说老是不准确的，说年轻似乎也不准确，就感觉有点上不着天下不着地，感觉日子有点夹生。

好在夫妻二人这些年来多少还是有一点积蓄的。黄文成就买了辆出租车，整天满大街溜活，累得回到家里经常吃着饭就睡着了，但收入还不错，比夫妻二人一起工作时的工资多了老大一截。黄文成就不想让王秀杰继续在饭店后灶房刷碗、择菜、打扫卫生了。

他说，秀杰，往后你就别伺候那些王八犊子了，在家享受几年，把俺们爷俩伺候好，我看就比啥都强。

王秀杰点头，说，嗯，我听你的。

可能真是应了是祸躲不过这句老话，王秀杰刚刚辞去服务员工作的第三天，黄一敏的左脚就被碎玻璃扎了。此前的十五年，王秀杰整天忙于家务和工作，本来不是多么精心地照看黄一敏，黄一敏偏偏健健康康地成长，而如今，王秀杰正打算尽心尽力照看黄一敏，黄一敏偏偏出了差错。

那天应该是个星期天。王秀杰带着女儿去北岸商场买了一双白色的皮凉鞋，一出商场，也不知道怎么搞的，黄一敏的左脚脚掌就扎进了一块碎玻璃，鲜血急促地涌着，黄一敏号啕大哭。

王秀杰赶忙叫住一辆出租车，赶往医院。

王秀杰不知道黄文成是怎么听说黄一敏的脚受伤的，反正她和黄一敏赶到医院的时候，黄文成也赶来了。黄一敏因为失血过多，需要少量输血。就这样，火苗一下子冲出了包装纸，放肆地蔓延开来。

事情明摆着的，王秀杰和黄文成都是 A 型血，而黄一敏却是 O 型血。再者说了，王秀杰当年是在家生的孩子，黄文成眼巴巴地盯着呢，根本不存在医生或护士马虎，把黄一敏跟别人家孩子弄混的条件。

黄文成看着王秀杰，王秀杰看着墙角，两个人都一下子没了话语。

回到家里，王秀杰和黄文成也是没吵没闹，简简单单就将十几年来的日子做了分割，不多的一点存钱，两个人平分了，车子归黄文成，房子归王秀杰。

王秀杰就想对黄文成说三个字，但又不知道该说“谢谢你”，还是该说“对不起”。

领了离婚证，黄文成说，秀杰，其实吧，你犯不上糊弄我这老多年，你要是早把话挑明，咱们不至于走到今天这个地步。

王秀杰突然翻了脸，她喊破嗓子那样大叫，什么七十八十的！有用吗？你现在说这些废话还有啥用？

说完，王秀杰双手抱头蹲在了地上，她的哭声却陡峭地站了起来。

7

黄一敏不知道父母为什么离婚，她就问王秀杰，妈，你和我爸怎么了，因为什么过不下去？

王秀杰说，那个，也不为什么吧。

黄一敏就不问了，一来是脚疼让她心烦；二来是她担心自己的功课，本来成绩就靠后，这次受伤，不能上学，名次不排到最后才叫怪呢。

1996 年，黄一敏中考之后，王秀杰和南井章结婚了。婚前，王秀杰象征性地征求了一下黄一敏的意见。黄一敏说，我不管。黄一敏的不管，其实就是反对。要不是看在南井章每次来，都偷偷给她十块八块零花钱的面子上，黄一敏实在懒得看他。

南井章真是得寸进尺啊，婚后的第一件事就是要把黄一敏的姓改成南。这让黄一敏决定永远不叫南井章爸爸，连叔也不叫。

黄一敏先是偷偷拔掉南井章自行车的气门芯，让他上班经常迟到。南井章过日子很仔细，早上去上班时，总是带饭，午间就不用去小吃店了。黄一敏呢，偷偷将一把沙土放在他的饭盒里。再后来，黄一敏还找来一张十六开大小的白纸壳，在上面写了“我是大王八”，趁南井章不注意，用省优部优的北岸牌胶水，将纸壳贴在了南井章的衣背上，弄得满大街的行人和司机先是惊奇，接着拍手叫好，以至涧河市的交通差一点瘫痪。

难说南井章就不知道这些恶作剧都是黄一敏干的，但他却从没埋怨过黄一敏。新学年开始的时候，黄一敏去了一家卫生学校上学。以黄一敏的中考成绩，她是不可能考上任何学校的，是南井章不知托了什么人，又交了高额学费，黄一敏才学上了护理。

在卫生学校读书二年半，黄一敏是住校。南井章时常来学校看她，这让黄一敏更烦南井章。

第三学年的下半学期，黄一敏到北岸医院实习。在给一个流感患者扎吊瓶的时候，她自言自语地说，你的动脉也太细了。

患者噌地一下站了起来，说，你说啥？你刚才说啥？

黄一敏瞪了患者一眼，命令道，你坐下！谁让你站起来了？你自己动脉细，你自己不知道怎么的？

患者汗如雨下，流感不治而愈。结果呢，自然是黄一敏回了家。

再之后的事情，就是黄一敏认识了张怀恕和江洋，具体情况我们在前面已经说过了。

8

现在，我们再来说说南井章去世的情形。

其实也没什么好讲的。南井章那天去上班的路上，摔了个跟头，就没了命，是突发脑溢血。王秀杰哭得晕死晕活了几个来回，黄一敏觉得母亲伤心成这样，真是犯不上，怎么就不怕人家笑话呢？

道路两旁的垂柳开始飘落叶子的一天，黄一敏哄睡了女儿江彤彤，就一个人出来散心。不知不觉，她来到了第八感觉酒吧门前，就看到黄文成醉醺醺地从酒吧里面走了出来。

说来也是有些不可理解的，王秀杰和黄文成离婚后，这么多年过去了，黄一敏这是第一次见到黄文成。黄文成苍老得不成样子，衬衫的纽扣都不知去了哪里，他刺猬一样花白的头发，就像一根根不很锋利的针，扎得黄一敏从头顶痛到了脚板。

黄一敏急忙上前，扶住黄文成，她说，爸，你怎么喝这么多？

黄文成勉强将眼皮挑开一道缝隙，终于认出是黄一敏，他一把推开黄一敏，将黄一敏推得倒退了几步，一屁股坐到了地上。地上呢，不知道是谁扔了一块西瓜皮，黄一敏就乘坐西瓜皮，滑行了差不多两米远。

黄一敏正要站起身来，黄文成踉踉跄跄地来到她近前，哆哆嗦嗦地用右手的食指指着黄一敏，他说，别叫我爸！你妈她没告诉你？南井章才是你亲爹！

黄文成就上了一辆红白相间的千里马出租车，转眼没了踪影。

黄一敏站起身来，对自己说的第一句话是，开什么玩笑？随即她就顾不得回家照看女儿，直奔母亲王秀杰家去了。

到了母亲家，黄一敏发现母亲王秀杰已经死了，是喝药自杀。

王秀杰在遗书中告诉黄一敏，她的亲生父亲是南井章，不是黄文成。王秀杰说到了黄一敏十五岁那年脚扎了，黄文成通过血型不符，知道了黄一敏不是自己亲生的，所以他们二人才离了婚。但王秀杰并没有说，她当初为什么怀着南井章的孩子嫁给了黄文成。

王秀杰在遗书的最后，嘱咐黄一敏：看好彤彤，千万不要让玻璃扎了彤彤的脚！可能是担心不能引起黄一敏足够的重视，王秀杰就又掉过来写了一行：千万不要让玻璃扎了彤彤的脚，看好彤彤！

双手捧着母亲的遗书，黄一敏欲哭无泪。

过了好一小会儿，黄一敏大喊一声，我恨你们！之后就哭出了声。

9

故事的最后，我们再提一下张怀恕吧。

而说到张怀恕，黄一敏就真的有些佩服母亲王秀杰。这老太太是怎么知道彤彤不是江洋的孩子的呢？黄一敏一直以为这个秘密，只有她自己才知道。

黄一敏很清楚，彤彤已经是她和张怀恕的第三个孩子了。前两次怀孕，张怀恕说到医院做了吧，黄一敏就去医院做了人流。做完第二次人流时，医生对黄一敏说，孩子，下次一定要注意啊，我敢用我的脑袋做保证，要是你下次再做人工流产，你这辈子就再也别想当妈妈了。黄一敏一个劲地点头，心里却小声嘀咕，吓唬谁啊？

虽然没有完全把医生的忠告当作一回事，但这之后，再跟张怀恕在一起的时候，黄一敏还是采取了一些避孕措施。可她没有想到，在张怀恕消失之后，她发现自己又怀孕了。

也许是出于对张怀恕的怀念，以及对自己再做人流就可能当不了妈妈的担忧，黄一敏决定生下这个孩子。黄一敏甚至想，不用管孩子的爸爸是谁，反正我是孩子的妈妈就行了。

可孩子毕竟不能一出生就没有父亲，黄一敏就去见了江洋。跟江洋做爱时，她偷偷划破了自己的手指，之后就抢着救火一样嫁给了江洋。

很明显，故事的最后，张怀恕并没有出现。

但黄一敏觉得，要是有那么一天，彤彤像她当初那样，被碎玻璃扎了脚，张怀恕说不定就会来娶她呢。到那时候再说吧。

先睡一觉再说吧

1

我再重复一遍：我不可能姓 A。中国没有这样尖尖头的姓氏，太不像话了。

我的名字也不可能是某。这跟我爸我妈的身份不符。你知道的，我爸我妈在黑龙江边做水产生意，直说就是鱼贩子。可他们都是读过书的人，他们不可能在二十年前，给他们的独生子取出“某”这个名字，酷得太不靠谱了。

可我现在偏偏姓 A 名某，上了《涧河晨报》社会新闻版的左上角。

我发誓，如果我是《涧河晨报》的总编，我加班加点干的第一件事，就是把那个叫王子的记者炒成鱿鱼卷，然后看也不看一眼就倒进厕所。这个油头粉面的小王八羔子，连起码的敬业精神都没有，他带着个笔记本电脑，人模狗样地采访了我五分钟，完了不但没有在他那篇文章中使用我的真实姓名，连给我编个好听点的假名这种能力也没有。他就那么键盘一敲，我就成了 A 某，杀死花头巾的犯罪嫌疑人之一。

另一个犯罪嫌疑人，名字跟我一模一样，只是姓不同，他姓 B。

也是王子键盘一敲造的孽。

2

事情的开始似乎与一个叫梦雪的人有关。

梦雪是个酒吧女，但彭澎当初不知道。彭澎当时刚刚走出中学校门，在他的想象当中，天底下实在没有比发财更容易的事了。

彭澎就喜欢上了梦雪，梦雪似乎也喜欢彭澎。彭澎记得，他认识梦雪那天，美国正式开始攻打伊拉克。小布什在小鹰号航母上宣布对伊战争取得胜利那天，彭澎却再也从家偷不出钱了，梦雪就离开了彭澎，不知去向。

很明显，这是一段非常没劲的故事，我如果详细地讲，只能是让你犯困。而更加没劲的是，彭澎仍旧喜欢着梦雪。彭澎想，他一定要发财，然后用一捆一匝的人民币和美元，将梦雪的脑袋砸晕。彭澎想，他一定要让梦雪充分认识到，她当初甩掉他，是个比宇宙更大的错误。彭澎想，梦雪一定会跪在他面前，声泪俱下，求他原谅她。而他呢，点一根烟，吐烟圈玩，装做什么事也没有的样子，其实心里早就乐开了花。

彭澎就离开了黑龙江。

彭澎是这么想的：发财一定要去外地。兔子还不吃窝边草呢，他怎么能跟父老乡亲抢饭碗呢？

彭澎就来到了涧河。

现在回想起来，彭澎来到涧河，其实只完成了这么一件事：把自己变成了 A 某，杀死花头巾的犯罪嫌疑人之一。

这样一来，你一定知道了，A 某就是彭澎。可你可能不会知道的是，彭澎其实就是我。如此一来，A 某就是我？我就是 A 某？我直勾勾的眼神，表明我一时半会转不过这个弯来。

3

除了是一座城市的名字之外，涧河的确是一条瘦弱的水系。

这水系如果说得更加严格一点的话，它其实不过就只是一条宽约五米的山沟沟而已，每年的枯水期长达七八个月。非枯水期时，所谓涧河也流得迟疑而温暾，岸两旁不足两米高的柳树丛，就像一群营养不良并且弱智的孩子。

这是彭瀚在E-mail里告诉我的。彭瀚是我的一个就要出五服的哥哥，由黑龙江来涧河市发展快十年了，在涧河北岸开了家浩瀚网吧，生意火得不像话。

而现在，我就徘徊在涧河的北岸，我想我的爷爷。你大概也是多少知道一点点的吧，一九四七年的时候，我爷爷在涧河北岸加入了国民党还乡团，第二年年底时逃亡去了黑龙江。在黑龙江生活了二十多年后，我爷爷又被押回涧河，在涧河的北岸，被咔哒一声枪毙掉了。我不想追问我爷爷当初为了多少非、做了多少歹。作为他儿子的儿子，我只是想看看他生命终止的地方，感受或者感叹那么一下子。

我不知道自己在涧河的北岸耷拉着头转悠了多久，后来我就想抽一根烟。以前我是不抽烟的，都是梦雪给折腾会的。

烟和钱是一起掏出来的。点着烟后，我数了数钱。我从我爸我妈那偷来的五百块钱，还剩三百零六块。对于一个已经开始闯天下的人来说，这点钱跟没有一样。但我一点也不着急。

我有什么可着急的呢？我爷爷当初从涧河逃亡到黑龙江时，他身上一分钱都没有，不是也没有饿死吗？不但没饿死，我爷爷还迅速挣了一小笔钱，娶了如花似玉的我奶奶。

我就打算将自己置之死地而后生。就是说，我要把身上的最后一分钱也花掉，然后再找个什么工作干干。我认为身无分文才会让我更有动力和激情。如果一定要说我着急的话，我只急怎样快点把这三百零六块钱花掉。

结果天遂人愿，这三百零六块钱很快就花掉了。

因为我认识了萧非。

4

有关这个萧非，我三五句话真就讲不明白。他是青岛或者烟台的一个孤儿，来涧河是为了看他的网友，女的，网名叫飞翔的鹰。

萧非和飞翔的鹰当初在网上具体都聊了些什么，我不知道。反正他们两个人聊着聊着，萧非就爱上了飞翔的鹰。飞翔的鹰告诉萧非，说她早就有男朋友了，她男朋友的网名可爱极了，叫花头巾。萧非说这没关系。萧非就带上全部积蓄，是两千零几十块钱，乐颠颠地来到了涧河，而且事先没有跟飞翔的鹰打个招呼。真是又傻又拽。

我和萧非其实是同一时间来到涧河的。我在涧河北岸怀念我爷爷时，他正在我那个叫彭瀚的哥哥经营的浩瀚网吧上网。

萧非简直就是个废物，他那两千多块钱，居然连根带梢丢到火车上了。出了火车站，他差点把自己的衣兜和裤兜都掏漏了，也只掏出三块七毛钱。萧非东拐西拐，天知道他怎么就来到了我哥彭瀚的浩瀚网吧。他显然是想在网上找到飞翔的鹰，可天底下哪会有这种巧合的事？

上网费两块五一小时。上了两个小时网，萧非自然没能在网上找到飞翔的鹰。他就来到收款处，跟我哥彭瀚说他只有三块七毛钱。我哥彭瀚说没关系，白上也行，心里却骂了萧非一句什么。

萧非和我哥彭瀚的对话，被一对上网的男女听到了。这对男女就都力道十足地看了萧非一眼，然后又相视一笑。萧非身体里的血液，就有一多半涌到了脸上，使浩瀚网吧里的温度稳健地增加了两三度。他把那三块七毛钱放到柜台上，贼似的往外走。

萧非当时不知道，相视一笑的那对男女，女的正是他要见的飞翔的鹰，男的就是花头巾。飞翔的鹰当时应该是没有登录QQ吧，谁知道呢。

萧非逃出浩瀚网吧时，他就暗下决心，将来一定要胖揍花头巾一顿。萧非是这么想的：把他那两千块钱偷走的人等于把他推到了井里，这没什么太可恨的。太可恨的是花头巾居然敢嘲笑他，稀里哗啦地往井里扔石头，见过欺负人的，但没见过这么欺负人的。

萧非就像个霜打的茄子似的漫无目的地走。走着走着，他就觉得小腹里边刀铰斧劈似的疼。萧非就在心里念叨，阑尾阑尾，你可别在这个时候给我添乱呀。而我也是后来才知道的，萧非有慢性阑尾炎，一直靠打针、吃药维持。萧非的念叨，显然引起了他的阑尾的高度重视，他的阑尾就一剜一掘地疼起来，疼得他冷汗泛滥，跟条落水狗似的。

我看到萧非时，他正躺在地上打滚，十三个人——六女七男——围成个圈，手插着兜，在看热闹。

我这个时候当然不知道他是萧非。但我既然是人，是那一撇一捺，我就必须上前帮他一把。

我说，哥们儿，哪不舒服？

萧非呻吟着说，阑，阑尾，犯了。

我说，走，去医院。

萧非说，我，我，走，走不动，我，没钱了。

我的右手就挥过了头顶，我说，我有，哥们儿我有！

我就打了辆出租车，把他送到了北岸医院。

而现在回想起来，我是真的很后悔当初救萧非。我如果不救他，他就不会成为 B 某，杀死花头巾的另一犯罪嫌疑人。

5

难怪人家都说，这年月，有啥你也不要有病。切除阑尾，不能再小的手术了吧，那个皮肤很白的女医生，却张嘴就跟我要两千块钱押金，太黑了。

直到这个时候，我才想起我兜里只有三百块钱，那六块钱刚才打车来医院时花掉了。我的右手就又举过了头顶，却没能有力地挥下去，而是像一根折断的枯树枝，软塌塌地垂了下来。

我正想求女医生发扬救死扶伤精神，一个大约比我大一两岁的男人推门走了进来。这个男人就是花头巾。我这是第一次见到他，萧非却是第二次了。

花头巾对女医生说，妈，给我二百块钱。

花头巾的母亲说，我昨天不刚给你二百吗？

萧非就把自己的脑袋使劲向裤裆那儿埋了下去。他准是气得快疯了。他准是这么想的：我怎么这么倒霉呢？两次该用钱却没钱的情景，怎么都让这小子赶上了呢？怎么总是可一个地方丢人现眼呢？

萧非就使劲咬他那口四环素牙。我呢，以为他是阑尾太疼了。

我就顾不得等花头巾母子对话完毕，我说，医生，我现在只有三百块钱，您能不能先……

花头巾打断我的话，他说，没钱那你们就别生病呀！

我就觉得我的胸口胀得不行，但我没理花头巾，也没看他。我说，医生，其实我也不认识这位病人。

花头巾说，不认识？那你扯这个淡干什么？

花头巾又说，你有病啊？神经科在三楼，三零五。

我抢前一步，抓住花头巾的衣领，我骂，敢跟我装犊子！我边骂边一拳向他的脸打去。

但我的手却被花头巾的母亲和萧非拽住了。花头巾的母亲对花头巾说的好像是“你快回家去”，萧非对我说的好像是“大哥，我们走”。他们两个人是同时说的，谁的话我也没听清。

我缓缓放开花头巾。

花头巾分别横了我和萧非一眼。他对萧非说，行啊，又是你小子。他对我说，行啊，你小子等着。说完，他就将门一摔，走了，去找二伟。

后来我才知道，二伟是涧河当地一个小有臭名的地痞。而后来的事情发展表明，花头巾如果没去找二伟，那他也许就真的不会死，我和萧非相应地也就不会成为 A 某和 B 某。

花头巾走后，他的母亲就给我讲做医生如何不容易，因为医院各科室都承包了，一副前嫌尽释的样子。我显然不能再说我不认识萧非，他已经叫我大哥了。

我正不知如何是好，萧非猫着腰，拉过我的手，他说，大哥，谢谢你，我不治了。他的眼里满是泪水。

我的右手就又挥过了头顶。我说，治！我说，一定要治！我说，兄弟，你等着我，我这就去借钱。

说这番掷地有声的话语时，我就没有由来地想，我爷爷虽然是个为过非做过歹的还乡团，但在朋友圈中，他一定是个仗义疏财、甘为朋友两肋插刀的汉子，铁血汉子。在“汉子”这一点上，我们祖孙二人一定是一脉相承。

6

其实北岸医院门口就有公用电话，但匆忙之间我没有看到。我终于找到的那个公用电话亭，距离北岸医院大约五十米远。电话亭的对面是涧河北岸夜总会，五六台夏利出租车停在门口。

我来涧河之前，并没有给我哥彭瀚打电话。很明显，我不想接受任何人的帮助。我不相信凭自己就干不出几件像样的大事，让人们的眼睛瞪得比牛眼还大。可现在，我不向彭瀚求救，又能向谁求救呢？

接到我的电话，我哥彭瀚挺惊讶的。他要请我喝酒，让我告诉他我在哪，他开车来接我。

我哥彭瀚说到这儿的时候，我突然想，我扔下萧非不管，其实也不算太不讲究吧？他跟我非亲非故的，我干嘛一个劲地帮他呢？我图稀什么呢？

还好，这些上不了台面的想法，在我心里只一晃就消失了。我彭澎是谁？响当当的汉子。

我就对我哥彭瀚说，我在北岸医院呢。我告诉他我一个朋友阑尾炎犯了，急需两千块钱做手术。

我哥彭瀚让我在医院门口等他，他说他马上就到。

通完电话，走出电话亭时，我看到一个女人从涧河北岸夜总会出来，进了一辆红色夏利出租车。一瞬间里，我的心噌地一下蹿到了嗓子眼，我的腿哗地一下软得像一摊泥。

梦雪！扒了她的皮，我认识她的骨头！

可是，可是她怎么会出现在涧河？

我拔腿就追，当然不可能追上。那辆红色夏利很快就驶过了北岸医院，我追到医院门口时，停下了脚步。

7

我自然没有告诉我哥彭瀚，我是被梦雪当大鼻涕甩了，才从家跑了出来，还偷了家里五百块钱。我只是告诉他，我想看看我爷爷生命终止的地方，结果遇到了萧非。

我哥彭瀚拍了拍我的肩头，他说，兄弟，好样的！他边说边竖了竖右手的拇指。

这时候，《涧河晨报》的记者王子，拎着笔记本电脑从医院里走了出来。好像是有个患者给北岸医院送了面锦旗吧，王子做完了采访，要回报社。我不认识王子，但我哥彭瀚认识他。

我哥彭瀚介绍我和王子相识。王子当即就要采访我，我拒绝了。无论是萧非的病情，还是梦雪的惊鸿一现，都让我没有想跟王子聊大天的念头。我的心乱透了。我觉得有一团火在我心里噼里啪啦地燃烧，我的后背却渗出了冷汗。

我哥彭瀚对王子说，这事你就不用管了，包我身上。

王子走后，我和我哥彭瀚在北岸医院楼上楼下地好一顿折腾，总算把萧非那节没用的肠子处理掉了。

萧非下了手术台时，我哥彭瀚已经回浩瀚网吧了，那儿离不开人。彭瀚走前告诉我，这两千块钱不用我还了，但萧非对外要说救他的人是浩瀚网吧老板彭瀚。我哥彭瀚说他的网吧生意如今不大好做，他需要媒体的宣传。

我点了点头，心里却觉得彭瀚这事做得不那么讲究。

萧非哭了，这显然不是因为花头巾的母亲给他手术时，可能没给他打足够剂量的麻药。他扑通一声跪在我面前。他说，大哥，我欠你一条命。

我急忙扶起他，我说，可别这样，这还算个事呀？

萧非说，钱我一定还给你。又说，我欠你一条命。

8

这真是个可怜的人。他的父亲在他三岁的时候就得病死了，他的母亲撇下他，据说是和一个会变戏法的老头纵横江湖去了，总之是下落不明。他的爷爷养活他到七岁时也死了，他就开始了浪迹街头的日子。饿了，他就讨饭。讨不来，他就偷。十六岁之前，他不止十次八次被扭送到派出所，但因偷的都只是食品，一个馒头或者半根黄瓜，警察吓唬他几句也就把放了。一来二去，他就跟警察混熟了。他十八岁那年，一个曾经处理过他的警察升为分局局长。局长告诉他，你再偷我可真拘你了，然后给他安排了一份临时工工作。他感激局长，认为局长是他生平第一个恩人。工休时，他就去分局或局长家看望局长。局长酒喝大了，就管他叫儿子。局长说，儿子，你只要不杀人，我就能保你。他就开始时不常地打上一架，局长保了他。当然，局长少不了大骂他一顿。

他就是萧非。

我在医院护理了他三天，对他也算有了一些了解。他说除了他的局长干爸，我是他唯一的亲人。他其实比我大将近五个月，但他还是管我叫大哥。他跟我说起了飞翔的鹰，前言不搭后语地呼噜来呼噜去的，其实一句话就能概括清楚，他对飞翔的鹰就是剃头匠的挑子一头热。我本来也想给他讲讲梦雪，但有些无从说起，就没讲。

这三天，除了护理萧非、去看了我哥彭瀚一次，空闲时我就在涧河北岸夜总会门前那块招聘保安的牌子对面张望。我希望能再次见到梦雪，但没有见到。

而真的要命的是，我见到花头巾和另外一个长相诡异的男人。

我说这个男人长相诡异，是因为他瘦得太不靠谱。光是瘦也就算了，这人偏偏个子又矮。他就是穿两双高跟鞋，再把小平头改成根根立的板寸，恐怕一米六长的棍子也要比他高出半头。更让我简直无法忍受的，是他的两颗门牙，很放纵地探出唇外，既黑且黄，估计是被劣等烟草和说过的脏话熏的。这样一来，他的上下嘴唇就无法合拢了，一只两岁大的耗子即使跳着舞步，也可以在这个地方宽宽绰绰地出入。

这个男人，就是我在前面跟你提过一句的那个二伟。

二伟说，就是你欺负我小兄弟？

我说，我欺负他？我怎么那么闲着没事干了？

花头巾说，你不敢承认。又转头对二伟说，大哥，这小子敢做不敢当。

我的豪气和怒火就又升起来了，哐哐地直顶我的天灵盖。我说，好，就算我欺负你了，你们说怎么办吧？

二伟说，那你说怎么办？

花头巾说，血债血还！

我当时就笑了。我说，血债血还？什么大不了的事似的。

二伟就问我萧非病好没有。我不知道他为什么问这个，我就说，快了。

二伟说，我们两个现在打你的话，这不仗义，传出去会让人家笑话。等你那朋友病好了，我们哥俩会会你们俩。这样公平吧？

我不禁对二伟刮目相看。我想，人不可貌相的“人”，说的就是他这个型号的吧。

我说，好，一言为定。

花头巾和二伟就摇头扭腰地走了。

我怎么可能想到呢？二伟之所以对我说这番话，其实是因为他这一天没有带刀，他怕打不过我。你应该想象得到，二伟跟个半大猴子没有大的区别，如果不带刀的话，他恐怕连十四五岁的孩子也打不过。

9

回到医院，我把遇到花头巾和二伟告诉给了萧非。萧非说他明天一早就出院，胖揍花头巾一顿，就带我回他局长干爸那里。我没有拒绝。但一个很现实的问题已经摆在我们面前了，这就是我们怎么去他干爸那里，我们只剩下四十几块钱了，连买一个人的车票都不够。

萧非说，大哥，要不我再出去偷点吧。

我打了他一拳，说，你别丢人现眼了，咱哥俩干点啥不挣出个车票钱？然后我就告诉他，涧河北岸夜总会正在招聘夜班保安，包吃住。我说，如果我们俩去那干一个月的话，钱就挣来了。

萧非说，行。又说，我现在就想把那小子打趴下。

我说，君子报仇，十年不晚。

萧非说，对。

接下来我就跟萧非讲了梦雪。我告诉他我选定涧河北岸夜总会，其实是想找到梦雪。我哇啦哇啦地给他讲我和梦雪的相识和相处，我的脑袋时而昂起时而耷拉，我的右手时而挥过头顶时而狠拍大腿。这种泥沙俱下的哇啦，是我以前从未感觉到的一种过瘾。

萧非稍微侧着脑袋，静静地听，然后突然问我，你跟她睡了吗？

我说，那个，啊，睡了，当然。

我说谎了。事实上，除了拉过梦雪的手，我没有对她做过任何过分的举动，我觉得那样做是对她的……亵渎。对，是亵渎。这个词是我偶然翻《新华字典》看到的，四百九十八页左下角，轻慢，亲近而不庄重的意思。但我好像不得不对萧非说谎。不说谎的话，我觉得我好像挺没面子。

萧非说他连女人的手都没有摸过。他说他来涧河，其实只想见见飞翔的鹰。飞翔的鹰是美眉也好，是恐龙也罢，他说他看她一眼也就死心了。

这样聊着聊着，就让人觉得郁闷了。

我说，睡吧。后来就天亮了。

10

涧河北岸夜总会的老板，一开始只同意留下我和萧非中的一个。萧非说他和我是秤杆和秤砣，谁也离不开谁。老板想了想，同意把我们两个都留下，又给我们俩讲了些规章制度，然后让我们俩晚上再来，试用三天，合格就正式上岗。

走出夜总会，我和萧非又来到了涧河北岸。

我告诉萧非，这里曾经是我爷爷生活过战斗过又最终牺牲的地方。我说我爷爷虽然是个国民党还乡团，但却是一个顶天立地的汉子，对朋友披肝沥胆，对仇敌杀人不眨眼。我说的当然是我想象中的我爷爷。奇怪的是，我这样说时，我从头顶到脚板都觉得异常充实，骨节劈劈啪啪地作响，血液欢欢畅畅地奔突。

萧非呢，他的双眼都有点发红了，显然是被神往和崇拜鼓动的。

离开涧河北岸，路过一家网吧时，萧非说他想再到网上找找飞翔的鹰。他说这是最后一次，找到找不到都算尽心尽力了。

我就把剩下的四十几元钱中的四十元给了他，让他细心地找飞翔的鹰，跟他定好晚上六点在涧河北岸夜总会再见面。

之后我就去了我哥彭瀚那儿。

11

我到浩瀚网吧时，我哥彭瀚正在看报纸。见我来了，他把报纸扣在了桌子上。

我和我哥彭瀚不咸不淡不痛不痒地闲聊了一会儿，他问我什么时候回家，让我代他向我老爸老妈问好。

我说，我暂时不回去，我已找到了工作。

我哥彭瀚反对我去夜总会做保安，他说，你可以来我这里工作。

我说，不用。

我哥彭瀚再没说什么。

接下来，我用我哥彭瀚的固定电话给家里打了个电话。接电话的是我老妈。我老妈哭了，她说，你这个孩子，你这孩子呀，去涧河你倒是跟我说一声啊，家里人都找翻天了，都报警了。

我妈又说了一些什么，我没太听清。因为我一边打电话的时候，一边在看我哥彭瀚刚才看的那张报纸。是《涧河晨报》，一版右上角位置刊登的文章是王子采写的，内容是我哥彭瀚如何回报社会、救助萧非，还配发了我哥彭瀚的照片。

我心里突然挺不是个滋味的。

12

我和我妈通电话的时候，萧非在QQ上找到了飞翔的鹰。

飞翔的鹰和花头巾一道赶到了萧非上网的那个网吧，萧非当时就发傻了。他怎么可能想到呢，他已经见过飞翔的鹰一次了，而他要胖揍其一顿的这小子，竟然是飞翔的鹰的男朋友。

飞翔的鹰说，嗨！那天在浩瀚网吧我们见过面的。

萧非说，嗯。

飞翔的鹰说，嗨，认识一下，这是我男朋友花头巾。

萧非说，嗯。

飞翔的鹰说，亲爱的，这就是我经常跟你提到的我网友，他叫黑……喂，你叫老黑是吗？不对，是二黑吧？

花头巾对飞翔的鹰说，你怎么净认识这种人呢？不够丢人的。说完他转身就走。

飞翔的鹰对着花头巾的背影喊，嗨，嗨。她又对萧非说了声对不起，就去追花头巾了。

萧非跟我在涧河夜总会门前会合时，他告诉我，他已经对飞翔的鹰死心了。他还说他不想揍花头巾了，虽然花头巾羞辱了他。

可是，就在第二天的晚上，萧非杀死了花头巾。

13

“孬模”。

直到现在，我也不知道这两个字是港台的土语，还是西洋词汇的音译。我总觉得这两个字一听就不是什么好东西。实际上，所谓孬模，不过就是涧河北岸夜总会中的简易单间。

在涧河北岸夜总会，我和萧非的工作其实就是把大门。工作的第一天，我就见到了梦雪。梦雪把我带进了一间小孬模。

梦雪扑在我怀里哭了。她说她之所以偷偷离开我，是她觉得太对不起我。她说她太脏了，在我面前，她总也抬不起头来。她说我是所有人中最在乎她的一个。她说了很多。

我要是还能找得到哪是北，那才叫怪呢。不过，我干嘛要分得出方向呢？我问梦雪是怎么来涧河的。她说她有个同行来这了，她也来了。她说她来这后就只陪舞陪酒，她说她这就不干了，和我一起回黑龙江，回家。

我要是和梦雪一起回家就好了。梦雪的钱完全够我们两个人回家，也够让萧非回家。可我一个堂堂男子汉，怎么能花女人的钱呢？我就对梦雪说，你一定要等到我发工资。

梦雪说，这不是咱们待的地方。

我说，那这样吧，我给我妈打电话，让她给我们汇点钱来。

梦雪说，我有，我一天都不想在这呆。

我说，还是等两天吧。我说，我妈明早给我邮钱，邮到我哥彭瀚那，后天或者大后天我就能收到。

梦雪再没坚持，回她和别人合租的那个小屋去了。我真的很想和她一起去，但我不能撇下萧非，我是他大哥。

到门口给我妈打完电话，我告诉萧非我已找到梦雪。我说，等我妈把钱一汇到，我和梦雪就回去了，你也跟我一起去吧。萧非说他很羡慕我，说我这是好人有好报。他说他今后再也不偷东西了，他说他要在夜总会干满一个月，挣到钱就回他局长干爸那里好好过日子。

萧非说，哥，我永远也忘不了我欠你一条命。

我说，你再提这茬我就跟你急。

14

第二天白天，我去了梦雪租的那间小屋，那可真是个快乐的白天呀！而不幸发生在这天的晚上。

晚上十点左右时，梦雪来涧河北岸夜总会。她是来给我和萧非送饭的。

萧非说，谢谢嫂子。

梦雪笑了笑，低下头，然后看了我一眼。我的心暖得不行，也软得不行。

梦雪要回去了。可她刚刚走出十几米远吧，就遇到了往这边来的花头巾和二伟。

花头巾说，噢，托妮。然后，他就在梦雪的脸上摸了一把。梦雪抬手打掉了他的手。

花头巾说，托妮，这就是你的不对了，前天刚跟我睡完，今天就装不认识我？

二伟哈哈大笑，说，戏子无义、婊子无情，我还知道她屁股上有块胎记。

花头巾也要笑。可他的笑还没有展开，我已经冲到他近前，一脚踢在他肚子上。

我都要气疯了，根本不记得这一仗的经过是什么样，根本不记得萧非什么时候也加入了战斗。打到后来，二伟就掏出了刀，却被萧非抢了过去。二伟跑了。萧非推开我，过去就给了花头巾一刀，他说，这一刀是为我嫂子。我想过去拉开他，我不想出人命。可他在刺完花头巾一刀后，立即又刺了第二刀。他说，这一刀是为飞翔的鹰。

花头巾杀猪一般的惨嚎，当然引起了行人的注意。

我说，兄弟，你快跑吧！

萧非说，哥，我欠你一条命。然后他就跑了。

直到这个时候我才想起梦雪，可梦雪已经不知去向了。

15

我把花头巾送到了北岸医院。尽管花头巾的母亲是主任医师，可她还是没有救回她儿子的性命。我就被警察抓住了。

我记得我在前面好像跟你说过，我和萧非其实是同一时间来到涸河的。而几乎就在我被警察抓住的同时，萧非也被警察抓住了。是我哥彭瀚报的警。

因为要向我哥彭瀚说声感谢，捅了花头巾两刀之后，萧非就跑到了浩瀚网吧。而一看他身上带着零星的血迹，我哥彭瀚就意识到出事了。

萧非说，哥，我借你电话用一下，给我爸打个电话。

我哥彭瀚用手指了指座机电话，然后他去了门外。

萧非在电话中告诉他局长干爸，他杀人了。他局长干爸告诉他，一旦被警察抓住，就说在老家还杀过两个人，这样他就有机会被押回家乡，而只要一回家乡，他干爸也许就容易想办法了。

尽管他们父子二人的对话声音不大，躲在门外的我哥彭瀚还是听见了。彭瀚就偷偷拿出手机报了警。

16

我不知道萧非能不能保住命。我不知道我得被判几年徒刑。我也不知道我再见到梦雪时，我会用什么把她脑袋砸晕，是用锤子或斧头，还是用人民币或美元？

算了算了，不想那么多了，我还是先睡一觉再说吧。